飛燕《ひえん》の行方

妖国の剣士❽

知野みさき

ハルキ文庫

角川春樹事務所

本書は、ハルキ文庫の書き下ろし作品です。

目次
Contents

安良《やすら》国全図

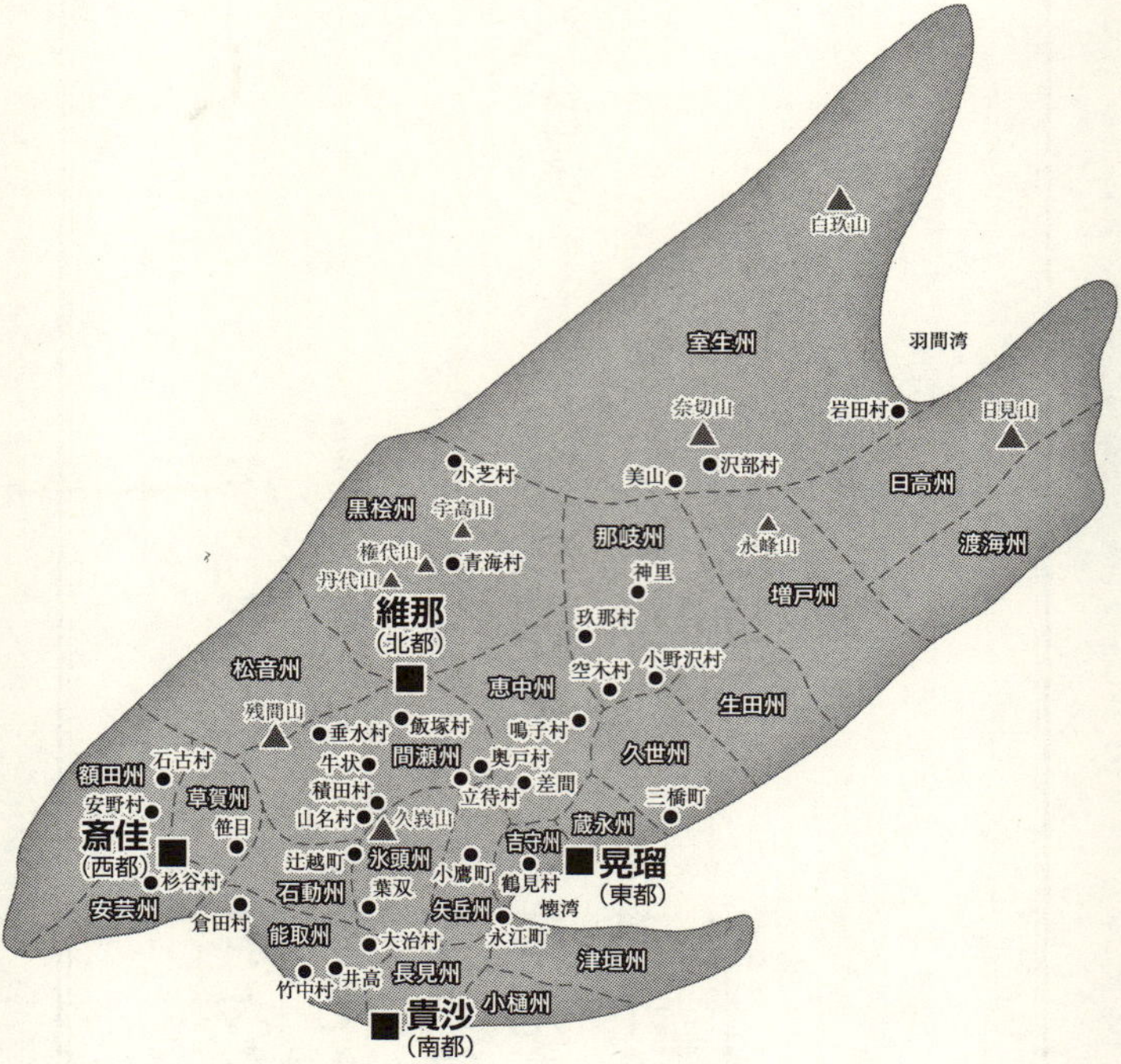

安良国は、四都と大小二十三の州からなる島国である。滑空する燕のような形をしていることから「飛燕の国」と称されることもあり、紋にも燕があしらわれている。東は「晃瑠《あける》」、西は「斎佳《さいか》」、南は「貴沙《きさ》」、北は「維那《いな》」が、安良四都の名だ。

東都・晃瑠《あける》地図

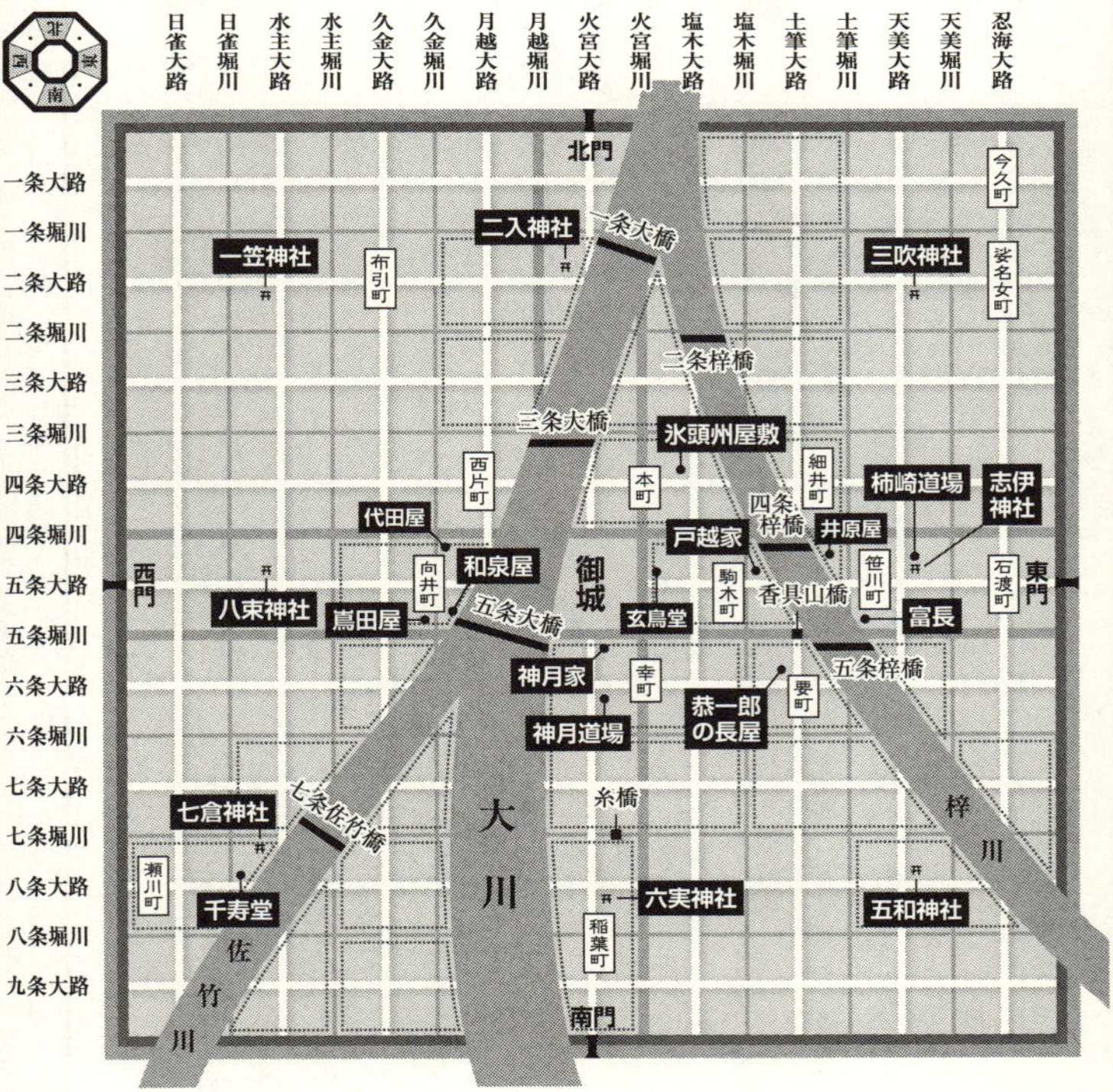

本国一の都である晃瑠は、川に隣するところ以外、碁盤のごとく整然と区画されている。東西南北を縦横する大路は十八、その間を走る堀川は十六、御城を囲む町の数は六十三である。三里四方の都は大きく、妖魔を防ぐ防壁に囲まれており、政治と経済を担う場である。

登場人物

Character

黒川夏野《くろかわなつの》
男装の女剣士。蒼太と妖かしの目を共有し、理術《りじゅつ》の才能の片鱗を見せる。

蒼太《そうた》
恭一郎と暮らす片目の少年。「山幽《さんゆう》」という妖魔。

鷺沢恭一郎《さぎさわきょういちろう》
蒼太と暮らす天才剣士。安良《やすら》国大老の妾腹の子でもある。

真木馨《まきかおる》
恭一郎の剣友。道場師範をしている。

樋口伊織《ひぐちいおり》
恭一郎の友。理一位の称号を得た天才理術師。偽名は筧《かけい》伊織。

安良《やすら》
現人神にして国皇。現在は二十五代目。

黒耀《こくよう》
妖魔の王。佳麗な少女の姿をしている。

稲盛文四郎《いなもりぶんしろう》
夏野の周りで暗躍する謎の老術師。

飛燕の行方

妖国の剣士8

Sword Fighters Of Yasura

序章 Prologue

燕庵《つばめあん》にこもり、国皇《こくおう》・二十五代安良《やすら》は仰向《あおむ》けになった。

二重の壁の外側に用人の気配を、更に少し遠くに護衛役の気配を感じる。

つい先ほど、神月《こうづき》家から遣いの者が来た。

人見《ひとみ》が逝《い》ってしまった……

予知していたこととはいえ、物寂《ものさび》しさは拭《ぬぐ》えない。

大老・神月人見は享年《きょうねん》五十四歳。二十五歳の時に大老となってから、三十年近く、二十四代目、二十五代目と二代にわたって己に仕えてきた忠臣だった。

国葬へ向けて、城内はざわめいている。

雑念を追いやるべく、安良は目を閉じてゆっくり呼吸を整えた。

地面に触れていなくても、今の己は大地の気を感じ取ることができる。

大地に気を伝えることができる。

畳《たたみ》や床、地面の更にずっと下へ気を這《は》わせて、安良はそっと己の「地脈」をまずは晃瑠《あける》の北にある二入《ふたいり》神社の方から探った。

千七百七年前、この世に初めて生まれ出た時、己が「かつて全《すべ》てを知っていた」ということの他《ほか》、何も知らなかった。

何も知らぬということは、恐怖でしかなかった。

泣いては眠り、腹を満たしては眠り、人の赤子として暮らすうちに、人の言葉を解するようになった。

ひとたび言葉を解すると、より思考しやすくなったが、人の暮らしにはなかなか馴染《なじ》めなかった。むしろ年を経《へ》るごとに、己が人とは異なるものであると感じるようになっていった。

七歳で流行病《はやりやまい》で死すまで、安良はひたすら己が何者か思い出すことに時を費《つい》やした。

人としての死が訪れた時、安良はこの世とあの世——生と死の狭間《はざま》をさまよった。

そして少しだけ記憶を取り戻した。

己は間違っていなかった。

己はかつて、この世の「全てを知る者」だった。

人の時間にして五十日ほどを経て生まれ変わったものの、二度目の生は九歳で途絶《とだ》えた。

山の、ほんの一間《いっけん》余りの斜面を転げ落ちた際に、石で頭を打って息絶えたのだ。

人の——殊《こと》に赤子や子供の、なんと弱いこと——

病や怪我《けが》の他、獣《けもの》や妖魔《ようま》に襲われて死したこともあった。

同族に殺されたこともあった。

皮肉なことに他人――金目当ての強盗――に殺されたことは一度きりで、親に殺されたことの方が多い。二親の争いを止めようとして出刃に刺されての死と、ひどい折檻《せっかん》を受けての死が一度ずつ。口減らしのために、生まれたてで殺されたことも二度あった。

建国以前は人別や法が定まっておらず、人の集落は様々だった。

生まれ変わる度《たび》に少しずつ新しい知識――かつての記憶――が戻ったが、自死した時には何も得られぬことが判《わか》った。それでも安良は幾度か、自ら親に見切りをつけて早々に自死した。今は昔より幾分よくなっているものの、人の子供はかくも無力で不自由だ。いくら己が知恵者でも、そこそこ成長するまでは親兄弟に頼らざるを得ず、暮らしは親の身分や懐《ふところ》具合、性根などに多分に左右される。

生まれ変わる間に思い出した言葉や技術は、次々役立った。

しかしながら、理《ことわり》は思い出してもすぐには使えず、しばらく悔しい思いをした。

今でいう「理術《りじゅつ》の才」を認めて、理を己が思い描いた通りの力――術――に変えることができた時は、喜びもひとしおだった。毎度「理術師」のごとき優れた才を持って生まれ変わるとは限らなかったが、才に恵まれた生では、生きている間にもあれこれ思い出すことができた。

二十五代目の己は今十八歳だが、幸い此度《こたび》は晃瑠の商家に生まれ、乳離れしてすぐ御城《おしろ》へ来ることができた。

ちょうど十日前、安良は鷺沢蒼太《さぎさわそうた》と黒川夏野《くろかわなつの》と三人で、ここ燕庵にて過去見を試みた。

千七百年余りも過去を――記憶を取り戻そうとしてきた安良にとって、蒼太と夏野が過去見の力を得たことは大きな朗報だった。

二人と「つながって」、安良はこの千七百年余りで思い出した全ての記憶よりも、多くのことを思い出した。

それでも私がかつて知っていたことに比べれば、大海の一滴にも満たぬだろうが……

各地の神社の「御神体」をつなげ、己の地脈として活《い》かす理はもちろんのこと、人の苦痛を和《やわ》らげる理を思い出せたことは嬉《うれ》しかった。

建国の四年前に、神月家の前身となる豪族の長《おさ》と出会ってから、安良は何人もの「跡継ぎ」と共に政《まつりごと》に従事してきた。そういった、大老たるべく育てられてきた者たちの中でも、人見は最も大老にふさわしき者であり、人として最も好ましく思った者でもあった。

ゆえに人見が死病を患《わずら》ったと知った時、思わず己の「望み」が――これから真の死を迎えるであろう己の「運命《さだめ》」が――人見を道連れに選んだのではないかと疑ったくらいだった。

贅沢《ぜいたく》を好まなかった忠義者の人見に、癒《い》やしの術をもって最後に少しばかり報《むく》いることができたことは、安良のささやかな喜びとなった。

二人神社から防壁を越えた堀前の羽黒町《はぐろちょう》の神社へと気を這わせていくと、蒼太の問いが思い出された。

――全てを知る者……だから神様なのですか？――

蒼太に応《こた》えた言葉に嘘《うそ》はない。

己が全知だったことは「知っている」が、全能だったかは定かではない。

だが、神と呼ばれるにふさわしき者だった――とは推察している。

理を知りながら使えずにいたというよりも、いわゆる「欲」がなかったがゆえに、全能でもありながら、理を使おうとしなかったのではなかろうか。

この世――この国の全てを知る者なれば、己はこの国そのものだった。

生きとし生けるものの全ての出生、呼吸、生き様、死に様はもとより、雨粒一滴から大地の砂一粒に至るまで、ありとあらゆるものを知るがゆえに、己が「何か」を望んだことはなかったように思うのだ。

この私――人間も――あの私の一欠片《ひとかけら》なのだろう……

何ゆえ「ひずみ」が生じたかは、いまだ判らぬ。

千と七百七年も、己は人の世をさまよってきた。

己の「道」を探してきた。

長かった――

いや、神ならばこれもほんのひとときか……

羽黒町の神社から、また少し気を伸ばす。

蔵永州《くらながしゅう》から久世州《くぜしゅう》、那岐州《なぎしゅう》、室生州《むろうしゅう》の奈切山《なきりやま》の麓《ふもと》へと、街道沿いに神社が連なっている。

ゆっくりと那岐州府の神里《かみさと》にある神社まで己の気を追ったのち、安良は晃瑠、そして御城へと「戻って来た」。

――時をかけて、神社の造営をしてきた甲斐《かい》があった。

かつての私は未来をも知っていた……。

蒼太たちとの過去見によって、押し寄せてきたかつての己の記憶を「浴びた」時、これまた僅《わず》かではあるが、安良にはこの先のことが垣間見《かいまみ》えた。

この予知は外れぬとよいが――

ただ、全てのかたがついたのち、この世がどうなっているかまでは見えなかった。

――それはとりも直さず、事の始まりまで時が戻り、今在《あ》るこの世はなかったことになることだと――

アルマスや夏野の懸念《けねん》が頭をかすめたのも束《つか》の間《ま》、安良は神社をつなげる己の地脈から気をそらして、今度はまっすぐ上へと向けた。

これもまた、過去見の折に思い出した理の一つだ。

天守よりも更に高く――晃瑠の結界の外まで己の気を運び、過去見でそうしたように気を生霊《いきりょう》のごとき己の姿に変える。

そうして安良はゆっくり己の「国」を見渡した。

私はかつて、この国の――この世の全てを知っていた。

おそらく、あの海の向こうでさえも――

さざ波の音にしばし耳を澄《す》ませて、安良は再び人見の死を悼《いた》んだ。

第一章

Chapter 1

大老の死は翌日、速やかに国中に知らされた。

人見は己の死を見越してあれこれ手配していた。死去から二日後には亡骸《なきがら》は理一位《りいちい》・樋《ひ》口《ぐち》伊織《いおり》によって骨になり、七日後の水無月《みなづき》三日には葬儀の運びとなった。

亡骸を伊織に託したのは人見の希望で、伊織が三年前に土屋《つちや》昭光《あきみつ》の亡骸を土に還《かえ》して骨のみとしたことを聞いていたからだという。人見の亡骸は神月家が代々住んできた役宅の庭で土に還され、骨は簾中《れんちゅう》の亜樹《あき》と嫡男《ちゃくなん》の一葉《かずは》が拾った。

国葬であったが、先代の大老同様、人々の想像よりずっとこぢんまりとしたもので、手配と併せて国民は人見の人柄と功績を称《たた》え、その死を悼《いた》んだ。

国葬を終えた翌日の四日になって、ようやく伊織と鷺沢恭一郎《きょういちろう》が帰って来た。伊織たちは大老の訃報《ふほう》を聞いた翌朝に家を出たきり、神月家か御城《おしろ》に詰めていた。夏野はこの八日間、喪《も》に服しながらずっと樋口家に泊まり込んでいた。

というのも、蒼太の傷が治らぬからである。

蒼太は十三日前に、盗賊一味だった田所留次《たどころとめじ》郎《ろう》に腹を斬《き》られた。田所は蒼太の並ならぬ治癒力《ちゆりょく》を明らかにすることで、蒼太が妖《あや》かし――人に化《ば》けた妖魔《ようま》――であるという証《あかし》を立てようとしたのだ。

田所は安良や大老、伊織を案じて事に及んだと言い張っているが、夏野たちは斎佳《さいか》の閣老・西原利勝《さいばらとしかつ》の差金《さしがね》だと推察している。

西原が一都五州を率いて「自治」に移ってから、早五箇月《かげつ》が過ぎた。松音《まつね》、草賀《くさか》、額田《ぬかた》、安芸《あき》、能取《のとり》州の他《ほか》、如月《きさらぎ》には恵中《えなか》州も西原に懐柔された。州や役職の名を含めて、表向きはほとんど変わっていないが、自治に反対している清修寮《せいしゆうりよう》の代わりに天翔寮《てんしようりよう》という寮を作り、理術師《りじゆつし》の変わりに至術師《しじゆつし》という称号を術師に与えるようになった。

大老の孫にして理一位の直弟子《じかでし》の蒼太が妖かしだという、誰《だれ》もが戯言《ざれごと》と思った田所の言い分を確かめるよう、町奉行所に進言したのは晃瑠詰めの斎佳の少老だった。

市中での刃傷沙汰《にんじょうざた》ゆえ、妙な噂《うわさ》が立たぬように――と、二番町奉行の加賀正尚《かがまさたか》が「見舞い」と称して蒼太の傷を確かめに来たのが九日前である。蒼太の傷はその前に既に治りかけていたが、「人である」という証を立てるために、加賀の見舞いの前に、恭一郎がやむなく傷をなぞって再び斬った。

だが、この二度目の傷が癒《い》えずに、蒼太はずっと床《とこ》に臥《ふ》している。出血は加賀の来訪の前になんとか治まったものの、傷口は九日経《た》った今も生々しい。

治癒力には秀でていても、怪我《けが》の痛みは人と変わらぬ。恭一郎が伊織の伴で留守《るす》にしている間、夏野は食事や用足しの手伝いの他、蒼太にせがまれて読み聞かせをしてきた。

恭一郎たちの帰宅を聞いて、夏野は隣りの柿崎《かきざき》剣術道場に住む真木馨《まきかおる》を呼びに行った。

じきに六ツの鐘が鳴ろうという時刻で、門人も、別宅で暮らす道場主の柿崎錬太郎《れんたろう》の姿も既にない。

蒼太と恭一郎が借りている樋口家の離れで集《つど》うと、伊織より先に恭一郎が口を開いた。

「世話をかけたな、二人とも」

「なんの」

「とんでもないことです」

「伊織のおかげで最後に今一度父上に拝し、葬儀にも参列することができた」

亜樹が恭一郎を嫌っているため、伊織の護衛役でなければ、神月家への出入りは叶《かな》わなかったと思われる。また、その伊織が人見の跡継ぎの一葉の後見でなければ、葬儀も一国民として御堀の前までしか参列できなかった筈《はず》だ。

「そうか……よかったな」

「うむ」

馨に頷《うなず》いてから、恭一郎は横になったままの蒼太を見やって眉《まゆ》をひそめた。

「しかし、お前は困ったな」

「まだ、ちょと、いたい」

「またそうして意地を張る。ちょと、では利《き》かぬだろう」

「ねつ、さかた」

「そうか？　まだなんだか顔が赤いぞ」

「熱は樋口様の薬湯で大分下がりましたが、まだもと通りとはいえませぬ」

「傷がこの有様ではな」と、伊織も憂《うれ》い顔になる。

「結界はもとより、八辻《やつじ》の剣のせいでもあるかと……」

　このことは伊織たちの留守中、馨や蒼太と推考していた。

　白玖山《はくさん》では、鴉猿《あざる》が恭一郎に斬られて失血死した。あの折は鴉猿が山幽《さんゆう》の森の結界に加え、伊織が施《ほどこ》した結界の中にいたからだろうと推察されたが、伊織にも翁《おきな》のリエスにもしかとした不和の理《ことわり》は見出《みいだ》せなかったと聞いている。

「一度目と二度目の違いは斬られた場所と武器です。神社の結界は都の中でも一際《ひときわ》強いものですが、一度目の傷はここにいてもそこそこ癒えました。しかしながら二度目は血が止まるのも遅く、少し無理をするといまだ血が滲《にじ》みます」

「うむ……」と、伊織は顎《あご》へ手をやった。「白玖山で鴉猿が死したのはてっきり結界のせいだと思っていたが、八辻の剣に斬られたからだったのか……ならば、少なくとも血が止まったのは蒼太自身の強さだろうか？　並の妖魔と違って、蒼太は八辻の剣に触れることができるのだからな。いや、待てよ。影行《かげゆき》の足は治っているゆえ、やはり結界が治癒を妨《さまた》げている……？」

　考え込んだ伊織の代わりに、恭一郎が再び口を開いた。

「それはそうと、田所が死んだぞ」

「なんだと？」

問い返した馨と共に、夏野と蒼太も目を見張る。

「牢《ろう》で毒を含んだそうだ」

「自死か？　信じられんな」

「俺《おれ》たちも信じておらん」

恭一郎たちが聞いた知らせでは、田所がいた牢には後から二人の罪人が入って来たそうで、この二人はどちらも袖《そで》の下をたっぷり持っていたらしい。

「どちらかが――はたまた二人とも西原の息がかかった者で、田所に毒を含ませたとみている。少老から蒼太が『人』だったという知らせを受けて、田所が余計なことをしゃべらぬうちに西原が手を回したのだろう。父上のことで恩赦《おんしゃ》を見込んで、町奉行たちは諸々《もろもろ》の沙汰を遅らせていたからな」

表向き田所は北都・維那《いな》から来た浪人で、手形も維那で発行されたものだった。斎佳の少老の進言も「斎佳で妖魔が捕まったこと」をもとに「念には念を」と、いうなれば田所と同じく安良や大老、伊織を案じたがゆえとされていた。

「西原は田所なぞ知らぬ存ぜぬで、鹿島《かしま》のことも偽者《にせもの》の騙《かた》りか、よしんば本人だったとしても、鴉猿を取り込んだことによる狂い死にゆえ、『家を取り潰した私を恨《うら》んで、己がしでかした罪を私になすりつけようとしたのだろう』――と言っておるそうだ」

「よくも、いけしゃあしゃあと」

「ですが、市中の皆も、とうとう西原を疑うようになりました」と、夏野は口を挟んだ。

識者の間では西原はきな臭いと、とうに疑われていた。

そこへもって鹿島が三百人からの公衆の面前で西原の悪事を訴えたこと、それらの人々が鹿島の変化を目の当たりにしたこと、これらを記した読売が国中に広まったことで、市中でも西原への不審が露《あら》わになってきた。

「そうだ。今は国中の――斎佳の者たちでさえ西原に不審を抱いている」

伊織の隣りで、恭一郎もようやく微《かす》かに笑みを浮かべる。

「鹿島も、同日に亡くなった父上も、西原に呪《のろ》い殺されたのではないか――などという噂まで出ているらしいな」

「そ、そのようです」

「こちらは散々やつの流言や誹謗《ひぼう》中傷に悩まされてきたのだ。やつも少しは事実無根の噂に悩まされるといい。父上もあの世で、少しは溜飲《りゅういん》を下げておられることだろう」

鹿島が暴露のさなかに、至術師・稲盛文三郎《いなもりぶんざぶろう》――本名は文四郎《ぶんしろう》――は「小林隆史《こばやしたかし》という術師に身を移した」と言ったと聞いて、斎佳の清修寮は小林に対面を申し込んだ。だが西原曰《いわ》く、小林は今は別の至術師・増岡晶一《ますおかしょういち》と共に、鴉猿たちとの和睦《わぼく》談判に出向いているという。

「なんにせよ、これでしばらく襲撃はないな」と、馨。「西原は噂の火消しに忙しく、稲盛だって小林を乗っ取ったばかりで、その身を『慣らす』のに時がかかるのだろう？」

「おそらく」と、伊織が頷く。「不幸中の幸いだ。だがこちらも今は手が一杯だ。もう十日ほどは仁史《ひとし》様が大老代を務《つと》め、十五日には一葉様の任命式が執《と》り行われる。何より今は西原よりも噴火の方が心配だ」

晃瑠の閣老・神月仁史は人見の縁者で、年明けから大老代の他、一葉の後見を伊織と共に務めてきた。

伊織が言う通り、いまや夏野の気がかりは、西原よりも白玖山の噴火である。

噴火によって国が沈むやもしれぬというのに、人も妖魔もあるものか——

西原や鴉猿がこのことを知れば、つまらぬ天下取りの争いは収まるやもしれぬ。だが今、公《おおやけ》にすれば国中が大混乱に陥《おちい》るだろう。

安良は十一代目にして己が護《まも》るべき「人」に「大厄《たいやく》」が降りかかること、十五代目にしてそれが火山の「噴火」であること、二十一代目にして噴火を止めるには「森羅万象《しんらばんしょう》を司《つかさど》る理に通じる者」「陰の理を断ち切る剣」「それらを用《もち》いる然《しか》るべき時機」の三つを揃《そろ》えねばならぬことを悟《さと》ったという。それから二百十年余りの時を経るうちに、「剣」は恭一郎の愛刀にして名匠《めいしょう》・八辻九生《きゅうせい》が打った最後の一振り、「噴火」するのは白玖山だと知れて、此度《こたび》「理に通じる者」は夏野か蒼太のどちらかだと信じるに至ったそうである。

女でも夏野は武家の出ゆえに、武士として国民を護る覚悟がある。

国を護るためなら——ましてや国皇の勅命《ちょくめい》ならば——己が異を唱《とな》えることなどない筈だったが、今は多分に迷いが生じている。

というのも、安良が言う「陰の理」とは安良自身であること、安良が「贄《にえ》」となることで大厄――噴火――をもたらす「ひずみ」が正されて「この世はあるべき姿に戻る」ものの、その折にはアルマスの推《お》し当て通り「時が戻る」見込みがあること、そして「贄」となった安良は「真」の死を迎え、その先安良が「生まれ変わることはないだろう」――つまり人々は、神と共に比類なき知識の源を失う――からだ。

「伊織、黒川、そう難しい顔をするな」

くすりとして恭一郎が言うのへ、馨も頷いた。

「そうだそうだ。安良様のことだ。きっと理をものにして、地脈をもって噴火を止めてくださるに違いない」

「……そうですね」

夏野たちの希望は、先日、燕庵で安良が思い出したという地脈を活《い》かす理だ。

十五代目の折に大厄が噴火だと知った安良は、火山脈に沿って己の遺骨を「御神体」として納めた神社を造営してきた。御神体には安良の気が宿っているため、夏野たちはこれらの神社を安良の「地脈」と呼んでいる。安良はかつてこの世の全《すべ》てを知っていたが、この地脈を活かす理が思い出せなかったため、ここしばらくはずっともう一つの、己が贄となる手立てばかりを模索してきたそうである。

――これらの理が使いこなせるようになれば、私が初めにそう願ったように、晃瑠にいながら噴火を止めることができるだろう――

安良の言葉を思い出し、夏野はやや愁眉《しゅうび》を開いた。

「お前たちは呑気《のんき》でよいな」

呆《あき》れながらも、伊織も口元に笑みを浮かべた。

「俺たちは待つしかない——そう言ったのはお前だぞ」と、恭一郎。

「そうだが、その間も——事がうまく運んだ暁《あかつき》にも——俺は一葉様の後見をしばらく続けねばならぬのだ」

「ははは、今まで空木《うつぎ》でぬくぬくと、隠居じみた暮らしをしてきたつけだ」

「む。馨ならまだしも、勝手放題してきたお前にそう言われるのは癪《しゃく》だ」

癪だ、というのは言葉だけで、気の置けぬ恭一郎とのかけ合いで伊織の顔も声も明るくなった。

伊織に肩をすくめてみせると、恭一郎は蒼太を見やった。

「そういえば、土産《みやげ》に金鍔《きんつば》を買って来たのだが……」

「きんつぱ」

蒼太が声を上げたが、傷が痛んだのか顔をしかめた。

「その様子では、まだ菓子は食べられそうにないな」

「たぺあえう。ちょとすつ、くう」

「菓子なら毎日食しております」

蒼太の傍《かたわ》らで、夏野は苦笑を漏《も》らした。

「座ると傷が痛むので、案外粥《かゆ》や汁粉よりも、寝転んでいても食べられるいつもの飯や菓子の方がよいようです」

「成程。まあ、食い気があるのは安心だ」

「ん！」

「ならば夕餉《ゆうげ》の後にでも……」

眉《まゆ》を八の字にした蒼太に恭一郎が微笑《ほほえ》む。

「冗談《じょうだん》だ。先に食っても構わぬが、飯もしっかり食うのだぞ？」

「ん！」

蒼太が再び頷くと同時に、六ツの捨鐘が聞こえてきた。

†

二日後、夏野が離れで蒼太に書を読み聞かせていると、伊織の妻の小夜《さよ》が訪れ、安良のお忍びでの来訪を告げた。

「では、すぐに着替《つ》えて参ります」

「それには及ばぬそうです。すぐにこちらへいらっしゃると」

「ここへ？　安良様が？」

「ええ。蒼太のお見舞いに……」

一昨夜は伊織も恭一郎も樋口家で過ごしたが、昨夜はまた御城に泊まり込んでいた。なんの先触れもなかったことを普段着の夏野は少々恨めしく思ったが、お忍びなれば致し方ないと思い直す。

母屋《おもや》へ戻る小夜と入れ替わりに、安良の気が近付いて来る。

蒼太は横になったままだが、夏野は平伏して安良を離れに迎えた。

伊織と恭一郎も離れに上がって、安良の後ろに控《ひか》える。安良は喪服姿で、護衛役を連れて来たようだが、四つの張り詰めた気は離れから十間は遠くにあった。

「樋口から、蒼太の傷が治らぬと聞いてな。傷は治せぬが、しばし痛みを和らげてやることはできる」

そう言って、安良は蒼太の手を取って、念じるように目を閉じた。

共に目を閉じた蒼太の顔が和らいで、癒やしの術が効《き》いていることが見て取れた。

人見を癒やした折にも安良は無言だったが、此度夏野は何やらふわりとした、そよ風のごときものを感じた。

この癒やしの術を学ぶことができれば、もっと皆の役に立てる――

そんな夏野の思いを見通したように、蒼太の手を放した安良は夏野へ微笑んだ。

「この理は近々樋口と佐内《さない》に伝授しておく。一葉の任命式を終えて、少し落ち着いた頃《ころ》にでも。黒川も後で樋口から教わるといい」

「かたじけのうございまする」

佐内秀継《ひでつぐ》は残り三人となった理一位の一人で、晃瑠の一笠《いちかさ》神社に詰めている。

安良の術によって蒼太の痛みは大分引いたようだが、そう長くは持たぬ。

「お前たちの推察通り、傷が癒えぬのは、結界や八辻の剣が理由であろうな……八辻の剣は私という陰の理を断ち切るために打たれた。人と違い、妖魔の命は廻《めぐ》らぬといわれているが、妖魔も私と同じくひずみから生まれたものなれば、陰の理といえぬこともない」

安良の言葉に恭一郎が微かに眉根を寄せた。ひずみを正すことは、妖魔たちに――蒼太に――死をもたらさぬかと危惧《きぐ》しているからだろう。

とすると、この傷はずっと癒えぬままなのか？　影行の足は癒えたのに……？

これまた夏野の問いを見通したがごとく、安良は続けた。

「また、結界の理との不和だろうという樋口や翁の考えにも頷ける。八辻は次に私がやつの剣を用いる折には、私は城に――少なくとも晃瑠の結界の内側にいるだろうと踏んでいた。さすれば結界の中でも私に確実な死をもたらすよう、鷺沢の剣には何かしら、やつなりの細工がなされているやもしれぬ」

「恐れながら、安良様」と、恭一郎が口を挟んだ。「しからば晃瑠の外――結界の外ならば、傷が治る見込みがありましょうか……？」

「うむ、その見込みは充分ある。私はそのためにも今日ここへやって来た。城ではなかなか話せぬことゆえ……鷺沢、樋口の護衛役は真木に任せて、お前はしばし蒼太と黒川を連れて那岐へゆけ」

「那岐へですか？」

「お前とお前の妻女が住んでいた隠れ家が那岐にあったろう。あそこなら神社や都の結界どころか、村の結界からも外れている。案ずることはない。八辻の剣があれば生半《なまなか》な妖魔は寄って来ぬ。よしんば何かがやって来ても、お前か黒川が蹴散《けち》らしてやればよい。蒼太に無理はさせたくないが、結界の外なら蒼太も力を振るいやすいだろう」

「しかし、何ゆえ黒川まで？　蒼太の世話や家事なら私一人で事足りるかと」

男手一つで長屋暮らしをしていた恭一郎と比べ、掃除や洗濯《せんたく》はともかく炊事《すいじ》をろくにしたことがない夏野は、思わず目を落とした。

そんな夏野をよそに安良は淡々と続けた。

「金翅《こんじ》の笛は黒川に託されていると、孝弘《たかひろ》から聞いている。蒼太一人なら背負子《しょいこ》に乗せて孝弘に頼めばよいが、お前が一緒となると隠れ家まで三日はかかろう。こちらへのつなぎもつけにくくなる。白玖山を訪ねた時のように、此度も金翅に頼むがよい」

「……承知いたしました」

「隠れ家の手入れが整い次第《しだい》、お前たちに知らせるよう孝弘に伝えておく」

「お心遣い痛み入りまする」

ムベレト――槙村《まきむら》孝弘――は、安良のお忍びから二日後の七ツ前に現れた。

早くも隠れ家の支度《したく》が整ったという。

「折々に手入れはしていたゆえ、大した手間ではなかった」

安良の言葉から推察していたが、隠れ家はもともとムベレトのものであった。

「小さな村や町では、鷺沢の男振りがすぐに噂になったようでな。とはいえ四都は奏枝《かなえ》には息苦しく、鷺沢を知る者も多い。それで、どこかほどよいところがないかと奏枝に相談されて、あの隠れ家を貸したのだ。あの頃は鷺沢が『剣の遣い手』やもしれぬという見込みがあったゆえ、鷺沢の様子見にもちょうどよいと考えた」

「そうだったのか」

合点《がてん》してから、夏野は切り出した。

「山中にあると聞いたが、その、三人で寝泊まりできるような家なのか……？」

蒼太が一緒で「しばし」とはいえ、これから恭一郎と一つ屋根の下で暮らすのだ。恭一郎に「その気」はないようであり、白玖山では伊織を交えてだが、共に野宿をしたこともある。また、今は国や蒼太の大事だと己に言い聞かせてはいるものの、女の恥じらいがなくもない。

隠れ家と聞いて、夏野は残間《ざんま》山《ざん》で見た、術師の吉本成三《よしもとせいぞう》が隠れていた掘っ立て小屋を思い出していた。三畳余りと物置のごとく小さく、男の一人暮らしにも難儀しそうであった。

恭一郎と奏枝が四年も暮らした家なれば、三畳一間ということはなかろうが、人里の外、ましてや山中なればありうる話だ。白玖山の森で、夏野は蒼太と翁のリエスの家に寝泊まりしたが、山幽の円錐《えんすい》状の家でさえ、土間がない分、九尺二間の長屋より狭かった。

「案ずるな」と、ムベレトがくすりとした。「囲炉裏《いろり》部屋が一間だけだが、六畳ある。三人ならなんとかなろう。厠《かわや》も奏枝に貸した折に板で囲っておいた」

「それはありがたい」

胸を撫《な》で下ろすと、新たに問うた。

「その家はもしや、おぬしが建てたのか？」

「そうだ。他に誰がいる？」

「おぬしは大工の真似事《まねごと》もできるのだな……」

「時間はたっぷりあったからな。術の修業は大してはかどらなかったが、職人仕事はいくつか学んだ。大工仕事もその一つだ。燕庵や隠道の修繕も私がこなしてきた」

出立は明日の昼下がりになるという。

安良は志伊《しい》神社へのお忍びの前に、ムベレトに隠れ家の手入れや苑《その》たちへのつなぎを頼んでいたようだ。蒼太の傷は相変わらずで、安良による癒やしの術の効き目ももう切れている。一縷《いちる》の望みをかけて一刻も早く晃瑠を出たいと願っていたため、速やかな出立を夏野は喜び、安良の心遣いに改めて感謝した。

「苑たちと落ち合うまでは、私が蒼太を連れて行こう」

「かたじけない」

「それから明日の朝、伊紗《いさ》を落籍《ひか》して、お前たちと共に晃瑠から出す」

「ひかして……？」

つぶやいてから、それが女郎の身請《みう》けのことだと思い当たった。

「蒼太が妖かしであるという疑念は晴れたようだが、妖魔狩りへの声が高まってきたと聞いてな」

蒼太への疑いは晴れても、斎佳では山幽が見つかったことになっている。晃瑠の堀前の四町には既に新しい結界が増補されているが、鹿島の死を見聞きして、他にも鹿島のように妖魔を取り込んだ者や妖魔に乗っ取られた者、または山幽のように人と変わらぬ者が堀前や晃瑠に紛《まぎ》れ込んでいるのではないかと、妖魔狩りを訴える者が増えているらしい。

「晃瑠の妖魔狩りの仕掛けがどんなものになるかは、まだ判《わか》らぬそうだ。伊紗は私が与えた小道具を持っているが、厄介《やっかい》なことになる前に晃瑠を出た方がよいと判じた。伊紗には守り袋も特別手形もないのだからな」

結界を越えるため、伊紗はムベレトから隠れ蓑《みの》の木汁《きじる》と術師の血を混ぜて固めたものを得ていた。この「術師の血」というのは実は安良の血だったようだが、妖魔狩りの罠《わな》によっては、それだけでは心許《こころもと》ないようだ。

蒼太の守り袋の中身は、人形《ひとがた》にこれまた隠れ蓑の木汁を吸わせたものだ。ただし伊織曰く、人形に施されている術で、伊紗を「人」と誤魔化《ごまか》すのは難しいらしい。山幽の他、仄《しき》魅《み》、金翅、鴉猿は他の妖魔よりは人に近いものの、山幽ほどではないそうである。

「それに、伊紗はやはり娘の仇《かたき》を討ちたいそうだ。此度稲盛が小林という術師を乗っ取ったと聞いて、小林という『人』のみならば、己でも討ち取れるだろうと息巻いている」

人の精気を吸い取るために、自ら女郎になった伊紗にはもともと借金がない。よって今日にでも身請け——というより辞職——できたのだが、売れっ妓《こ》の伊紗を失うと知って色茶屋・嶌田屋《しまだや》は落胆を隠せなかった。伊紗も四年近くも世話になったがゆえに、多少は情があるようだ。

「仕事納めに今夜一晩、しっかり勤《つと》めると言っていた」

「さ、さようか」

男女の秘事が頭をよぎって、ついうろたえた声が出た。

今宵《こよい》は堀前の万屋《よろずや》・石榴屋《ざくろや》へ泊まるというムベレトを見送ると、夏野は旅の支度にかかるべく、まずは母屋へ足を向けた。

†

翌日、昼下がりにムベレトが背負子と共にやって来た。

恭一郎がそうっと蒼太を抱き上げて乗せてやる傍らで、夏野は蒼太の掻巻《かいまき》を畳んで風呂《ふろ》敷《しき》に包んだ。蒼太の藍染の掻巻は奏枝の手作りで、蒼太のお気に入りだ。子供用ゆえそう大きくないこともあり、一緒に持って行くことにした。

「馨、伊織を頼んだぞ」

「任せとけ」

「伊織、一葉を頼んだぞ」

「うむ。こっちの心配はいらん。無事に——早く蒼太が治るよう祈っている」

「理一位の祈禱《きとう》なら百人力だな」

「百人には及ばんが、俺も毎日祈願しとるぞ」と、馨。

「先日、安良様がいらした折に宮司様からそう聞いた。持つべきものはお前——お前たちのような友だ。二人とも、かたじけない」

そう言って恭一郎は頭を下げた。

「なんだ？　どうした？　雨が降るぞ」

からかい交じりの謦に恭一郎が微笑む。

「逆縁は敵《かな》わんからな。それこそ神にもすがる思いゆえ、安良様が仰《おつしや》った通り、結界の外に出ることで、傷が癒えるよう俺も祈ってやまぬのだ」

「安良様はこの世で一番の物知りで、その安良様の見立てなのだ。晃瑠を出た途端に治り出して、三日もすれば帰って来られるのではないか？」

「三日で治ったら、帰りはゆるりと徒歩で戻るさ。お前もせっかくの護衛役が三日で終わっては残念だろう」

「莫迦《ばか》を言え。金はありがたいが、御城勤めが続くと身体《からだ》が鈍《なま》る」

「まさしく。黒川、向こうに着いたら稽古《けいこ》の相手を頼む」

「えっ？」

「安良様がおぬしも伴に命じてくださって助かった。ああ、そうだ。竹刀《しない》を持ってゆかねばならぬな」

「竹刀なら、もう隠れ家に」と、ムベレト。

「そうなのか？　至れり尽くせりだな」

「安良様のお心遣いの内だ」

伊織の警護役に任命されて以来、恭一郎が道場に顔を出すことはめっきり減って、門人の多くは落胆していた。夏野も無論その一人で、しばしでも恭一郎を独《ひと》り占めできると知って胸が高鳴ったが、すぐさま打ち消した。

『蒼太、すまぬ』

山幽の感応力を使って謝ると、背負子の蒼太がこちらを見た。

『どうして？』

『蒼太が大変な時に少々浮かれてしまった』

「どうした？」

笑みを浮かべた蒼太を見て、恭一郎が問うた。

「きょう、すと、いそかし、かた。そとて、ちょと、やす、む」

「……俺のことはよいのだ」

少しばかり照れ臭そうに、恭一郎は蒼太の肩に触れた。

「しばしの息抜きはありがたいが、お前はまず、自分の身体を案じよ」

「ん」

「強がらずともよいのだぞ。伊織から痛み止めを預かっておるゆえ、痛むようならちゃんと言うのだぞ？」

「ん」

素直に頷く蒼太へ目を細めて、恭一郎は伊織と馨を促した。少しでも西の衆——西原家の隠密――の目を誤魔化すために、伊織たちが先に出て御城へ向かうのだ。

伊織と馨を見送ってから、夏野たちはくぐり戸を抜け、柿崎道場の方から発《た》った。

神社が苦手な伊紗は道中の茶屋でのんびり待っていて、夏野たちを認めると縁台から立ち上がって近付いて来る。

「荷物は下女の私が預かるよ」

にやにやしながら、伊紗は夏野が背負っている包みに手を伸ばす。

蒼太の搔巻はムベレトが抱えているため夏野は手ぶらになったが、人里を抜けるまではムベレトは下男、伊紗は下女として五人で行動を共にすることになっている。

伊紗は今日は下女らしく地味な着物を着ていた。白粉《おしろい》や紅《べに》がなくとも白い肌や赤い唇《くちびる》は笠で、身体つきはさらしを巻くことで隠していて、いつもの色気は鳴りを潜めている。

昼下がりとあって出都する者はそうおらず、夏野たちは列に並んだ。

伊紗が振り返って、歩んで来たばかりの火宮《ひみや》大路をじっと見つめる。

「どうかしたか？」

夏野が問うと、伊紗はなんともいえぬ笑みを漏らした。

「……きっとこれが、都の見納めだからさ」

妖魔狩りの仕掛けによっては、そうなる見込みも多分にある。

「寂しいことを言うな、伊紗」と、恭一郎。「事が落ち着いたら――そしてお前がそう望むなら――伊織にお前を呼び戻す算段をしてもらおう」

「ふふっ、旦那《だんな》はやっぱりたらしだね」

笑いながら伊紗はちらりと夏野を見やったが、夏野は気付かぬ振りをした。

面番所で門役人に特別手形を見せると、伴頭《ばんがしら》が飛んで来た。伴頭には蒼太が「療養」のために都外へ出ることが知らされていたようだ。田所との一件も耳にしていて、蒼太や恭一郎への見舞いの言葉と共に、夏野たちは難なく出都することができた。

那岐州へ向かって北東に延びる街道を半刻《はんとき》ほど歩いてから、人気《ひとけ》がなくなるのを見計らって街道をそれた。

笛で呼ぶと、苑はほどなくして佐吉《さきち》と駕籠《かご》を持った影行を連れて現れた。

「とんだ災難だったな、蒼太」

そう労《いたわ》った苑の隣りで、影行も同情を目に浮かべている。

影行によると、恭一郎に斬られた足は、すっかりもと通りになるまで半年近くも要したらしい。他の傷に比べると回復まで大分時がかかった上に、よくよく見ると足の色が少し違う。影行が斬られたのは結界のない場所であったが、兎《と》にも角にも治ったことに夏野たちは希望を抱いた。

「伊紗というそうだな。私は苑。こっちは佐吉と影行だ」

挨拶《あいさつ》もそこそこに苑は伊紗へ名乗った。

どちらもムベレトとは知己《ちき》だが、顔を合わせるのは初めてだった。

「私らも、仲間の仇を討つために稲盛を探している」

「槙村から話は聞いている。此度は一つよろしく頼むよ」

稲盛に乗っ取られた小林は、西原曰く、鴉猿との和睦談判で斎佳を留守にしている。だが鹿島の話では、稲盛は小林を乗っ取った後も堀前の葦切町《よしきりちょう》の宿屋にいたという。

残念ながら、話を聞いて息巻いた苑がこの宿屋を訪れた時には、稲盛は既に引き払った後だった。だが、慣れぬ身体ではそう遠くに行けぬと踏んで、苑たちはここしばらく斎佳の近隣の人里を探っていた。

三羽で来たのはてっきりムベレトも一緒に運ぶためかと思いきや、苑は伊紗を連れて引き続き稲盛を探しに行くという。

「蒼太は駕籠へ。駕籠は影行が運ぶ。夏野は影行に、鷺沢は佐吉に乗れ」

恭一郎が蒼太を駕籠へ乗せる支度をする傍ら、夏野は伊紗を見つめた。

「伊紗」

「なんだい、夏野？」

「くれぐれも気を付けるのだぞ。鹿島の話では小林はほんのつなぎで、稲盛の真の目当ては山幽か仄魅——それもお前をおびき寄せられぬかと画策しているのだからな」

「そうとも」と、ムベレト。「次も助けてやれるとは限らぬ」

伊紗は一度、稲盛に捕らわれたことがある。だが稲盛が取り込みや乗っ取りを試みる前に、ムベレトによって助け出された。

「判ってるさ。娘の二の舞にはならないよ。でも夏野、もしもの時にはさ、娘の時のように何度も迷わずさっさと斬っとくれ」

「ばっ、莫迦者！　冗談でもそんなことは口にするな。『言霊《ことだま》も侮《あなど》れぬ』と樋口様も仰っていた。つるかめつるかめ……」

　縁起直しを唱《とな》える夏野へ、伊紗はくすりとしてから言った。

「言霊も侮れないってんなら、ここでお前に――いや、みんなに誓《ちか》おうじゃないか。私は必ず稲盛を探し出し、やつを仕留めて、娘の仇を討ってやる」

　笑みを浮かべてはいるが、伊紗の揺るがぬ意志は伝わった。

「武運長久をお祈りいたす」

「ありがとう、夏野」

　にっこりしてから、伊紗は苑を見上げた。

「それにしても、この私が空を飛ぶ日がくるとはねぇ……」

†

　駕籠に荷物や刀を積み、掻巻を広げると、恭一郎が蒼太を背負子から抱き上げた。

　傷の痛みはさほど変わらぬが、晃瑠を出てまだ一刻と経っていない。

　駕籠に乗せてもらい、掻巻に包《くる》まってじっとすること更に一刻ほどで、蒼太たちは「かくれが」に着いた。

　隠れ家は、小山の中腹のやや開けたところにあった。

　家は初めて見るが、中の囲炉裏には見覚えがある。この囲炉裏の傍《そば》でくつろぐ恭一郎と奏枝を、蒼太は以前、奏枝の形見の手鏡を通して見たことがあった。

夏野が部屋に置いてあった夜具を手早く広げ、その上に恭一郎が掻巻ごと蒼太をそっと下ろした。

鳥の姿のまま、佐吉が戸口から覗《のぞ》き込む。

「蒼太、早く治るといいな」

「ん。さきち、あいかと。きょう、すと、こんじに、のいたかた」

「うむ。帰りも是非とも頼む」

念願の金翅の背中に乗ることができて、恭一郎は嬉しそうだ。

佐吉と影行が早々に帰ってしまうと、恭一郎と夏野は共に家を見て回った。

蒼太は頭しか動かせぬが、見たところ板張りの部屋は半畳の囲炉裏を含めて六畳、土間は四畳ほどと、九尺二間の長屋よりもずっと広い。部屋の隅《すみ》には夜具の他、ムベレトの物が入っていると思《おぼ》しき葛籠《つづら》が、土間には大工道具や農具、それから打ち粉や拭紙《ぬぐいがみ》、目釘《めくぎ》抜きなど刀の手入れに使われる道具が入った箱があった。

「米と味噌《みそ》、氷豆腐に干し肉……これだけあれば、十日はなんとかなるな」

「竹刀ばかりか、稽古着までありますす」

他にも茶碗《ちゃわん》や飯碗、箸《はし》などが三人分、厠用の落とし紙まで揃えてあって、「いたれりつくせり」らしい。

「井戸はないが、沢が近くにある。ちとぬるめだが、四半里も離れておらぬところに湧《わ》き湯もあるぞ」

「さようで」

恭一郎曰く、隠れ家は玖那村《くなむら》を含めた近隣の村からほどよく離れていて、小山を覆《おお》う林は裾野《すその》の方まで続いている。また、ムベレトから聞いたところ、結界はないものの、隠れ家どころか、小山にも近付く妖魔は滅多《めった》にいない。ムベレトが折々に妖魔除《よ》けの笛を吹いてきたかららしいが、恭一郎と奏枝が八辻の剣と共に四年の年月をここで過ごしたことも、妖魔除けに一役買ったようだ。

妖魔のみならず、人もまた、日中でも裾野にさえ近寄る者はいないという。実情とは反対に、那岐州の猟師たちの間では、この辺りには妖魔の巣がいくつもあることになっているそうである。

「奏枝は仲間が流した噂だと言うておったが、ムベレトのことだったとはな。あの頃は奏枝やムベレトのような、森を住処《すみか》としない山幽がたくさんいるのだろうと、俺は勝手に合点していた」

奏枝の名を口にする恭一郎の声がどこか困ったように聞こえるのは、夏野に対する「えんりょ」だろうか——と蒼太はぼんやり考えた。

夏野が恭一郎を好いていることは明らかだ。小夜がこっそり教えてくれたが、夏野のそれはただの「すき」とは違い、「こい」と呼ばれるものらしい。

恭一郎も夏野を好いているが、それが「こい」かどうかは蒼太には判じ難《がた》かった。

ただ――

――黒川を背負ってでも、早く飯と寝床《ねどこ》にありつきたかったというのが本音だ――

神里で風邪《かぜ》で倒れた夏野を、馨の申し出を断って八辻宅へ連れて帰った恭一郎はのちに
そう言ったが、「ほんね」は恭一郎が「そうしたかった」だけだと蒼太は疑っていない。

でも「きょう」はまだ、「かなえ」に「こい」をしている……？

「かなえ」は、もうとっくに死んでしまったのに……

――いつになったら忘れられるものかと思ってな――

白玖山でそう問うた恭一郎に、ムベレトは応《こた》えた。

――人の命は、何を忘れるにも短過ぎる――

おれは……

おれは人じゃないけど忘れない。

いつか、この二人がいなくなってもずっと忘れない。

ああでもその前に、「ぎゃくえん」は駄目なんだった――

「……た」

「蒼太？　どうした？」

「はら、へた」

慌てた恭一郎の顔が、一瞬にしてほころんだ。

「さよの、まんじゅ、くう。にぎめしも、くう」

「ははは、それならちと早いが夕餉にするか」

「ええ」

小夜が持たせてくれた握り飯と饅頭《まんじゆう》で夕餉を済ませると、日暮れと共に床に就《つ》く。

恭一郎は己の隣りで、夏野は囲炉裏を挟んで反対側で横になった。

白玖山で野宿した時もそうだったが、二人のしかとした気が心強い。

また、結界の外だからか、背中が地面についていなくても自然の息吹がそこここから伝わって、蒼太の身も心もほぐした。

翌朝――

傷には変化が見られぬものの、痛みは少しだが和らいだ気がした。

†

夜明けと共に夏野は目覚めた。

間に囲炉裏を挟んだからか、思っていたよりも落ち着いて眠りに就くことができた。

隠れ家は板葺《いたぶ》きで、壁や床にもところどころ直した跡がある。少なくとも夏野が生まれる前に建てられたと思われるが、たとえ五十年前だとしてもムベレトにはほんの一昔のことだろう。

そっと起き出して表へ出ると、一つ大きく伸びをする。

ただでさえ那岐州の朝晩は――殊《こと》に山間《やまあい》は水無月でも涼しいが、冷夏とあって一層ひやりとしている。辺りは木々に囲まれているため麓《ふもと》は見えぬが、家の周りはぽっかり開けていて、頭上の空や微かに渡る風が清々《すがすが》しい。

『なつの』と、蒼太の声が頭に届く。

『おはよう、蒼太。調子はどうだ？』

『昨日よりいい』

『それはよかった。ここまで来た甲斐《かい》があったな』

家に戻ると、恭一郎も起き出してあくびをした。

「おはようございます」

「うむ。早いな、黒川」

寝相の良い恭一郎の寝巻きには乱れが見られず、夏野はそうどぎまぎせずに済んだ。

恭一郎と二人で蒼太の傷を確かめる。傷には少しも癒えた様子が見られず、夏野たちは落胆したが、蒼太が言うには痛みは僅かながら和らいだらしい。

「本当か？　またつまらぬ意地を張っているのではないか？」

「ほんと。いたいけと、きのよ、り、いたない」

「ふむ……ならば、ここまで来た甲斐があったか」

「ん」

似たような言葉を漏らした恭一郎と夏野を交互に見上げて、蒼太が微笑んだ。

街道を離れた時に守り袋を外した蒼太は、もとの一回り小さな十歳の子供の姿に戻っている。中身は相応の若者だと判っていても、あどけない、無邪気な笑みが愛らしく、夏野はつい子供扱いしたくなる。

朝餉に恭一郎と米を炊き、味噌汁を作った。といっても、夏野は火起こしや火吹竹を吹くのを手伝っただけだ。味噌汁は氷豆腐を入れただけだが、白玖山での食事は主に芋《いも》か黍《きび》を使った物のみだったため、米や味噌、豆腐があるだけありがたい。

朝餉の後は、早速、剣の稽古に励《はげ》んだ。

素振りはそこそこに立合稽古を始めたが、すぐにいつもと違うことに気付いた。

山幽の森巡りや蒼太の看病で、ここしばらく稽古がおろそかになっていたにもかかわらず、白玖山で稽古した時よりも、ずっと恭一郎の動きがよく見える。

これもまた、結界の外にいるからだろうか――？

恭一郎にも判ったようで、夏野の竹刀を避けながらにやりとする。

「また腕を上げたな」

だが動きは見えても、身体がなかなか追いつかぬ。

結句、恭一郎にはまるでかすりもせずに、夏野は何度も打ち負かされた。

剛腕の馨と違って、恭一郎の太刀筋は総じて静かだ。手心ゆえか、夏野はやんわりいなされることが多く、六段の剣士としては悔しい限りである。

休み休み打ち合って一刻半ほどが経った頃、蒼太の声が頭に響いた。

『ムベレトが来る』

『ムベレトが？』

問い返した矢先、背負子を背負ったムベレトが木々の合間から現れた。

稽古の汗を拭って着替えると、ムベレトと共に早めの昼餉を囲む。

ムベレトはここへ背負子を届けるついでに、昨晩は玖那村に泊まって、小林が買い取った——奏枝が殺され、蒼太が捕われていた——屋敷の様子を見て来たという。

「稲盛は如月の半《なか》ばから弥生《やよい》の初めまで一月《ひとつき》足らずいただけで、その後は屋敷には戻っていないようだ」

「どのみち身体が慣れるまでは、表に出て来ぬだろう」と、恭一郎。

玖那村では宿屋の他、菓子屋でも屋敷のことを問うたそうで、蒼太はムベレトの土産の干菓子を喜んだ。

蒼太の具合を知るとムベレトは言った。

「影行の足もそうだが、八辻の剣の傷ゆえ、結界の外でも治りが遅いようだな。まあ、人なら抜糸まで半月、回復には少なく見積もって一月はかかろう大怪我だ。回復の兆《きざ》しが見えただけでもよいではないか」

「うむ」

「私はこれから奈切山から白玖山へゆくが、帰りにまた寄ろう。食べ物もまた持って来るが、菓子の他、欲しい物があるか？　食べ物でなくとも何か入り用な物があれば、遠慮《えんりょ》なく言ってくれ」

「豆や干し茸《きのこ》、叶うなら青菜や卵があれば嬉しいが」

「判った。黒川、お前はどうだ？」

「私は……叶うなら書を。影行の話からしても長丁場になりそうだ。そうとは思わず、読みかけの一冊しか持って来なかったゆえ」

馨の台詞《せりふ》ではないが、安良の後押しがあったため、結界の外にさえ出れば、傷はものの数日で癒えると勝手に見込んでいた。

「絵草紙ならともかく、お前が読むような書がこれより北で手に入るとは思えぬ。ああしかし、樋口の家が空木にあったな。家守は樋口の義弟だとか。空木ならここからそう遠くない。家守に一筆したためてみろ。借りられるようなら借りて来てやろう」

矢立《やたて》を取り出し、伊織から勧《すす》められていた書名をいくつか書き付けてムベレトに託す。

「世話をかけるな」

「安良様のためだ。蒼太が治らねば安良様が困るゆえ」

「たとえそうだとしても、おぬしの心遣い、痛み入る」

昼餉を済ませると、恭一郎は夏野に蒼太の見守りを頼んだ。

「俺は少し辺りを確かめて来る。ここを出てもう九年になるからな……念のため、八辻の刀は妖魔除けを兼ねてここに置いてゆくゆえ、黒川の刀を貸してくれ」

「私が案内しよう」

ムベレトが申し出ると、蒼太が言った。

「おれ、そとて、ひうね、すう」

「そうだな。外は風も穏やかで気持ちが良いぞ」

蒼太へ微笑むと、恭一郎は表へ筵《むしろ》を敷いて、掻巻ごと蒼太を運んだ。

蒼太と二人きりになると、夏野は読みかけの書と八辻の剣を持って表へ出た。

日向《ひなた》で早くもうつらうつらし始めた蒼太から、少し離れたところに座り込み、家の壁にもたれて書を開く。

昨晩は特になんの夢も見なかった。

予知も、過去も——

その気になれば、ここにいた時分の恭一郎や奏枝の過去が見えるだろう。だが、恭一郎の大切な想《おも》い出《で》に土足で踏み込むつもりは毛頭ない。

否。

二人の仲睦《なかむつ》まじさに、打ちのめされることを恐れているだけやもしれなかった。

ふと見上げた空は青く、高い。

誘われるように書を置いて、代わりに八辻の剣を手にすると、夏野は立ち上がった。

家と蒼太から十間ほど離れて、そっと鞘《さや》を払って地面に置いた。

蒼太が目覚める気配はなく、安堵《あんど》しながら夏野は刃を覗き込む。

己の影の他は何も見えぬ。

八辻の声も聞こえぬ。

声は聞こえぬが——

水平に掲げた刃の上が空、下が地を映し、この世と一つになったように夏野は感じた。

天と、地と――

己が手を放せば刀はそのまま宙に浮き、天地の狭間《はざま》に溶けてしまうのではないかという荒唐無稽な錯覚にとらわれて、夏野は慌てて左手を右手に添えて柄《つか》を握り直した。

刀を晴眼《せいがん》に構えると、今度は混ざり合った天地が左右から刃を支え、刃と一つになろうとしているように感ぜられる。

安良様という「陰の理」を断ち切る――すなわち、安良様に永久《とわ》の死をもたらすために八辻が打った剣……

不思議なことに、常からこの刀に漂う「死の気配」は今は鳴りを潜めていて、まっすぐ延びる刃の棟《むね》を見つめていると、この世の果てまで見通せるような気がした。

だが、「その先」を見つめれば見つめるほど、己が「異なるもの」に感ぜられ、結句何も――予知も過去も幻影も――見えなかった。

第二章
Chapter 2

任命式で受け取った二つの鍵《かぎ》を手に、神月一葉は安良の後に続いた。

御城《おしろ》の中奥にある燕庵のことは折々に耳にしていた。

燕庵は安良と大老の密談のために設けられた茶室を模した小部屋で、炉はないが、床《とこ》を入れて四畳半の部屋は二重の壁に囲まれているという。

「樋口、燭台《しょくだい》は私が持つ。神月と樋口はここで待て」

伊織から燭台を受け取ると、安良は一葉を促した。

「錠前を」

「はっ」

大老代を務めてきた神月仁史と、己の「お守り役」の伊織が戸口の両脇《りょうわき》に控える中、一葉は一つ目の錠前を外した。戸は内側からも錠前をかけられるようになっているが、今日は表に仁史と伊織が控えているため、戸を閉めるだけにとどめる。

二重の壁の間は半間で、二つ目の戸口は一つ目と重ならぬところにある。

二つ目の戸口の錠前を外すと、安良が燭台から行灯《あんどん》へと火を移した。

安良に命じられて二つ目の戸も閉めてしまうと、安良の前に一葉も座る。

声を潜めて安良が問うた。

「この部屋のことは人見から聞いておるな？」

「……はい」

「なんと聞いた？」

「鍵を持つ者は安良様と大老――私の二人のみ。畳の張り替えが入り用な時は私の監視のもとに、掃除は私が自ら行うように、と」

「そうだ。――隠道と孝弘のことも聞いたか？」

「はい」

燕庵のことは前々から人伝《ひとづて》にも聞いていたが、隠道や槙村孝弘という者については人見が亡くなる七日前に初めて聞いた。恭一郎が人見と二人きりで言葉を交わしたのち、一葉も人見に呼ばれて二人きりでしばらく話をしたのだ。

――燕庵には国皇と大老の他《ほか》、今一人、隠道から出入りする者がいる――

燕庵に、御城の外へ続く隠道があることには、さほど驚きはなかった。隠道が玄鳥堂《げんちようどう》に通じていることや、店主の玄鳥がその手入れをしていることは知らなかったが、玄鳥や玄鳥堂で働く鍼灸師《しんきゆうし》や按摩《あんま》が皆、役目中の不慮の事故や老いから盲目になった安由《あゆ》――神月家の隠密――だということは、元服した時に教わっていた。

だが、槙村のことは……

──その者の名は、今は槙村孝弘という──

──今は？──

──心して聞け、一葉。けして声を高くするでないぞ──

そう釘《くぎ》を刺してから、人見は続けた。

──その者は山幽《さんゆう》で、私よりずっと長く安良様に仕えてきた者だ──

──山幽……──

山幽については、書庫番の理術師《りじゅつし》・相良正和《さがらまさかず》から聞いていた。「人に似て人に非《あら》ず、だが人と同じく知恵に長《た》けている」という妖魔《ようま》である。

孝弘は山幽ゆえに人里にとどまることがなく、およそ十年に一度、人名を変えるらしい。

西原が鴉猿を味方にしているように、安良は山幽を味方にしようとしているのではないかと、白玖山を訪ねた伊織に問うたことがあった。だが伊織は、勅命《ちょくめい》ゆえ応《こた》えられぬと前置きした上で「いずれ大老か、もしかしたら安良様ご自身からお話がありましょう」と己に告げたのだ。

「人見はここでの最後の密談については、樋口に託したと聞いた」

「はい。私が無事に任命式を終えたのち、黒川殿や蒼太のことと併せて、樋口様から聞くように言われました」

「うむ。黒川と蒼太は樋口の直弟子《じかでし》ゆえ、この二人のことは樋口から聞くがよいと判じたのだろう」

人見は更にこうも言った。

――政務のこまごましたことは閣老や少老に訊《き》くとよい。だが、困りごとや迷いごとはまず樋口に相談するがよい――

仁史の政《まつりごと》の手腕や人柄は申し分ないように思われるが、人見は仁史よりも伊織の見識を買っていたようだ。一葉自身も、仁史よりも伊織に馴染《なじ》みがあって話しやすい。

――蒼太については一つ言っておく。何があろうと、蒼太はお前の甥《おい》だ。恭一郎はお前の兄で、蒼太は恭一郎の子なのだからな――

蒼太はもしや、奏枝殿の連れ子なのか……？

さすれば兄上が初めのうち「遠縁の子」「みなしご」などと言ったことも頷《うなず》ける――

それでも――血のつながりはなくとも――二人からは親子の絆《きずな》がしかと感ぜられる。

ゆえに一葉は、一も二もなく頷いた。

――無論です。何があろうと、兄上は兄上、蒼太は兄上の子――私の甥です――

――そうだ――と、人見は微笑《ほほえ》んだ。――今は国の大事ゆえ致し方ないが、この大事を乗り切った暁には、あの二人は自由にしてやってくれ――

――自由？――

――あの二人は、都暮らしを望んでおらぬ……――

ただでさえあまり顔を合わせる機会がないというのに、二人が晃瑠を離れるのは寂しいが、二人がそう望んでいるならばと、一葉はこれにも頷いた。

——……安良様も、あの方の望むがままに——

——安良様？　安良様も晃瑠を離れようとお考えなのですか？——

安良様は、遷都《せんと》をお考えなのだろうか？

国皇を傍《そば》で支えるのが大老の役目である。

安良様が晃瑠を離れるならば、私も……？

慌てた一葉へ、人見は穏やかな声で続けた。

——神月家は——私は、安良様を神だと信じてきた。今も……いや、このところの様々な出来事を経て、私はますますそう信じるに至った——

——私ももちろん、安良様を信じております——

——うむ。だがな一葉……安良様は現人神《あらひとがみ》だが、人のみの神ではないのだ——

——山幽の神でもあると仰《おつしや》るのですか？——

槙村孝弘という山幽に通じていることを思い出して、一葉は問うた。

——山幽に限ったことでは——いや、人と妖魔に限ったことではない。神はこの世の全《すべ》てを知り、全てを司っている。安良様はこれまで現人神として人を護《まも》り、我々人の望みを叶《かな》えてきてくださったが、安良様にも神としての望みがおありに違いない。我々人は、安良様の救いなくして生き延びてこられなかった。ゆえに此度《こたび》の大事を無事にやり過ごしたのち、安良様が何か他の、殊《こと》にご自身のために望むことがあるならば、微力ながら、積年のご恩返しと思うて力を尽くす所存であった——

確かに安良は人を護るために国を築き、人の望みを――人が暮らしやすい世を――叶えてきた。それを現人神ならば当然のこととして考え、安良自身の望みなど思い巡らすことがなかった己を一葉は恥じた。

――父上に代わって、私がご恩返しいたしますゆえ――

――頼んだぞ……と言いたいところだが、お前もまた、役目に縛《しば》られることはない――

――と、いいますと？――

――私は大老の子として生まれ、大老となるべく育てられ、国民を護るために生きてきた。そのような運命《さだめ》だったのやもしれぬが、夕《ゆう》のことを含めて、己で選んできたと信じてもいる。私はお前も大老にするべく育ててきたが、もしも他に望みがあるならば、無理強《じ》いはせぬ。国のことは樋口や仁史に任せて、お前も恭一郎のように自由に生きてよいのだぞ。誰《だれ》を信じるも……誰を護るもお前の自由だ――

「一葉」

安良に呼ばれて、一葉は慌てて人見の想《おも》い出《で》を頭の隅に追いやった。

「隠道を見せておく」

「はっ」

安良が床の床板に手をかけると、床板は床脇の地袋の下へと滑る。覗《のぞ》き込むと、暗闇《くらやみ》へと続く梯子《はしご》が見えた。

「燕庵とこの隠道、それから玄鳥堂はこれよりお前に任せたぞ、一葉」

「はっ」

「お前がこの道を使うことはなかろうが……いや、判《わか》らぬな。玄鳥と、常からもしもの折に備えておけ」

「承知いたしました」

もしもの折とは――?

胸にざわめきを覚えながら、一葉は安良に促されて燕庵を後にした。

†

参拝を終えた一葉を、伊織は屋敷の己の書斎へいざなった。

任命式の翌日、八ツになろうという時刻であった。

先だって安良が明かした「国の大事」を、奏枝や蒼太の正体と併せて一葉に告げるよう人見から託されていた。

時機は己に任せると言われていたが、人見は既に槙村孝弘――ムベレト――や隠道のことを一葉に明かしている。加えて昨日、安良に「もしもの折」などと言われて、一葉自身がいち早く知りたがったため、昨日のうちに安良に願い出て、泊まりがけで「神社参り」の運びとなった。

……叶うなら今少し、一葉様がお役目に馴染むまで様子を見てからにしたかったが、そう悠長なことは言っておられぬ。

これもまた「時機」といえよう――

伴にして護衛役の四人と馨は離れたところに控えさせ、茶と茶菓子を運んで来た小夜にも人払いを申しつける。

硬い顔で己を見つめる一葉へ、伊織は穏やかに口を開いた。

「さて……少々驚かれることと思いますが、まずはお聞きくださいませ」

「はい」

頷いてから、一葉は硬いながらも口角を微《かす》かに上げた。

「大老として覚悟して参りました。それに私は樋口様を信じております。父上と兄上、蒼太、黒川殿……もちろん安良様も」

人見様は――俺《おれ》たちは、まことに良いお世継ぎに恵まれた……

若さは否《いな》めぬが、その凛《りん》とした佇《たたず》まいに伊織は思わず胸を打たれた。

俺は……俺も覚悟を決めねばならぬな。

この信頼に応えられるように――

「――長くなります。順を追って話しますゆえ」

「はい」

改めて頷いた一葉に、伊織はまずは燕庵で安良から明かされた安良の出生から今までの歩みを、それから「国の大事」が白玖山の再びの噴火であることを話した。

一葉は驚きや苦悩は露《あら》わにしたものの、僅《わず》かな問いの他は、じっと考えを巡らせていることが窺《うかが》えた。

「それで安良様は、西原や稲盛のことは後回しに……」

「そのようです」

「ですが、理一位《りいちい》にして二人の師である樋口様を差し置いて、蒼太か黒川殿が『理《ことわり》に通じる者』だと判じたのは何ゆえでしょう？」

「蒼太と黒川のことを話す前に、恭一郎と奏枝殿についてお話ししとう存じます」

「兄上と奏枝殿の……？」

「奏枝殿は山幽でした」

「奏枝殿が？　で、では蒼太も？　いや、兄上との子なら合の子ということか……？」

「蒼太も山幽であります」

「とすると、ま、まさか兄上まで山幽ということですか？　しかし、ここは妖魔知らずの都……それも兄上たちは神社の敷地にお住まいで……ああでも、槙村という者が出入りできるのならば、山幽には都の術は効《き》かぬということでしょうか……？」

国が滅ぶやもしれぬ大噴火や、安良が文字通り「命懸《が》け」で国を救おうとしていることにも相応の驚きがあっただろうが、一葉には奏枝や蒼太、恭一郎の正体の方がより身近なことゆえに、口を挟まずにいられぬようだ。

「恭一郎は人見様とお夕様のお子で、人に間違いありませぬ」

ほっと安堵《あんど》の表情を浮かべた一葉へ、伊織は続けた。

「蒼太は山幽ではありますが、奏枝殿の連れ子でも、恭一郎の実子でもありませぬ」

「というと――ああ、申し訳ありませせぬ。これもまた長い話なのでしょうね。まずは黙って拝聴いたします」

微笑をもって一葉に応えてから、伊織は再び話し始めた。

恭一郎と奏枝の馴れ初《そ》めから、奏枝が死に至ったいきさつ。

蒼太が森を追われた事由、恭一郎と蒼太の巡り合わせ、二人と己の出会い。

夏野の弟の事件や、稲盛に囚《とら》われていた伊紗の娘のこと。

夏野と伊紗の出会い。蒼太の目を取り込んだ夏野が、伊紗に惑わされて蒼太に斬《き》りつけ、恭一郎、馨、そして己と会したこと。

夏野と蒼太は左目を介して絆を育み、理術の修業を重ね、殊に蒼太は並ならぬ力を発揮するようになったこと……

一葉に語る間に、ここ二十年ほどのことが次々伊織の頭をよぎった。

二十年前、己が清修塾に入塾した同年、晃瑠では恭一郎と奏枝が初めて会し、氷頭州《ひず》では夏野が生まれた。

三年後に二十四代安良が崩御《ほうぎょ》し、二十五代安良が生まれ、翌年、伊織は理一位を賜《たまわ》った。

恭一郎が奏枝に再会したのは二十二歳の時で、その四年後――九年前――に奏枝が亡くなった年には、夏野の弟が殺され、蒼太は森から追放された。

それぞれが出会ってからのここ四年間は、殊に様々な出来事があったが――

まさかこの俺が、大老の後見を務める羽目《はめ》になろうとは……

稲盛や西原の企《たくら》みを交えて、神里や白玖山での出来事、此度の蒼太の「療養」の真相など、粗方《あらかた》話し終えた時には六ツをとうに過ぎていた。

「……蒼太は少しずつよくなっていると、颯《はやて》が届きましたね」

「ええ。槙村が空木から知らせてくれたのです」

「安良様のお見立ては正しかった……安心いたしました。蒼太は甥ですが、私は弟のように思うておりますゆえ」

「蒼太を、よしとしてくださるのですね」

「はい」

すぐさま頷いてから、一葉は付け足した。

「正直に申せば、まだ信じ難くはあります。そしてたとえ蒼太や、槙村や伊紗という者が味方であっても、都に妖魔が入り込んでいるとは何やら後ろめとうございます。悪気はなくとも、西原のごとく国民をたばかっているような……」

「その通りです。妖魔知らずといわれる都にも、実は妖魔が出入りしている……我々もまた、そのことを国民に隠してきました」

「しかしながら、安良様を始め、皆を信じると言った気持ちは変わりませぬ。今は皆が信じていることを、皆を信じている私も信じてみようと思います」

「一葉様……」

「父上と同じく、私も大老の子として生まれ、大老となるべく――国民を護るべく育てられました。父上は無理強いせぬと――もしも他に望みがあるならば、国のことは樋口様や閣老にお任せして、私も兄上のように自由に生きてよいと仰いましたが、私は……そのように育てられたがゆえだとしても、この国のために働きとうございます」

「幸甚《こうじん》にございます」と、伊織は苦笑を漏らした。「人見様も冗談《じょうだん》が過ぎます。一葉様のご覚悟を見越してのことであったとしても、この国を仁史様や私に委《ゆだ》ねようとは……仁史様はともかく、私に大老役は務まりませぬ」

それは謙遜《けんそん》で、今の一葉よりは仁史の方が、だが仁史か己なら、己の方が理一位という立場も含めてうまく国を治められることだろう。

だが、のちの一葉様にはおそらく敵《かな》わぬ――

安良と国を統一した「神月大老」もまた、この千年余りで国民に信頼され、信仰されるに至ったのだ。

人見はまた、こうも一葉に告げたそうである。

――誰を信じるも……誰を護るもお前の自由だ――

「父上は、樋口様に厚い信頼を寄せておりました。樋口様、どうか私に――この国のために、引き続き力をお貸しくださいませ」

一葉が深く頭を下げるのへ、恭一郎の笑い声が思い出される。

――ははは、今まで空木でぬくぬくと、隠居じみた暮らしをしてきたつけだ――

否、と伊織は内心首を振った。

違うぞ、恭一郎。

これはつけでも「運命」でもない。

これは俺が決めたことだ。

家人の――殊に小夜のため、生まれてくる我が子のため。

友のため。

知己のため。

ひいては国民の――国のため。

俺は「大老」の一葉様を信じ、お助けしてゆく――

「一葉様、どうかお顔を」

顔を上げ、己をまっすぐ見つめる一葉へ、伊織はしかと頷いた。

「私にできることなら、なんなりと」

嬉《うれ》しげに一葉がにっこりとした。

「では樋口様、まずは夕餉《ゆうげ》を馳走《ちそう》していただけないでしょうか？　小夜殿は大変な料理上手だそうですね。兄上や蒼太がこちらへ越して来たのも、半分は小夜殿の手料理が目当てだったとか」

「半分どころか、十中八九、小夜の料理が目当てだったと思われます」

「今宵《こよい》は、その噂《うわさ》の小夜殿のお料理が食べられると思って楽しみにしてきたのです。それからお泊まりも……弥生《やよい》に私は生まれて初めて晃瑠の外へ出て、宿屋や御屋敷に泊まりましたが、晃瑠でこのように他家に泊まったことはなく……夕餉ののちも、今少しお話をお伺いできれば嬉しゅうございます」

「当家も、大老様にご宿泊いただくのは初めてでございまして、身に余る光栄にございまする」

わざと殊更丁寧《ていねい》に応えつつ、伊織は微笑んだ。

「夕餉ののちは馨も交えて、兄君を肴《さかな》に語り合いませぬか？」

「是非」

†

隠れ家に移って、早十三日が過ぎた。

夏野たち三人は、那岐州の山中で穏やかな日々を過ごしていた。

朝餉ののち昼まで恭一郎と剣の稽古《けいこ》に励むと、蒼太を背負子《しょいこ》に乗せて、三人で湧《わ》き湯へ向かう。

湧き湯では男女に分かれて、見張りと入浴を交代し、ついでに洗濯も済ませてしまう。ぬるめ、と恭一郎は言ったが、都の熱い湯が好みの恭一郎にとってのことだったようで、夏野や蒼太にはちょうどよかった。

昼からは主に読書や理術の修業をしたが、再び剣術の稽古をすることもある。

書はムベレトが、空木村の伊織の家から一抱えも借りて来てくれた。

苑は影行や伊紗と稲盛探しに余念がないが、佐吉は三日にあげず飛んで来て、都度なんらかの菓子を土産《みやげ》に差し出すものだから、蒼太は大喜びだ。

蒼太の怪我《けが》は少しずつよくなってきた。

痛みは大分引いたそうで、傷も塞《ふさ》がりつつある。

佐吉に乗って、夏野は空木村を一度訪ねた。颯にて晃瑠へ蒼太の具合を伝えるためだが、伊織の家を訪ねて小夜の弟の良明《よしあき》と再会し、読み終えた書を返して新たに少し借りた。

夜明けの起床は晃瑠と変わらぬが、夜は日暮れてまもなく眠りに就く。

恭一郎との稽古の疲れもあって、眠りは深く、どっしりしている。夢もほとんど見ることがなく、稀《まれ》に覚えていても、予知でも過去見でもなく、穏やかな今の隠れ家での日々を映したような夢である。

妖魔除《よ》けが効いているらしく、昼も夜も、妖魔の気配は感じなかった。一度、沢の向こうに熊が現れたが、夏野に気付くと、すぐに身を翻《ひるがえ》して木々の合間に消えて行った。

これまでの妖魔や稲盛との死闘が夢か幻《まぼろし》のごとく感ぜられ、蒼太や恭一郎とこのまま末永く、何事もなく暮らせぬものかと望む度に、安良と共に「見た」、白玖山が噴火する前の調和に満ちた世を思い出す。

太平の世――

ただし、平穏を感じるのは隠れ家やその周辺にいる時のみで、空木村への道中や村では土中の不穏がじんわりと、そこら中から伝わった。

――そうして迎えた水無月《みなづき》は二十三日。

七ツ過ぎと思《おぼ》しき時刻に、夏野は二度目の空木村から戻った。

立秋までまだしばしあるが、冷夏ゆえに、日暮れが近付くと秋も半《なか》ばのごとく肌寒い。

「安良様の修業ははかどっていると槙村は言っておりましたが、噴火の時は、刻一刻と近付いているようです」

安良を始め、伊織や一葉が大変な時に、己は日々そこそこ楽しく過ごしていることに後ろめたさがある。

「そう案ずるな」と、恭一郎。「事が切羽《せっぱ》詰まれば、安良様か伊織から帰都するよう沙汰《さた》があろう。蒼太の傷も、すっかり癒《い》えるまでには今少し時がかかりそうだ。俺たちに今できることは、大事に備えて英気を養うことさ」

「はあ、しかし」

「しかし、なんだ？」

「未熟者ゆえ、もしもの折を考えると、どうにも気が気ではなく……安良様を『贄《にえ》』とすることはもちろん、万が一にも時が戻るのならば、それは噴火とはまた違う道でこの世が滅ぶこと、今この世に『在《あ》る』皆が死すことだと――私も黒耀や鷺沢殿と考えを同じくしておりますので……」

恭一郎はまた、こうも言っていた。

――たとえ時は戻らずとも、噴火を止めると同時に――安良様の崩御と共に――妖魔たちも贄にならぬかと俺は恐れている。黒耀の推《お》し当てを聞いた時は黒川同様、戯言《ざれごと》だと思ったが、蓋《ふた》を開けてみれば当たらずとも遠からずではないか——

「うむ」

頷いてから恭一郎は、横になったまま見上げている蒼太にも苦笑してみせた。

「黒川や蒼太から話を聞いたのち、俺と伊織は、このことについて幾度となく話した。伊織は佐内様とも——今頃《いまごろ》は野々宮《ののみや》様とも話したやもしれぬ」

夏野と蒼太が燕庵で聞いたことを、のちに伊織と佐内は安良から直々に、「修業」でこもっている天守で伝えられたそうである。野々宮善治《よしはる》理一位は、昨年命を狙《ねら》われたのち神里から北都・維那に身を移した。西原や稲盛が大人しくしているとはいえ、表立って理一位の三人が一所《ひとところ》に集わぬ方がよかろうと、人見の葬儀には顔を出さなかったが、恭一郎曰《いわ》く「大事」は知らせてあり、水無月のうちにお忍びで晃瑠を訪れることになっている。

「だが幾度話したところで、結句たどり着くところは同じだ。噴火を止めるとなると、伊織や佐内様、野々宮様には打てる手がない。俺たちは安良様を信じる他ないのだ。安良様が初めにそう見込まれた通り、火山脈に重ねたご自身の地脈を活《い》かして噴火を鎮《しず》めてくださるように、そしてどのように噴火が止められようが——ひずみが正されようが——安良様や妖魔たちの命が失われぬよう、俺たちはただ祈る他ない……」

恭一郎や伊織が留守《るす》の間、夏野と蒼太、馨も幾度となくこのことを話し合い、結句恭一郎たちと同じ結論に至っていた。

「……はい」と、夏野も頷いた。「そして、たとえ『もしもの折』が訪れたとして、この国が――この大地が沈んでゆくのを、ただ手をこまねいて見てはいられませぬ……」

となると、私はやはり「その時」には斬る――のだろう。

安良様を贄とする道を選ぶのだろう……

だが、蒼太は……?

「おれも、きう」と、蒼太は夏野たちを見上げて言った。「もしも、ひすみ、なおて、ようまが、しんても、きょうと、なつのは、いきう。いおいも、かおうも、さよも、かすはも、せんせも、ぐじさまも……みんな、しぬよい、いい」

恭一郎を見つめて蒼太は続けた。

「きゃくえん……こめん」

「莫迦者《ばかもの》。縁起でもないことを言うな。つるかめつるかめ」

「……こめん。つうかめ、つうかめ」

「つるかめつるかめ」

夏野も一緒になって縁起直しを唱えると、三人三様に笑みを漏らす。

おもむろにぐるりと家の中を見回して、恭一郎が更に微笑んだ。

「奏枝と赤子が死した時、俺はそれこそ、この世の終わりだと思ったものだ。斎佳には戻ったものの、いつ死してもいいと……だがあの時死なずにいてよかった。さもなくば、こうしてお前や――黒川には出会えなかった。馨に改めて礼を言わねばならぬな」

蒼太はともかく、己にも親愛の情が溢《あふ》れる笑顔を向けられて、夏野の舌はもつれた。

「わ、私もその、蒼太と鷺沢殿のお二人に出会えたことは、身に余る僥倖《ぎょうこう》かと……」

「大げさな」

　噴き出してから、恭一郎は再び夏野を見つめた。

「けれども僥倖には違いない。蒼太にとっても、俺にとっても。――どうだ、黒川？　明日から真剣で稽古してみぬか？」

「鷺沢殿にはお遊びやもしれませぬが、私は常から真剣に稽古しております」

「はははは、おぬしが常から真剣なのは百も承知だ。俺は真剣で――つまり竹刀《しない》ではなく、俺の八辻と弥一《やいち》殿の形見で稽古をしようと言うておるのだ」

　夏野の愛刀は、祖父の黒川弥一の形見でもある。

「ご、ご冗談を」

「冗談なものか。このほんのしばしの間に、おぬしの剣は明らかに上達した。昔の俺もそうだった。なんだかんだ、結界は人にも不自由を強いているのではなかろうか。この結界のない土地で抜き身を振り回しているうちに、俺は辺りを走る風のごとく自在に刀を操れるようになった。相手がいれば、俺は尚《なお》のこと強くなれるような気がする。黒川もきっともっと強くなれるぞ」

「しかし……」

「またしかし、か。そう案じずとも、おぬしには傷一つつけはせん。ただの立合稽古だ」

　ただの立合稽古に真剣を、それも天下の名刀を使う者などおりませぬ。

ましてや、国で一番の剣士と立ち合う莫迦は——

そう応えかけて、夏野は思い直した。

国で一番の剣士に、真剣で稽古をつけてもらえるとは、実は贅沢《ぜいたく》の極みでは……？

恭一郎の、いつにない熱い眼差《まなざ》しに応えたいという気持ちも多分にあった。

ついでにほんのちょっぴりとだが、竹刀と同じくかすりもせぬだろうと踏んでいる恭一郎に、一泡吹かせてみたいという剣士の矜持《きょうじ》も。

「ではあの……一つよろしくお願いいたします」

「よし！　ならばさっさと飯を食って、寝て、明日に備えようではないか」

楽しげに夕餉の支度《したく》を始めた恭一郎を見やって、夏野は蒼太と顔を見合わせた。

『……「せんせい」が言ってた。うちは「けんじゅつばか」ばかりだって』

「うむ……」

己も剣術莫迦の自覚がある夏野はぎこちなく頷いて、だが次の瞬間、蒼太と二人して破顔した。

†

翌朝は蒼太も表へ出て、恭一郎と夏野が真剣で立ち合う様をしばし見物した。

二人とも殺気はないものの、一つ間違えば大事になるため夏野は緊張の面持《おもも》ちだ。

対して恭一郎はいつもと変わらずのびやかで、ともすると微かに、楽しげに笑みを浮かべていることもある。

時折恭一郎から仕掛けることもあるが、夏野の出方を待っていることがほとんどだ。構えている時間の方がずっと長く、夏野が時に仕掛けてはいなされて、一度も斬り結ぶことなく稽古を終えた。

稽古ののち、蒼太は恭一郎に背負子に乗せてもらい、湧き湯へ向かった。

この半月ほどで傷はほとんど塞がって、己の足でなんとか歩けぬこともないのだが、今少し甘えていたい。

子供の——殊に「人の子」のように。

蒼太は公《おおやけ》には十四歳、実年齢は十九歳である。しかしながら、身体《からだ》つきは守り袋で誤魔《ご》化《ま》《か》してもせいぜい十一、二歳といったところで、世間知らずかつ人語が下手《へた》なせいか子供扱いされることが多い。そのことにはずっと不満を抱いてきたというのに、この傷を負ってこのかた、己はどうも「あまえんぼう」になっている。

両親の記憶がないからやもしれない。蒼太の二親はそれぞれ、野焼きの火にまかれたり、術師に捕らわれたりして、蒼太が赤子の時分に亡くなった。

山幽の森ではどんな子供も大事にされる慣わしゆえに、蒼太も森の皆から慈《いっく》しまれて育った。だが、子供でも山幽は人より丈夫で体力に秀でているからか、子守だったシダルにも抱っこやおんぶをしてもらった記憶があまりない。

湧き湯では夏野が先に入浴する。蒼太は恭一郎と少し離れた木々の陰に見張りとして控えて、山幽の言葉を恭一郎に教えて過ごした。

白玖山で覚えた片言の他、『家に帰る』だの『今日は寒い』だのといった短い台詞を恭一郎は次々と覚えていく。夏野も苦労している山幽の言葉をこうもすらすら口にできるのは、奏枝の遺言によって含んだ角《つの》のおかげだろうと恭一郎は考えているそうだ。

ほどなくして湯から上がった夏野と入れ替わり、蒼太は恭一郎と湧き湯の傍で着物を脱《ぬ》いだ。

「傷は塞がったようだが、完治まではまだしばしありそうだな」

八辻の剣を受けてからおよそ一月、隠れ家へ来てからも半月ほどが経《た》った。晃瑠にいるうちは治癒が見られなかったが、少なくとも血は止まり、悪化しなかったことは不幸中の幸いで、ムベレト曰く「人なら抜糸まで半月、回復には少なく見積もって一月はかかろう大怪我」である。

「いと、とう？」

「そうだな。そろそろ抜糸してもいいだろう」

「ゆ、あいていい？」

「まずは少しだけな」

傷を慮《おもんぱか》って、今までは足湯のみで身体は手拭《てぬぐ》いで拭っていた。おそるおそる腰から肩まで沈めてみると、ほどよく熱い湯が心地良い。

「ぬくい」

「うむ。ムベレトは本当によいところに家を建てた」

恭一郎の目に浮かんだものは郷愁《きょうしゅう》に似ている。恭一郎は晃瑠生まれの晃瑠育ちだが、ここは恭一郎が奏枝と四年の年月を過ごした土地だ。

長湯の恭一郎を置いて先に上がると、蒼太は傷を庇《かば》いつつよちよち歩いて、夏野のもとへ行った。身体が思い通りに動かぬことは歯がゆいが、「人らしく」あることに何やら喜びがなくもない。

『今日は少し湯に浸《つ》かった』

『そうか。温まっただろう』

『うん』

隣りに腰を下ろすと、夏野が小さくくしゃみをした。

『「なつの」、寒い？』

『そうでもない。だが、夏ももう終わりだな』

夜が日に日に冷えてきたため、この数日、蒼太は己の掻巻《かいまき》に包《くる》まった上で、更に恭一郎の夜具に潜り込んでいる。

夏野も夜は寒いのではないか、白玖山で野宿した時のように己が間にいれば、三人でひとかたまりに眠ってもよいのではないかと蒼太は思うが、夏野は恥ずかしいのか、毎晩そそくさと囲炉裏の向こうに床を取る。

それとも「かなえ」に「えんりょ」してるのか……

この隠れ家は、恭一郎と奏枝の想い出が詰まった場所だ。自ら覗くつもりはないものの、今のところ予期せぬ過去見がないことに蒼太はほっとしていた。

昼餉を済ませて半刻ほどで、佐吉が此度は苑とやって来た。

二人して人の姿になって上がり込むも、苑はむっつりとしている。

「稲盛はまだ見つからぬようだな」

からかい口調の恭一郎へ、苑は「ふん」と鼻を鳴らした。

「やつはどうやら、今は斎佳に潜んでいるらしい」

斎佳はまだ古い結界のままではあるが、苑はもともと都に張り巡らされた術を苦手としており、伊紗もいまや都に入る危険は冒《おか》せぬ。入都はともかく、出都の面番所には妖魔狩りの罠《わな》が仕掛けられているからだ。

「とすると、稲盛はまだ、妖魔は取り込んでおらぬのだな……」と、夏野。

「うむ。しばらく草賀をうろついていたようだが、取り込めるような妖魔は見つからなかったらしい」

「やつが草賀をうろついていたと、どうして判った?」

「伊紗のおかげさ」

伊紗は堀前町《ほりまえちょう》で幾人か、役人や術師と思しき者に目星をつけてたらし込み、至術師《しじゅつし》・小林隆史について聞き出したそうである。

「妖魔狩りで捕まったのは偽者《にせもの》の山幽だけだ。よしんば斎佳に妖《あや》かしがいたとしても、罠に不備があるうちにみんな逃げ出しただろうから、稲盛はいずれ、そう遠くないうちに再び妖魔を探しに都の外へ出て来るだろう。だから伊紗は引き続き四つの堀前町を行き来して、稲盛の様子を探っている。——ああ、そうだ。その伊紗から土産を預かって来た」

苑が差し出した包みには、金鍔《きんつば》が五つと羊羹《ようかん》が二棹《さお》も入っていた。

「かたじけな。いさに、つたえて」

「伊紗もお前や鷺沢、黒川によろしく伝えてくれと言っていた」

早速羊羹を切り分けて、蒼太たちは更に苑の話に聞き入った。

残間山での一件以来、金翅と鴉猿はあちこちで似たような小競り合いを繰り返していて、既に金翅は十羽ほど、鴉猿は十五匹ほどの犠牲《ぎせい》が出ているらしい。

「鴉猿を憎んでいるのは、我らばかりではない。近頃は狗鬼や蝪鬼《やくき》も、隙《すき》あらば鴉猿どもを狙うようになった。やつらもようやく判ってきたんだろう。稲盛は小林を乗っ取る前から不調で、鴉猿どもは符呪箋《ふじゅせん》が足りないようだしな」

「五兎《ごと》も鴉猿を避けているようだと仲間から聞いたけど、おれ、一度やつらが五匹揃《そろ》って鴉猿を追いかけてくところを見たよ」と、佐吉が付け足す。

五兎はその名の通り兎《うさぎ》に似ていて、常に五匹で群れている。

「鴉猿も稲盛も、叩《たた》くなら今のうちだ。殊に稲盛は……蒼太、早く本復してくれ。お前なら都でも力を振るえる——斎佳でも稲盛を亡き者にできるのだろう？　なんなら黒川か鷺沢でもよいぞ」

「きょうは、ため。なつのも」

恭一郎なら――今の夏野も――迷わず稲盛を斬るだろう。だが、アルマスは神里で稲盛を庇った。アルマスは都では人を殺せぬとムベレトは言ったが、殺せぬまでも心臓に「触れられる」ことは維那での出来事から知っている。念力も、術師を乗っ取ったシダルと同じくらいは使えるだろう。さすればシダルが長持《ながもち》で夏野を狙ったように、物を用いて人を殺《あや》めることはできる筈《はず》だ。

また鹿島の話では、稲盛は乗っ取りを経て、術師としてますます力を得たようだ。とすると伊織が以前、元理二位《りにい》の熊谷湊《くまがやみなと》を殺めたように、恭一郎や夏野の名を使って二人を死に至らしめることも、今の稲盛ならできるやもしれぬ。

「おれが、やう。おれが、いなもい、こおす」

「頼もしいな。伊紗も喜ぶことだろう」

苑が言うのへ、恭一郎が口を開いた。

「伊紗には、くれぐれも先走らぬよう伝えてくれ。間違っても都の中へ入らぬように」

「捨て身になるにはまだ早い。伊達《だて》に数百年も歳《とし》食っちゃいないさ。伊紗も、私も」

「ならばよいのだが……」

「ふん」

苑は再び鼻を鳴らしたが、険の取れた顔を蒼太へ向けた。

「お前の父親は、人にしては悪くないな」

「ん」

胸を張って頷くと、傍らの夏野も嬉しそうに口角を上げた。

†

隠れ家から苑や佐吉が去った頃――

清修寮の遣いから知らせを受けた伊織は、一葉を仁史に任せて腰を上げた。

本丸の玄関で、護衛役の詰所に顔を出すと、馨がすかさず立ち上がる。

「お帰りですか、樋口様？」

「いや、寮へゆく」

つい噴き出しそうになったのは、馨があからさまに眉尻《まゆじり》を下げたからだ。

表へ出てしばし二人きりになると、馨がぼやいた。

「まったく、たまらんな」

「まだほんの半月ではないか」

「うう、しかしこうも朝から晩まで御城詰めとは……」

「まったくだ。俺の身にもなってみろ」と、伊織は苦笑した。

一葉の後見役になるまでは、自宅の書斎で過ごしたり、一笠神社へ出向いたりと、もっと自由が利いた。護衛役の恭一郎も同様で、今日のように外出がない日は、恭一郎は送り迎えの合間の三刻ほどを市中や道場で過ごすことが多かった。

しかし、後見役を任じられてこのかた――殊に一葉が大老になってから――伊織はほぼ毎日朝から晩まで御城で過ごしている。一葉の護衛役に倣《なら》い恭一郎も御城詰めの運びとなって、今の馨のごとく不満を唱えていたが、卯月《うづき》に西の衆の純代《すみよ》が「山幽」として西門で斬られそうになったり、皐月《さつき》に鹿島が助けを求めて来たり、田所が往来で蒼太を斬ったりと急な外出が重なったこともあり、しばらくは御城詰めをやめられそうもない。

「やはり自由は金に代えられんな……」と、馨がしみじみつぶやいた。

「うむ。世間には自由を捨ててでも、金や御城勤めを渇望《かつぼう》する者がごまんといるというのに、俺たちはなんの因果だろうな。だが少なくとも、お前は恭一郎が戻るまでのつなぎで済むのだぞ」

「……恭一郎が戻ったら――蒼太が治ったら――俺は蒼太と黒川を連れて、斎佳へ行こうと思うが、どうだ？」

「斎佳へ？」

「やつは今、斎佳に潜んでいるのだろう？ 表向きは清修寮への遣いとでも、俺の里帰りとでもすればいい。なんならやつと一緒に御屋形様《おやかたさま》も――」

清修寮が近付いて馨は口をつぐんだが、稲盛が斎佳にいるうちに討ってしまおうと言うのである。「御屋形様」というのは西の衆による西原の呼び名だ。

蒼太なら己と同じく、都の中でも人を殺めることができる。直に触れることなく癪《しゃく》に見せかけて――それも己よりもずっと遠くから、ずっと速く、人知れず仕留めることが。

能取州府・井高《いだか》では逃げられたが、蒼太のますます冴《さ》えてきた妖力なら、此度は稲盛が気配を絶《た》とうとも探し出せるやもしれぬ。術を知らぬ西原なら、尚更造作ないだろう。

「……悪くないな」

噴火は安良を信じて任せるとして――噴火を止められたとしても、西原と稲盛の野心はまた別の話だ。

己に蒼太のごとき巨大な力があれば、やはりこの二人を狙っただろう。だが一方で、蒼太が――否、たとえ己や他の誰でも――造作なく人の命を奪うことには懸念があった。

蒼太は十九歳だが、十歳までは山幽の森という限られた土地で、ほんの数十人の者たちとしか触れ合わずに育った。森を追われてから恭一郎に出会うまでの五年間は一人で逃げ回っていたため、表向きの十四歳という年齢だとしても、いまだにどこか幼さがある。

にもかかわらず、あまりにも巨大な力を手にした蒼太が、ふとしたことで道を外れぬよう伊織は案じた。

黒耀や稲盛のように――

森羅万象《しんらばんしょう》の理の内、人が知る理はほんの僅かに過ぎぬ。伊織を始め、人は更なる知識を求めてやまぬが、全てが皆に明かされることには不安があった。たとえば符呪箋が人には効かぬことや、己が熊谷湊を殺めた時に使った命を左右するような理が広く知られていないことは、総じて「良いこと」だと思わざるを得ない。

己を正しく律することができるかどうか――

蒼太にはえらそうなことを言ったものの、己とてたかだか三十五歳で、稲盛や黒耀にすればほんのひよっこ、ムベレトや安良からすれば赤子も同然だ。だが、若年であることに引け目はそう感じていない。世間にはなんの研鑽《けんさん》もせず、日々の暮らしにかかわることでさえ、学びも工夫もせずにただ歳を重ねただけの者がけして少なくないからだ。

ただし、伊織は人として生まれ、人としての義を学んで育った。ゆえに己が判じたことが——選んだ道が——この世にとって本当に正しいかどうかは、神ならぬ身には結句判らぬままだと思われる。

夏野と蒼太は、安良を自然——つまりはこの世そのものだと疑っていない。伊織は夏野たちほど確信を得てはいないものの、安良の大いなる力と意志は常に感じてきた。

俺が今まで出会った生きとし生けるものの中で、最も高みにおわすお方——

馨を今度は清修寮の詰所に預けて、伊織は寮頭《りょうがしら》のもとへ向かった。

座敷へ入ると、寮頭と共に中森健人《なかもりけんと》理二位が迎えた。中森は斎佳の清修寮に属する理術師で、一昨年伊織と共に、崩れる斎佳の防壁から辛くも逃げ切った。

中森は此度は寮頭代として、晃瑠の清修寮を訪ねて来たそうである。

「ご多忙の折、恐縮至極でございます」

「なんの。ちょうど斎佳の様子も知りたかったところだ」

清修寮に張り合って西原が創設した天翔寮では、此度新たに五人の術師を至術師として取り立てるようだと中森は告げた。

「五人の内四人は、小林や増岡と同じく過去に入塾に至らなかった者たちですが、一人は理術師の田辺明博《たなべあきひろ》だといわれています」

「田辺明博……というと、貴沙《きさ》の？」

「はい。貴沙の清修寮の田辺です。田辺は来年四十路《よそじ》ですが、この先昇位の見込みはないと踏んで、天翔寮へ移ることを決意したようです」

「至術師にはまだ位はないようですが、稲盛、小林、増岡の三人は皆、三十代だそうですから、天翔寮に移れば自分が上位に立てると考えたのでしょう」と、寮頭。

「金につられたという噂も聞きました」

二人が口々に言うのへ、伊織も頷いた。

「致し方ない。皆が皆、志を同じくしているとは限らぬゆえ」

一位や二位の位を持たぬ理術師でも試験や修業を経た精鋭であることに変わりなく、身分も俸禄《ほうろく》も御目見《おめみえ》並だ。しかしながら、現状に満足できるかどうかは個々による。

中森は主に二つの問いを託されて来たという。

一つ目は自治に移った一都六州の結界の増補についてで、これは人見の生前から変わらず、「東側十七州の護りが整い次第」である。

「自治の決定は州司の采配《さいはい》によるところが大きかったため、国民には不満があろう。だが、斎佳だろうが州府だろうが、安良様のもとにある人里を差し置いて、西方の護りを先に固めることはできぬ。最後に襲撃されたのも黒桧《くろべ》の青海村《おうみむら》ゆえ……ただし、東方のほとんどの人里は既に増補が終わっている。さすれば、来年まで待たずして西方の増補を始められよう。何より、鹿島が言い遺《のこ》したことが本当ならば、西原閣老も稲盛も、引いては鴉猿どもしばらく大人しくしておろう」

「二つ目の問いは、まさにその鹿島と稲盛についてでございます。樋口様や佐内様の所見や読売は颯や文《ふみ》にて受け取りましたが、直にお話しいたしたく……小鷺町《こさぎちょう》で死した男が鹿島元理二位であり、鴉猿を身の内に取り込んでいたという両理一位の所見は疑っておりませぬ。ですがこの鹿島が口にした至術師の稲盛文三郎は、その、実は読売に書かれていた名が本名で、かつて御城で斬られた稲盛文四郎ではないかと……」

稲盛が至術師になった時から、文三郎は逆賊の子孫ではないかと囁《ささや》かれていた。此度鹿島が稲盛を「稀代《きたい》の術師」と呼んだこと、奇《く》しくも読売が稲盛の本名である「文四郎」と記したことで、文三郎は文四郎本人ではないかと晃瑠の清修寮でも噂になっている。

「そういった推し当ては晃瑠の寮からも聞いている。そして私も佐内様もありうることだと考えている」

だが、今のところ伊織も佐内も――安良や一葉も――明言は避けていた。

「さ、さようで。実はもしもそうなら、稲盛に教えを乞《こ》いたい――なんなら天翔寮へ移ってもよいという者が出て参りまして、寮頭も頭を痛めております」

まさに伊織たちが懸念していたことである。

「そういった気持ちは判らぬでもない。田辺も実のところ、地位や金よりも稲盛に師事したいのやもな」

鷹揚《おうよう》に笑ってみせてから、伊織は付け足した。

「ただ、理二位だった鹿島でさえ、結句取り込みの理を物にできなかった。鹿島の暴露が本当ならば、稲盛もまた、取り込みや乗っ取りの不和を御せずにいることになる」

あの湊でさえも――

四年前に伊織が理術で死に至らしめた元理二位の熊谷湊は、取り込んだ山幽のシダルに反対に乗っ取られていた。

此度鹿島の話から、稲盛が熊谷に取り込みの理を教えたことを伊織は知った。

熊谷は表向きは人攫《ひとさら》いの罪で、町奉行所の侃士《かんし》によって討たれたことになっている。だが心臓を一突きにされたことから、理術師の中には熊谷が妖魔を取り込んでいたのではないかと疑った者が幾人かいた。のちに蒼太のことと併せて佐内には真相を明かしたが、たとえ身体は人でも都内に妖魔が入り込んでいたことは極力知られぬ方がよいとして、寮内でも事件の委細は伏せてきた。

こうして皆、嘘《うそ》や隠し事に長けてゆくのだな……と、伊織は内心溜息《ためいき》をついた。

寮頭とは理術師となって以来の長い付き合いで、中森は共に斎佳の防壁の倒壊から逃れたいわば戦友だ。二人を始め、理術への志を同じくしている清修寮の皆にも真実を話せぬことは後ろめたい。

だが、これもまた国のため――

そんな台詞が頭に浮かんで、伊織は今度は内心自嘲《じちょう》した。

無用の混乱や死を避けるために、伊織たちは様々な事実を隠してきた。

その上で必要とあらば、安良のごとく、時機をみて秘密を明かしてきた。

四十路にもならぬ、政に携《たずさ》わってまだ日が浅い俺でさえもそうなのだから、これまで国が——安良様や神月家が——抱えてきた嘘や隠し事は山ほどあるに違いない。

安良様が、「人」は知らぬ方がよいと判じた理も……

先だって安良が思い出した病や怪我の痛みを和らげる理のように、人のためとなる理はともかく、それこそ人に効く符呪箋の理や、他者の取り込みや乗っ取りの理などは、よしんば知っていても伊織たちに明かすことはないやもしれぬ。

ご自身の地脈を活かすという理でさえも、おそらく——

「——鹿島や稲盛、それから小林については、我々ももっと詳しく知りたいと思っていた。斎佳の寮ではいまだ、稲盛文三郎と対面した者はいないのだったな？」

気を取り直して伊織は中森に問うた。

「おりません。稲盛は至術師になる前から、鴉猿との和睦《わぼく》談判のために斎佳を離れておりました。ですが時折戻ってはいたようで、それらしき者を見かけた者の話では、僅かに鹿島と、今思えば鴉猿の面影《おもかげ》があったそうです」

「して、小林はどうだ？　西原閣老曰く、小林は増岡と共にやはり和睦談判に出かけているそうだが、私が聞いた話では小林は、今は斎佳に戻っているらしい」

伊紗から苑へ、苑から石榴屋へ、それから伊織へともたらされた話である。

「小林には我々も目を光らせておりますが、御屋敷には現れていないと思われます」

清修寮は、晃瑠では御城の、三都では閣老の役宅である御屋敷の敷地にある。西原が新たに設けた天翔寮は、至術師がまだ少ないため、御屋敷の東側の中町にある西原家の中屋敷の離れを仮の寮にしていると聞いていた。

「天翔寮の方は然るべき者たちに見張らせる。密偵はおぬしたちの仕事ではないが、もしも小林の所在が知れたら、颯で知らせてくれ」

「もちろんです」

「ただし、文にも書いたが、皆には無理に探らぬよう——小林に近付かぬよう——改めて伝えて欲しい。万が一にも、うちの者が稲盛に乗っ取られては困るゆえ」

「承りました」

中森が頭を下げる間に、廊下を小走りに足音が近付いて来た。

「樋口様、寮頭、火急のお知らせが——」

「入れ」

座敷の襖戸《ふすまど》を開けて、理術師が青い顔を覗かせた。

「申し上げます。御城から遣いの者が参りまして、先ほど御城に颯が届き、額田州の石古《いしこ》村《むら》が妖魔に襲われたとのことです」

第三章 Chapter 3

ふと頭に光景が浮かんで、夏野《なつの》は思わず立ち上がって短く叫んだ。

「よせ！」

「どうした⁉」

すかさず少し離れた茂みから抜き身を手にした恭一郎《きょういちろう》が現れ、夏野は慌てて中腰の身体《からだ》を湧《わ》き湯へ沈める。

空木村《うつぎむら》から戻って二日後、剣の稽古《けいこ》を終えて昼餉《ひるげ》の前に汗を流しに湧き湯へ来ていた。

「す、すみませぬ。今、予知らしきものが……」

「俺《おれ》の方こそ。——ならず者でも現れたのかと思ったのだ」

恭一郎が踵《きびす》を返した向こうから、蒼太《そうた》の声が聞こえてくる。

「なつのも、みた？」

「そうらしいぞ。だが話は後だ」

一瞬のことではあったが、真っ昼間で、剣士の恭一郎は並外れた視力の持ち主だ。

裸身を見られた羞恥《しゅうち》にしばらく身を縮こめていたものの、いつまでもこうしてはおられぬと、夏野は溜息《ためいき》をつきながら湯から上がった。

どのみち、鷺沢《さぎさわ》殿にはまるで相手にされておらぬのだ……

顔がいまだ火照《ほて》っているのも、今なら長湯のせいにできる。

着物を着て二人のもとへ行くと、蒼太が見上げた。

「なつのも、サスナ、みた？」

「うむ……」

先ほど「見えた」のは森を走るサスナで、誰《だれ》かから逃げていたと思われた。

恭一郎も蒼太も今日は烏《からす》の行水で、夏野たちは早々に昼餉を囲む。

「サスナというと、蒼太を仇《かたき》と恨《うら》んでいる——一度晃瑠《あける》で会ったあの女だろう？」

山幽《さんゆう》の名を交《まじ》えて恭一郎が問うた。

「はい。追手は人か妖《あや》かしだと思われます。手しか見えませんでしたが、人の手でした」

「おれも、みた。ひとの、て」

「稲盛《いなもり》は斎佳《さいか》にこもっているようだし、山幽が人に捕まるとは思えぬが……仲間割れでもするのではないか？　サスナには夫がいるそうだが、まさか夫婦喧嘩《げんか》ではあるまいな？」

「そ、それはどうでしょう？」

「サスナは今は、松音《まつね》のベルデトとやらの森にいるんだったな？」

「ええ」

夏野は頷《うなず》いたが、蒼太は首を振った。

「サスナ、ベルデトの、もい、ちかう。くがやま」

「久我山《くがやま》?」

「ん。くがやま、に、いた。おれ、わかた」

カシュタを殺してしまった負《お》い目と後悔からだろう。サスナには殺されかけたにもかかわらず、蒼太は松音州でサスナと娘のアイヴァを助けて、今も憂《うれ》い顔を隠さない。

「気になるか?」

「……ん」

「ならば、私が様子を見て来てやろう」

「なつのが?」

「稲盛は斎佳に潜《ひそ》んでいるそうだが、やつは山幽や仄魅《しきみ》を狙《ねら》っているゆえ、鴉猿《あざる》や誰か他《ほか》の術師の手を借りて、野山を探っているやもしれぬ」

「だが黒川《くろかわ》、おぬし一人では危険が過ぎる」

「なつの、ひとい、あむない」

二人が揃《そろ》って眉《まゆ》をひそめる様に、夏野はつい笑みを漏《も》らした。

血のつながりはなくとも、「親子」はやはりどこか似てくるようだ。

「ご心配いただかなくとも平気です。行き帰りは苑《その》に頼みますし、もう一人でも結界を張れます。それにこのところの鷺沢殿との稽古で、剣もまた上達したように思います」

「確かに、この半月でおぬしはすこぶる強くなった。それでもやはり、一人というのはどうも不安だ」

「おれも、ゆく」

「それはいかん」

「それはならぬ」

図《はか》らずも恭一郎と声が重なった。

蒼太の傷は日に日に良くなっている。だが治癒《ちゆ》の過程は人のごとく遅々としていて、抜糸したばかりの傷はまだ生々しい。

「きす、もう、いたない」

「嘘《うそ》をつくな」

「嘘はいかぬぞ」

再び声を重ねて恭一郎とじっと蒼太を見つめると、蒼太は渋々言い直した。

「まだ、ちょと、いたい。けど、おれ、ちかあ、つかえう」

「力は使えても、走れぬようではいざという時に困る」

恭一郎の言葉にしゅんとした蒼太の肩に触れて、夏野は微笑《ほほえ》んだ。

「久峩山とベルデトの森と……両方訪ねても、明日には戻れるだろう。なんなら行き帰りのみならず、苑について来てもらうゆえ、私のことは案ずるな」

――駕籠《かご》舁《か》き代わりに使われては敵《かな》わん――とぶつくさ言う苑との折衷《せっちゅう》案として、隠れ家に移った折に、火急の用か否かを分ける合図を取り決めていた。此度《こたび》見えたものが予知だとしても、委細が判《わか》らぬため不急の合図で笛を吹こうとした矢先、佐吉《さきち》が飛んで来た。

菓子にありつけると蒼太は顔を輝かせたが、佐吉は手ぶらで硬い顔をしている。

「ごめん、蒼太。今日は土産《みやげ》はないんだ。母さんに言われて急いで知らせに来ただけだから……昨日、額田州《ぬかた》の石古《いしこ》という村が鴉猿に襲われた」

「額田の村が？」

昨日の今日で詳しいことは判らぬが、石古村は人口四百人ほどの小さい村で、此度の襲撃でほとんどの者が殺されたらしい。苑たちの仲間がちょうど石古村から逃げて行く鴉猿たちを見かけたことから、金翅《こんじ》と鴉猿の間でまた一戦あったそうである。

「おそらくまた、鴉猿どもが勝手にしでかしたのではないか？」と、恭一郎。「稲盛が大人しくしていることにしびれを切らして、黒桧《くろべ》の青海村《おうみむら》のごとく――」

「母と影行《かげゆき》も同じことを言ってました」

久峩山まで佐吉に乗せてもらうことにして、夏野は隠れ家を後にした。

水平飛行になると、佐吉がおずおず口を開いた。

「あの……」

「なんだ、佐吉？」

「夏野さんと鷺沢さんはつがい……じゃなくて、夫婦《めおと》にならないの？」

「なっ、何をいきなり」

思わぬ問いに、夏野は声を上ずらせた。

「だって、蒼太と三人で一緒にいると、家族みたいだから……夏野さんたちは『人』だけど、夏野さんは蒼太の目を持っていて、鷺沢さんは蒼太の『父親』なんだから、おれたち金翅は二人とも蒼太の身内と思って大事にしようって、母さんが言ってた」

「そ、そうか。それはありがたい話だが……残念ながら、鷺沢殿はいまだ亡き奥方を想《おも》っていらっしゃる。また、私は無骨で女らしさに欠け、剣術の他に取り柄《え》がないんでな。鷺沢殿にとって私は、せいぜい剣術仲間に過ぎぬのだ」

湧き湯で微塵《みじん》も動揺が見られなかった恭一郎を思い出しつつ、夏野は言った。

「でも――今は少しは見直したみたいだけれど――鷺沢さんも剣術の他は大した取り柄がないって、母さんは言ってたよ」

「そんなことはないぞ」

「そう？　お金持ちでもないし、えらくもないし、空も飛べないし――顔立ちはいいみたいだけど、おれには判んないや」

「人なのだから、空は飛べずとも致し方なかろう」

惚《ほ》れた贔屓目《ひいきめ》もあって、顔立ちは誰が見ても良いと夏野は思っていたが、金翅とはそもそも取り柄や美醜《びしゅう》の観念が違うのだろうと物言いは控《ひか》えた。

「それはそうだけど……でも、死んだ人は――妖魔《ようま》だって――生き返ることはないんだから、また誰かを好きになって、一緒になってもいいじゃないか……」

ふと、佐吉の言葉は恭一郎へではなく、苑へ向けられたものではないかと思い当たった。

「もしや、苑に影行と一緒になって欲しいのか？」

「うん」と、佐吉は素直に頷いた。

「影行は、苑を好いておるのか？」

「おそらくね……影行には訊《き》いていないけど、仲間からそう聞いた。影行はずっと母さんが好きだったけど、母さんは父さんとつがいになったから諦《あきら》めたんだって」

「そうか……だが、佐吉のお父さんは十年前に亡くなったのだったな？」

「うん、おれが生まれる少し前に」

「うん？　とすると、おぬしはまだ――」

「十一歳だよ」

「なんと。大人びてはいるが、少なくとも蒼太の表向きの歳《とし》と変わらぬ年頃《としごろ》だと思っていたぞ」

金翅は早熟で、鳴子《なるこ》村《むら》で夏野たちと出会った時にはまだ八歳だったそうである。当時も十歳という触れ込みよりも大きく、十二、三歳に見えたものだが、あれから三年を経《へ》た今、見目姿は実年齢の倍ほどの、夏野と変わらぬ年頃の若者だ。

「父さんは、まだ卵だったおれがふざけた仲間に潰《つぶ》されそうになって、相手の男と大喧嘩になったんだ」

他の仲間も男の非を咎《とが》めて、事は一旦収まった。だが、男はもとより苑や苑の夫が術師の宮本薫《みやもとかおる》と懇意《こんい》にしていた時から気に入らなかったようで、ほどなくしてつまらぬ言いがかりをつけて果《は》たし合いを挑《いど》んできた。

「それで……父さんは果たし合いで負けちゃったんだって」

「そうだったのか」

「でも、すぐに母さんが相手に果たし合いを挑んで、父さんの仇を取ったんだって。影行も果たし合いを申し込んだけど、母さんが父さんの仇は自分で取ると言って譲らなかったって聞いた」

「そうか。流石《さすが》、苑だな」

「うん」

嬉《うれ》しげに相槌《あいづち》を打って、佐吉は続けた。

「でも、影行はそのことも気にしているみたい。あと、仲間が言うには、母さんは影行よりずっと年上で、影行のことを赤ん坊の時から知ってるから、まだその気にならないんじゃないかって」

年上といえば恭一郎もそうで、夏野とは十四年も離れている。

「ずっと年上とは、どのくらいなのだ？」

「八十年くらい」

「八十年？」

夏野が驚き声を上げると、佐吉はくすりとした。

「鷺沢さんは夏野さんより十四歳年上なんだってね。夏野さんに言い寄ってる椎名《しいな》さんって人は十二歳年上……」

夏野に求婚している椎名由岐彦《ゆきひこ》は夏野の兄・卯月義忠《うづきよしただ》の幼馴染《おさななじ》みで、恭一郎より少し若いが、夏野より一回り年上だ。

「誰がそのようなことを？」

「お伊紗《いさ》さんから聞いた。この前一度、母さんがおれたちの巣に連れて来た時に」

伊紗め……一体、どこから由岐彦殿のことを知ったのか……

「けれども、人でも一回りの年の差くらいはよくあることなんだろう？　だったら、金翅なら八十年くらい、なんでもないと思うんだけど――」

「う、うむ。金翅なら八十年くらいなんでもなかろう。だがな、佐吉。年の差などきっと些末《さまつ》なことなのだ。要は相手を恋《こ》い慕《した》う気持ちがあるかどうか……」

「でもお伊紗さんは、夫婦は恋い焦がれなくても、互いが誰よりも相手を大事にしていて、でもって、ただしっくり心地良ければいいんだって言ってたよ」

「伊紗がそんなことを？」

仄魅には雌雄《しゆう》がなく子も一人で孕《はら》むが、色茶屋勤《づと》めをしてきた伊紗は、いまだおぼこの夏野よりずっと男女の仲に詳しいと思われる。

「うん。息子のおれは別として、母さんは誰よりも影行を大事にしていると思うんだけどな……鷺沢さんだって、蒼太は別として、生きている女の人の中では、夏野さんを誰よりも大事にしているんじゃないの？」

「ど、どうだろう……？」

どぎまぎしつつ、夏野は奏枝《かなえ》の歳に考えを巡らせた。

ムベレト曰《いわ》く、奏枝は今四百四歳のアルマスと同い年だった。さすれば奏枝は恭一郎とは、三百七十年ほど歳が離れた「姉さん女房」だったことになる。

先生と新見《にいみ》殿だって……

道場主の柿崎錬太郎《かきざきれんたろう》は来年古希《こき》、内縁の妻である新見千草《ちぐさ》は再来年四十路《よそじ》になるそうだから、二人の年の差は三十一年もある。

何やら希望を見出《みいだ》したのも束《つか》の間《ま》、千草を長年恋い慕っている馨《かおる》が思い出された。

「……たとえそうでも、男女のことは一筋縄にはゆかぬのだ……」

「うん……」

しみじみ相槌を打つ佐吉から、更に苑と影行の話を聞くうちに、一刻《いっとき》ほどで久峩山に近付いた。

†

「鴉猿との戦で怪我《けが》した仲間のお世話があるから、早く帰って来るよう母さんに言われて……だからあんまり長居はできないよ」

「ならば、おぬしは一度巣に戻って、日暮れ前にあの辺りで落ち合えぬか？」

そう言って、夏野は「森」の方を指差した。

「でも、夏野さんを一人で置いて行くのは……」

「送り迎えしてもらえるだけで御の字だ。案ずるな」

隠れ家で蒼太へそうしたように微笑んで、夏野は佐吉を松音州にある巣へ帰した。

久峩山も白玖山《はくさん》と同じく、頂上から中腹までは草木がほとんどない。此度は頂上ではなく中腹の、森に近い——以前蒼太と歩いたところで降ろしてもらったが、それでも森まで夏野の足では半刻はかかると思われる。

足元に留意しながら、急な斜面を下りて森を目指した。サスナが森にいるとは限らぬが、予知かどうか、それが当たるかどうかも判らぬ中、久峩山中を探し回るつもりはない。療養《りょうよう》中の蒼太の不安を多少なりとも和《やわ》らげてやりたいということの他、もう一つ、夏野が久峩山行きを申し出た理由があった。

森で今一度、アルマスとムベレトの過去を探れぬものかと考えたのだ。

蒼太の案内がなくとも、森へたどり着く自信はあった。空からではよく判らなかったが、蒼太に通じる左目の他、山幽の森をいくつも巡ったことで、こうして足が地についていると、どことなく己も山幽になったかのごとく森の存在が伝わってくる。

およその道のりは自分でも驚くほど覚えていて、たまに迷いが生じた時にはしばし目を閉じて森を思い浮かべた。すると目を開いた時に、青白い糸のごとき道標《みちしるべ》がうっすら木々の合間に束の間浮かぶ。蒼太の軌跡に似ているのは、蒼太の生まれ故郷だからか。

草木のみならず、虫や鳥、動物たちの気配はそこここから感じたが、邪悪な気は一つもない。急ぎ足でも己の気配は極力絶《た》って、己が「異なるもの」とならぬよう気遣いながら進むとやがて蒼太の古里に着いた。

ゆっくり歩きながら、気を研《と》ぎ澄《す》ませて辺りの気配を探ったが、サスナはもちろん、他の山幽や人、大きな獣《けもの》の気配は感ぜられなかった。

ぐるりと辺りを窺《うかが》ってから、夏野は蒼太のお気に入りの場所へ向かった。

木々の合間からぽっかり空が見えるところまで来ると、以前と同じく半径一間《いっけん》ほどの円に結界を施《ほどこ》す。

刀を外し、仰向《あおむ》けになって目を閉じると、夏野はアルマスとムベレトを思い浮かべた。

一度「潜《もぐ》った」ことがあるからか、此度は時をかけずにすんなりと、蒼太と見た過去まで遡《さかのぼ》ることができた。

――この世は間違っている。食うに困っている訳でもないのに、種が違うというだけで殺し合うなど莫迦莫迦《ばかばか》しい。いずれ、妖魔と人が一緒になって、結界など無用の長物になるといいんだが――

――妖魔と人が一緒に……？――

――そうだ。アルマス、お前なら安良《やすら》を倒し、人と妖魔を共に統《す》べる者になれる。真に力ある者がこの世を統べることで、無用な争いや、争いによる死を回避できるのだ。私はお前こそが「その者」になれると信じている――

――私は……私もムベレトを信じてる――

まだ十三歳だったアルマスの一途《いちず》な眼差《まなざ》しに、夏野は再び胸を締め付けられた。

ムベレトが安良による「妖魔狩り」という嘘で危機を煽《あお》り、アルマスやその両親、森の皆を騙《だま》したことは確かで、ムベレト自身も認めている。

だが、無用の殺し合いを避けたいという思いは夏野にもある。

ムベレトは人よりも妖魔の方が――安良様よりもアルマスが優れていると判じて、アルマスが妖魔の王にとどまらず皆の王となれば、異種族間の、殊《こと》に人と妖魔との争いを止められると信じていた……

そうした考えは「太平の世」につながる一案ではあり、アルマスの父親を始めとする賛同者もけして少なくなかったようだ。他種族の鴉猿や金翅はともかくとして、王となる者が山幽ならば、時をかければアルマスの母親を含めた反対者も説《と》き伏せることができたのではなかろうか。

しかしながらムベレトは皆の説得を怠《おこた》って、性急に事を進めた。山幽の妖力は身体が大人になり始める少し前――十歳から十三歳くらいまでが最も強いからである。

アルマスの憧憬《しょうけい》を利用したことは許し難《がた》いが、機を逃したくなかったという気持ちは判らぬでもない。

私も己が正義だと信じていることのためならば、ムベレトと同じような嘘をつき、誰かの好意を利用しただろうか……？

人を――殊に親しい者たちを裏切るような真似《まね》はしたくはないが、たとえば稲盛や噴火のことは国民のみならず、小夜《さよ》や由岐彦など身近な者にも隠したままだ。それは無用の混乱を避けるためではあるものの、皆を欺《あざむ》き、騙していることに変わりはない。

ふと、弟の螢太朗《けいたろう》のことが思い出された。

螢太朗を攫《さら》った者たちがその直後に螢太朗を殺していたことや、由岐彦がすぐさま二人の裏切り者を突き止め、始末していたことを、夏野は五年も知らなかった。

速やかに真実を知りたかったと思う傍《かたわ》ら、そうされていたら今の己はなかったに違いない。夏野は四年前、螢太朗を探すために出た旅で、伊紗や蒼太、恭一郎たちに出会ったからだ。また、旅に出ることなく別の「道」を歩んだ己が、今の己より「良い者」になったとも思い難いが、あくまで自身の所感であって、神ならぬ身に判じられることではない。

それとも、螢太朗のことがなくとも、私は皆に出会っていたのだろうか……？

――くだらぬ。

このようなことは、後から論じても致し方ない……

首を振って、夏野は過去見に意識を集中させた。

注意深くアルマスの誕生まで遡ると、意識を返して、アルマスが森で過ごした十二年間をなぞっていく。

そうして夏野は、ムベレトがいかにアルマスに期待を寄せていたかを知った。

リエスが言ったように、アルマスの山幽には珍《めずら》しい黒髪と黒目は、生まれながらに皆の興味をそそった。もとより「力ある者」を求めていたムベレトは、アルマスが生まれてほどなくして森を訪れ、アルマスの髪と瞳《ひとみ》を見て、夏野が見たことのない喜びに溢《あふ》れた笑みを漏らした。

――久しぶりに黒髪の赤子を見た。黒髪でも私のような凡夫もいるが、この黒い瞳は実に力強い。リエス、アルマスはいずれ、お前のような立派な翁《おきな》になるのではないか？――

――凡夫には、長きにわたって人里を渡り歩くことなどできぬぞ、ムベレト。だが、赤子であってもアルマスからは並外れた才を感じる。そうでなくとも久方ぶりの赤子だ。皆で大事にせねばならぬな――

染めていると思っていたムベレトの黒髪は、どうやら地毛だったようである。

ムベレトは頻繁《ひんぱん》に森に顔を見せるようになった。アルマスは森の「外」を知るムベレトの来訪を喜び、大きな関心を抱くようになり、それがやがて恋に変わっていく様が、時の移り変わりと共に見て取れた。

恋にはほど遠いが、ムベレトにもアルマスを慈《いつく》しんでいる様子が窺えた。己は伊織《いおり》ほど人を見る目に長《た》けてはいないが、此度は「妖魔狩り」を口にしたムベレトに微《かす》かだが躊躇《ためら》いが見て取れて、アルマスへの親愛の心に偽《いつわ》りはないと夏野は踏《ふ》んだ。

それにしても――

時が巡る中で、どこか腑《ふ》に落ちないものを感じて夏野は考え込んだ。

ムベレトは、アルマスを騙して「安良を倒し、人と妖魔を共に統べる者」に仕立てようとしたことは誤りだったと認めたが、結句、安良様を倒す――真の死をもたらす――ことは、安良様がたどり着いたこの世を正すすべでもあった……

思案しながらうつつに戻ると、ぼんやりと見知った気配が伝わった。

目蓋《まぶた》を開いて気配の方を見やった途端、アルマスの姿を認めて夏野は飛び起きた。

†

誰もいないと思っていた森に結界を見つけて、アルマスはいささか驚いた。

結界の中に、夏野が一人で寝転がっていたことも。

己を認めて、とっさに手にした刀を夏野は地に置いた。

『今日は一人か？　蒼太はどうした？』

『蒼太は今は鷺沢殿と、那岐《なぎ》のムベレトが建てた隠れ家にいる』

隠し立てすることではないのか夏野はすぐさま応《こた》えたが、感応力でなされたことにアルマスは更に驚いた。

『角《つの》で話せるようになったのか？』

『うむ。皐月《さつき》に山幽の森を巡った折から……』

ムベレトに頼まれ、人の結界を教えるために山幽の森をいくつも訪ねたという。

うっすら湧いた羨望《せんぼう》の念は、いまだ断ち切れずにいるムベレトへの未練からかと、アルマスはつい自嘲《じちょう》を浮かべる。

『アルマスは——あなたは何ゆえここに？』

人の分際で己を山幽の名で呼び、親しもうとする夏野を初めはしゃらくさく思ったものだが、今は夏野の青臭さはどこか心地良かった。

ていたのか？』

『お前こそ、何ゆえ一人でここまで来た？　こんなところに寝転がって、また過去でも見
『さようか。ここはあなたの故郷でもあるものな……』

　つんとつぶやくように応えたが、夏野は気を悪くした様子もない。

『私の勝手だ』


　あれからアルマスは、幾度となくここへやって来た。

　過去見も試みたが、一人では何も見えなかった。だが、この木々の合間からぽっかり空が見える想い出の地に寝転んでいると、ムベレトと二人きりの語らいが昨日のことのように鮮やかに思い出された。

　サスナが久峩山で人に襲われるという「絵」を見た、と夏野は言った。

『サスナの無事を確かめるついでに、今少しあなたやムベレトのことが判らぬものかと思ってな……』

『ふん。それで何か判ったのか？』

『ムベレトはあなたの誕生を喜んでいた。ムベレトがあのように笑う様を、私は見たことがない』

『王を求めてのことだ。力ある者に育てられるならば、誰でもよかったのだ』

『そんなことは……いや、初めはそうだったのだろう。だが、ムベレトはあなたを心から慈しんできた。あなたに「妖魔狩り」という嘘をついたムベレトには躊躇いがあった』

言い直した夏野からは「嘘」を感じなかった。

アルマスもムベレトの後悔の念は疑っていなかった。

己への情も。

ふと、ムベレトの気を感じて、アルマスは身を硬くした。

未練が呼び起こした幻かと思いきや、気は密《ひそ》やかに、だがますます近付いて来る。

身を隠すか否か、束の間迷ったが、これもまた噴火が近付いている証《あかし》かと、肚《はら》をくってアルマスは振り向いた。

『……久しぶりだな、ムベレト』

旅装のムベレトは、出会った時から変わらぬ二十代半ばの若者だ。皺《しわ》も白髪《しらが》もまるでないにもかかわらず、その瞳には老《お》いと憂いがない交ぜになっている。

『そうだな。こうして、しかと顔を合わせたのは十七年ぶりか……』

一昨年、草賀《くさか》州府・笹目《ささめ》が襲撃を受けた折、成りゆきを見物に行ったアルマスは蒼太たちを助けた。だが雷《いかずち》を振るってすぐムベレトが近くにいることに気付き、早々に鴉猿と狗鬼《こうき》を始末してその場から身をくらませた。

そののちも幾度か――偶然か、はたまたムベレトの意思によって――出会ったが、己は常に闇《やみ》に身を隠していて、言葉もろくに交《か》わさなかった。

ムベレトが言うように最後にまともに顔を合わせたのは十七年前で、二十四代安良が崩《ほう》御《ぎょ》してまもなく、だが二十五代目が名乗りを上げる前のことだった。

『アルマス、お前のことは仲間から折々に聞いていた。息災のようで何よりだ』

仲間、か……

『心にもないことを言うな。私の所業を耳にしていよう』

『お前の心無い所業は、いくつも耳にしている。だがアルマス、私は今も心からお前を仲間に望み、常からお前の無事を祈っている』

似たような言葉を使って、袂《たもと》を分かってからもムベレトは性懲《しょうこ》りもなく、アルマスを説得しようとしてきた。ただ、ムベレトが言う「仲間」はデュシャ——山幽——やその他の友と同義に過ぎず、無事を祈る心には負い目が含まれている。

ゆえにこれらの言葉は毎度アルマスを苛立《いらだ》たせ、同時に胸を締め付けてきた。

夏野の手前、なんと返答したものか躊躇うことしばし。

傍《かたわ》らの夏野がおずおず口を挟んだ。

『あの……』

『なんだ?』

『十七年ぶりの邂逅《かいこう》ならば、積もる話があるだろう。私はここらでお暇《いとま》するゆえ、二人でとくと語らってみるとよいかと……』

『待て』

『待ってくれ』

図らずも己とムベレトの声が重なった。

『……邂逅などと大げさなものではない。私はお前と話していたのだ。お前が去ることはない』

夏野へ言いつつムベレトを睨《にら》むも、ムベレトは動じることなく見つめ返した。

『私はお前に話したいことがある。ここで会えたのも何かの縁だ。黒川にもかかわりがあることだ。先だって安良様は、蒼太か黒川が長年探し求めてきた者となると判ぜられた』

『なんだと？　蒼太はまだしも、夏野が……？』

蒼太に驚きはなかった。四年前に晃瑠で会してからこのかた、蒼太はどんどん頭角を現し、いまやアルマスには不可能な「都で人を殺す」こともできるようになった。維那で蒼太を「試して」以来、アルマスは蒼太こそかつてのムベレトが探し求めていた、そして己がなり損ねた安良に「とどめの死」を与える者になるやもしれぬと思い巡らせてきた。

『黒川は蒼太に通じる剣士ゆえ――とのことだ』

『成程。安良がこの世を正すためには、理《ことわり》に通じる者、陰の理を断ち切る剣、然《しか》るべき時機、の三つが入り用らしいな。夏野から聞いた。あの懐剣が「力不足」だったことも、そののち八辻《やつじ》に打たせた剣が鷺沢の剣だということも。私には鷺沢の剣を抜くことさえできそうにない。となると、あの折に安良が評したように私は「力不足」に違いない』

『あの折とは、あなたが懐剣で安良様を弑《しい》した時のことか？』と、夏野が訊《たず》ねた。

『そうだ。やつは死に際にこう言った』

――お前はまだ力不足……私の求める者ではないようだが、ムベレトと共に私に力を貸してくれまいか？――』

『ずうずうしいにもほどがあるとあの時は思ったが……蒼太かお前が「理に通じる者」だとして、「陰の理」が何か聞いたか？　噴火か？　それとも噴火は「時機」か？』

『それは……』

『構わぬ』と、ムベレトが促した。『安良様はアルマスにも全《すべ》て話してよいと仰《おつしや》った』

『全て？』

鼻を鳴らして、アルマスは夏野の言葉を待った。

†

『安良自身が陰の理……？』

眉根《まゆね》を寄せてアルマスがつぶやくのへ、夏野は頷いた。

『うむ。安良様はそう仰った。ひずみによってお生まれになった安良様が贄《にえ》となることで、噴火を――「山々を鎮《しず》めることができる」と』

安良がそうしたように、夏野も順を追って、聞いた通りを打ち明けていく。

『そうして百九十五年前、あなたの意趣返しによって死に至った二十一代安良様は、安良様ご自身もあなたも「剣」の遣い手ではないこと、懐剣では力不足であること、噴火そのものが「時機」であり、まだまだ先のことだと悟《さと》られた』

『贄、というからには』

問いかけたアルマスをムベレトが遮《さえぎ》った。

『その先、安良様が生まれ変わることはないそうだ』

『それはつまり』

『我々が望んできた「とどめの死」だ』

アルマスはムベレトへ訝《いぶか》しげな目を向けてから、夏野に問うた。

『だが、安良というひずみ――陰の理を断ち切って、やつにとどめの死を与えたのち、同じくひずみから生まれたという我らは――妖魔はどうなるのだ？』

『それは……安良様にも判らぬそうだ』

――しかしながら、正直なところ私が死したのち、時が戻らぬとは言い切れぬ。その時が訪れてみなければ……少なくとも今の私には、ひずみが正されたのち――噴火を収めたのちの世がどうなるか、しかとは判らぬのだ――

安良の言葉を伝えると、アルマスは嘲笑を浮かべた。

『御為《おため》ごかしだ。「とどめの死」を持ち出せば、私が得心すると思ったか。大地のひずみだろうが、安良がひずみだろうが、さして変わらぬ』

『あなたは大地のひずみ――噴火のことを知っていたのだな？』

『まあな。昨年までは、それさえ虚言だと思っていたが……』

百九十五年前、ムベレトの裏切りを知ったアルマスは、雷でムベレトの片腕を落とした。だが、瀕死《ひんし》のムベレトを放《ほう》っておけず、血止めを施《ほどこ》して近くの木陰《こかげ》に運んだそうである。

怪我の痛みに耐えながらも、ムベレトはアルマスの説得を試みた。

『安良に寝返ったのは、大厄《たいやく》――噴火を止めるためだとムベレトは言った。大地に長《なが》のひずみが生じている、噴火が起きれば大地もろとも妖魔も滅ぶ、安良は建国より前からずっとこのひずみを正そうとしてきた……』

ちらりとムベレトを見やって、アルマスは続けた。

『辺りに簡単な結界を張ってから、私は人里へ出向いて阿芙蓉《あふよう》を盗んで来た。せめて痛みを和らげてやろうと思ってな……』

阿芙蓉を含んだのち、怪我の熱と阿芙蓉に浮かされたムベレトはうわ言を漏らした。

『安良様はこの世を「もと通り」にしようとしている、ひずみが正されれば、「かつて」の太平の世が戻る……そう、ムベレトは言った』

――「もと通り」ってどういうこと？　「かつて」っていつのこと？――

――かつて……妖魔がまだ生まれていなかった頃《ころ》の……――

――時が戻るというの？　そんなの嫌だよ。「もと通り」ひずみが起きる前の――「かつて」の世に戻ったら、今ここに在《あ》る私たちは死ぬのと同じじゃない――

――けれども、イト……それが神の……安良様の望みなのだ……――

『ムベレトにその昔、イトという名の人の妻がいたことも、私はこの時に初めて知った』

熱が下がったのちに改めて問い質《ただ》したアルマスへ、ムベレトは応えた。

――安良様はそれこそかつては、「もと通り」の「かつての妖魔なき世」を望んでいらしたが、今は妖魔も含めて皆を救おうとしていらっしゃる――

ムベレトの物言いからアルマスは、安良は自分の願いのためにムベレトを騙し、まんまと騙されたムベレトは結句、己と仲間を切り捨てたと判じた。

『後は前に話した通りだ。私はムベレトに賛同する振りをして、腕が治るまで待った。そののちムベレトを通して、安良に「目通り」を願い出た。都外にお忍びで出てきた安良と話したが、やつの言葉は嘘だと判じて、やつが打たせた懐剣で刺し殺した……』

『しかし、ムベレトの言い分は、概《おおむ》ね本当だったではないか』

『本当か……』

ふっと再び嘲笑を漏らして、アルマスはムベレトを見つめた。

『――お前も安良も、あの折には三つの条件など口にしなかった。安良や我ら妖魔が、かつて噴火を引き起こしたひずみから生まれたということも』

『……無用の混乱を避けるため、時機をみて明かそうと決めていたのだ』

『だが』と、夏野は横から口を挟んだ。『ムベレトや安良様が言った通り、安良様が「もと通り」の妖魔なき世を望んでいたのは過去のことだ。今の安良様は、妖魔を滅ぼそうとは考えておられぬ』

『まったくお前はうぶだな、夏野』

呆《あき》れ顔でアルマスは今度は夏野を見つめた。

『どうやら噴火は本当らしいが、私の推《お》し当ては変わらぬ』

『なんだと？』

『百歩譲って安良と妖魔がひずみから生まれたとして、安良が己を贄にするということは、妖魔も皆、贄に差し出すということになろう。なんなら安良は己が助かるために、我ら妖魔を犠牲にしようという肚やもな。ひずみが正されたのち、この世がどうなるか「しかとは判らぬ」だと？　そんな莫迦な話があるか？　夏野、お前が私の言葉を用いて安良に問い質したのも、安良の言葉を疑ってのことではないのか？』

『私は安良様を疑ってはおらぬ』

『ふん……』

夏野が先ほど寝転んでいた地面を見やって、アルマスは続けた。

『私が何ゆえここに来たのかと問うたな？　昨年、お前たちとここで過去を見てから、私は時折ここを訪れて過去見を試みた。なんなら未来が見えぬものか、新たな力が得られぬものかとも願ったが、一人では何も見えなかった……』

つぶやくように言って、アルマスは此度は自嘲と思しき笑みをムベレトへ向けた。

『往生際の悪い話だろう？　安良もお前も、もう二百年ほども前に私に見切りをつけたというのにな。だが、ようやく「その者」が見つかったとは……時機も――噴火も刻々と近付いているようではないか。蒼太か夏野がお前と安良の積年の願いを叶《かな》え、この世をもと通りに正す日が……楽しみだな、ムベレト』

『……そうでもない』

険しい顔のムベレトを見上げて、アルマスはくすりとした。

『私は楽しみだ。殺しは飽きた。妖魔も人も……あれたちはもう、私が手を下さずとも互いに殺し合っている。いまや同族の間でも』

『アルマス——よもや、お前も自死を考えているのではあるまいな？』

昨年ここで、夏野も同じことをアルマスに問うた。

お前も、ということは、アルマスが言った通り、ムベレトもやはり死を望んでいるのだろうか？

安良様に殉死《じゅんし》するべく——？

『何を今更』と、アルマスは更に笑った。『自死なら、お前に裏切られてから幾度も考えた。罪なき者の命を「気まぐれ」に奪ったのちも……』

辻越町《つじこしちょう》で、アルマスが百人もの女子《おなご》を死に至らしめたことが思い出された。

アルマスはムベレトと別れたのち、当時「黒耀《こくよう》」と呼ばれていた鴉猿を殺して成り代わり、半《なか》ばその所業を継《つ》いだ。黒耀が気まぐれに力を振るうことは、妖魔たちには今も変わらぬ周知の事実だ。

『お前の裏切りを知ってから——いや、安良の望みを知ったからやもな。私は時折、無性に死に触れたいと望むようになった。他者の死ばかりか、私自身の死にも何度も思い巡らせた。どうすれば死に至るか、どのような死を選ぼうか……なんなら思いもかけぬ仇討《あだう》ちや闇討ち、この世の滅亡を夢見て、一月も二月も過ごすことがある……』

眉をひそめたムベレトを、アルマスは改めて挑むように見つめた。

『皮肉なものだな、ムベレト。妖魔に死をもたらす安良と、そんな安良に通じていたお前に我慢《がまん》ならずにお前とは別の道を選んだ筈《はず》だったのに、いつの間にやら、私はこんなにも死に取り憑《つ》かれている。これもまた、安良の奸計《かんけい》か？』

『奸計などと……』

『安良を懐剣で刺した時、私はどこかでまだ安良を殺せぬものかと……私たちが長年望んできたように、私が安良にとどめの死を与え、全てが丸く収まらぬものかという思いがあった。若気の至りとはこのことだ』

ふっとアルマスは笑みをこぼしたが、夏野は平静を保つのに――胸苦しさに顔をしかめぬよう努《つと》めるのに精一杯だ。

安良を懐剣で弑した時、アルマスは二百九歳だった。だが山幽の森で生まれ育ち、十三歳でムベレトとの二人旅に出たアルマスには、他者と触れ合う機会がほとんどなかった筈だ。ゆえにこの時分のアルマスがまだ、身体ばかりか心も幼かっただろうことは想像に難くない。

またムベレトこそ、アルマスの「この世」の全てに等しかっただろうことも。

アルマスは心底ではずっと――知る知らぬにかかわらず――ムベレトを信じてきたのやもしれぬ。蒼太に執着《しゅうちゃく》していたのも、「並ならぬ者」を探していたムベレトのためだったのではなかろうか……？

黙り込んだムベレトの横で、夏野は口を開いた。

『安良様の崩御は妖魔にも死をもたらすのではないかと、鷺沢殿も案じておられる』

『鷺沢も？』

問い返してから、アルマスはムベレトに微笑んだ。

『ならば、次は鷺沢がお前たちの目論見《もくろみ》を阻《はば》むやもな。私は結句「その者」ではなかったが、どうせ死すなら安良と殉死するよりも、はたまた時が戻って全てなかったことになるよりも、噴火で国が滅ぶ様を見ながら「私」として死にたい。鷺沢も——蒼太も——そう望むのではないか？』

——蒼太の命と、見知らぬ百人の命……どちらかを選ばねばならぬのなら、俺は迷わず蒼太を選ぶ——

鷺沢殿は以前そう言ったが、「見知らぬ百人」ではなく、親しい者を含めた国民全ての命と引き換えならば、鷺沢殿とて安良様を斬《き》る道を選ぶのではなかろうか？

人も妖魔も——皆が助かる見込みが最も高い道を——

『……蒼太は安良様を斬ると言った。もしも己が死すことになっても、鷺沢殿を始め皆が死ぬよりはよい、と』

『人のお前は言わずもがなだな、夏野。ははは、ムベレト、やはり私が「その者」でなくてよかったな』

しばし無言だったムベレトは、笑い声を上げたアルマスをじっと見つめて、おもむろに口を開いた。

『繰り返しになるが、私がお前をこの国の王に望んだ気持ちに偽《いつわ》りはなかった。私はおそらく、この国の誰よりも長く、多く、人と妖魔の争いを見てきたからな。私の望みは昔も今も変わらず、無用の争いのない太平の世だ。それがたとえお前が言うように、時を戻すか、妖魔をも贄《にえ》にするかでしか叶えられぬというならば致し方ない。私はデュシャだが、我らは人に似ているがため――人を基として、より良き者として生まれたと思われるがため、いわば先祖を護《まも》るべく私は人に肩入れしてきた。それゆえに、万が一、我らデュシャが此度滅んだとしても、人が生き残るならば太平の世への望みは絶たれぬ、デュシャはいずれまた、今度は正しく、人の跡継ぎとして生まれいづるに違いないと私は信じているが、この考えがお前にとっては大きな裏切りであることは承知している』

ムベレトの言葉が嘘かまことか見極めるべく、夏野もアルマスと共に気を研ぎ澄ませた。

『だが、人に肩入れしているからとて、仲間をおろそかにしたことはない。ひずみが正されたのちも、時は戻らず、妖魔も滅びず、皆が生き延びられるよう願っている。ただ、お前は虚言だと決めつけているが……あれから幾度かの転生を経た今も、安良様はひずみが正されたのちの世については、しかとは判らぬと仰っている』

『お前こそ頑《かたく》なに安良を盲信《もうしん》しているが、私は時に、やつが現人神《あらひとがみ》を名乗っていることさえ虚言ではないかと思うことがある。やつは転生の理を知っている――それゆえに他の誰よりも理に通じている、だが一人の術師に過ぎぬのではないかとな。樋口や稲盛が精進すれば、そのうち安良と遜色《そんしょく》ない「神」になれるやもしれぬぞ』

――人と妖魔を隔《へだ》てている理は大きいようで、もしかしたらほんの紙一重《かみひとえ》なのやもしれぬ。人と神を隔てている理も……なればこそ、稲盛はあがいているのやもな――

伊織の言葉が思い出されたが、夏野はすぐさま打ち消した。

同時に、ムベレトも首を振った。

『またしても押し問答にならぬとよいが……お前に証を立てることはできぬが、私は安良様を信じている。安良様こそ森羅万象《しんらばんしょう》を司《つかさど》る神だと――そう信じるに至った』

私もだ――

『さりとて、安良様を盲信しているつもりはない。強《し》いて言えば、私は安良様のお言葉に従うことで――あの方の望みに寄り添うことで――安良様が神だと私自身に証明したいのやもしれぬ。そしてまた、今となってはそうするために、私は千七百年もの長きにわたって生きてきた――否、生かされてきたのではないかと思わぬでもない……』

ムベレトの信心は本物だと踏んだのだろう。

アルマスは小さく溜息をついた。

『……私にはやはり解《げ》せぬ。そもそも神は必要か？　安良が生まれる前の世では皆どうしていたのだ？　太平ゆえに神などいらなかったのか？』

『無論、安良様がお生まれになる前にも信仰はあった――筈だ。神の概念は十人十色だろうが、ほとんどの生き物はなんらかの拠《よ》り所を必要とする。他者であれ、物であれ、己であれ――何か、心から信じられるものを……』

『それならムベレト、お前こそが私の神だった』

アルマスの声に怒りはなかった。

ムベレトをまっすぐ見つめる瞳も淡然としている。

はたまたあなたは――あなたこそムベレトの神になりたかったのでは……？

安良様にとどめの死を与えることで――

口にできぬ問いを夏野が呑《の》み込む傍ら、ムベレトは口元に微かに苦笑を浮かべた。

『そうか……そうであればよかったな。だが、私は無力な凡俗の徒に過ぎぬ』

『私も結句、王の器ではなかった』

束の間目を伏せてから、アルマスは夏野へ向き直った。

『お前か蒼太か……どちらにしろ安良を斬る覚悟なのだな？』

『うむ。だがアルマス、聞いてくれ。安良様は先月、新たな理を思い出されたのだ。安良様の地脈を――火山脈に沿って造営された神社を活《い》かす理だ』

――これらの理が使いこなせるようになれば、私が初めにそう願ったように、晃瑠にいながら噴火を止めることができるだろう――

『この手立てがうまくゆけば、皆が助かるのだぞ』

夏野が安良の言葉をなぞりつつ語るのを眉をひそめて聞いたのち、アルマスは呆れ声を上げた。

『どこまでもめでたいやつだな、お前は。新たな理だと？　今更、よくもそう都合良く思い出せたものだ。考えてもみろ。よしんば地脈とやらを使って噴火を回避したとして、それはあくまで大地のひずみを正すだけで、安良や妖魔がいる限り、大本のひずみは正されず、結句この世は変わらぬだろう。ゆえに私には安良の言い分は、新たな手立てどころか、新たな虚言にしか聞こえぬぞ。噴火までお前たちが取り乱さぬよう、お前たちをつなぎとめておくための……人々に希望を与えるのも神の役目らしいからな』

『私がめでたいなら、あなたはひねくれ者の厭世家《えんせいか》だ。安良様も、あなたと同じ危惧《きぐ》を抱いていらっしゃる。ゆえに、こうも仰った』

――まずは私自身の理を解き明かさねば、新しい手立てでひずみを正すことはできぬやもしれぬ――

『昔の安良様はいざしらず、ムベレトと志《こころざし》を共にしてからの安良様は、人も妖魔も護ろうとなさってきたのだ。此度もそのために最善を尽《つ》くすと仰った』

『最善か……話半分に聞いておこう。結句、全てはやつの手のひらの上だ。安良はこれまで多くの隠し事をしてきたではないか。今も尚《なお》――』

ムベレトを見上げてアルマスが問うた。

『これが「全て」ではなかろう？』

『だとすれば、それもまた神の裁量だ。……だが、アルマス』

『なんだ？』

『お前も知っての通り、時機は近付いている。この世が正されたのち、私やお前がまだ尚生きているようなら——そう切に願っているが——共に見届けないか？』

『見届ける？　一体何を？』

『無用の争いのない、太平の世を』

アルマスへ向けた眼差しには、謝罪の意と親愛の情の他、未来への希望が感ぜられた。

ムベレトを見つめ返して、アルマスは静かに応えた。

『まだ尚この世が在るのなら、その時は考えてやってもいい』

†

日暮れが近付いていた。

今少しとどまると言うアルマスを置いて、夏野はムベレトと森を離れた。

森からそう遠くない、樹海の合間の金翅が下りて来られそうな開けたところで、佐吉を待つことにする。

「黒川、礼を言う。お前がいてくれて助かった。私一人であったなら、アルマスとはまた物別れになっていただろう」

袂を分かってからもムベレトは幾度もアルマスと再会したが、いつもしばしの押し問答の末に物別れに終わっていたという。

「私もムベレトが来てくれて助かった」

蒼太と二人して予知らしきものを見たと話したところ、ムベレトがベルデトの森へ行って、サスナの様子を見て来てくれることになったのだ。

「サスナの無事が判ったら——そうでなくとも、近いうちに知らせにゆこう」

「かたじけない」

夏野が礼を言うや否や、頭上を金翅が通り過ぎた。

どうやら佐吉は既に近くまで来ていたようだ。

夏野を認めて下りて来た佐吉へ、ムベレトが問うた。

「鴉猿たちと一戦あったそうだな。死者は出たか？」

「こっちは二羽、でもあっちは四匹は死んだと聞きました」

「そうか……」

人里の被害に比べれば少ないが、妖魔が死ぬとは余程のことだ。

これもまた「無用の争い」だ……

眉をひそめた夏野へ、ムベレトも沈痛な面持《おもも》ちで暇を告《つ》げた。

隠れ家まで戻ると、恭一郎や蒼太と共に、佐吉に夕餉と泊まりを勧《すす》めたが、佐吉はどちらも断って、とんぼ返りに仲間のもとへ帰って行った。

久峩山での思わぬ集《つど》いを話したのち、早々に夜具に潜り込んだが、隠れ家は相変わらず静穏に包まれている。

安堵《あんど》と後ろめたさが交錯《こうさく》する中、長い一日が終わりを迎えた。

第四章
Chapter 4

知らせを受けて、稲盛文四郎《ぶんしろう》は倦怠《けんたい》を押して書斎を出た。

二人きりだからか、座敷で顔を合わせた西原利勝《さいばらとしかつ》は渋面《じゅうめん》を隠さなかった。

「石古村は全滅だ」

五日前、額田州石古村が妖魔《ようま》に襲われた。稲盛たちには寝耳に水の襲撃で、翌日知らせが届いてから西原は苦境に立たされている。

石古村の村人は四百人ほどで、十数人は生き残ったものの、この数日のうちに皆亡くなったそうである。

「自害した者もいたらしい。襲ったのは鵶猿《あざる》のみ——だが、十匹はくだらなかったと聞いた。狗鬼《こうき》や蝪鬼《やくき》は見なかったそうだ」

「符呪箋《ふじゅせん》を切らしているのだろう。吉本《よしもと》が金翅《こんじ》に殺されたからな」

吉本成三《せいぞう》は、稲盛の他《ほか》に符呪箋を書くことができる貴重な術師だったが、昨年、残間山《ざんまざん》の隠れ家にいるところを金翅に襲われて殺された。

至術師《しじゅつし》になる前に——と、稲盛は微《かす》かな同情を覚えた。

西原が清修寮《せいしゅうりょう》に張り合って設けた天翔寮《てんしょうりょう》は、ここ西原家の中屋敷の離れを仮の寮としている。天翔寮に勤める至術師がまだ三人しかおらず、御屋敷《おやしき》の敷地にある清修寮がずっと西原に反発しているからだ。

稲盛を含めた三人の至術師の内、小林隆史《こばやしたかし》は稲盛が乗っ取り、増岡晶一《ますおかしょういち》は行方《ゆくえ》知れずだ。

「増岡からはなんのつなぎもないのだな？」

「ない。だが鉄男《てつお》によると、増岡は青海村を襲った鴉猿どもに捕らわれているらしい」

小林鉄男は、稲盛が重用している鴉猿のテナンの人名だ。

年明けてからこの半年ほどの間に、目まぐるしく事が起きている。

西原は睦月《むつき》に、額田州の安野村《あんのむら》と安芸《あき》州の杉谷村《すぎたにむら》を襲うよう稲盛に頼んだ。どちらも人心をつかむための企《たくら》みからで、死傷者は併せて十人に満たなかった。襲撃した鴉猿と狗鬼を「追い払った」のは西原の息がかかった侃士《かんし》、その後の「見舞い」も手厚く、西原の株は上がった。

如月《きさらぎ》に恵中《えなか》州が西原側へつき、西原は更に弥生《やよい》に、黒桧州を取り込むべく増岡に小芝村《こしばむら》を襲わせた。人々の不安を煽り、黒桧州を始め安良側の州を懐柔《かいじゅう》するための形ばかりの襲撃ゆえに、被害は少なかった。だが不満を覚えた鴉猿たちは、同じく黒桧州の青海村を勝手に襲って村人を皆殺しにした。

青海村の人口は三百に満たず、石古村よりは少ないが、皆殺しにされた怒りは州司と州民を駆り立てて、和睦《わぼく》談判を掲げる西原とは裏腹に黒桧州は鴉猿殲滅《せんめつ》を宣言した。

増岡とつなぎが取れぬことから、西原は稲盛に、鴉猿との芝居ではない本物の談判を頼んだが、不調が顕著《けんちょ》になっていた稲盛はそれどころではなかった。

次の身体《からだ》がなかなか見つからず、北の堀前《ほりまえ》の葦切町《よしきりちょう》で養生《ようじょう》していた稲盛は、結句卯月《うづき》に小林を乗っ取った。身体を慣らすためにその後もしばらく鹿島と二人で葦切町にとどまっていたものの、宿屋の者に怪しまれるようになり、鹿島が逃げ出したこともあって、誰《だれ》もいなくなった天翔寮に一旦移ることにしたのが先月のことである。

東都まで逃げた鹿島は一月《ひとつき》足らずで狂い死にしたが、その直前、晃瑠で最も人の出入りが多い西門の堀前で西原と稲盛を糾弾《きゅうだん》していた。このことは鹿島の変化と併せて読売となり、瞬《また》く間に国中に広がって西原は非難にさらされた。

鹿島の一件は偽者《にせもの》の騙《かた》り、たとえ本人だったとしても「家を取り潰《つぶ》された逆恨《さかうら》み」の妄言《もうげん》だとしたが、国民は西原に不審を抱き始めた。

鹿島が死してから八日後、田所留次郎《たどころとめじろう》も晃瑠の牢《ろう》で死した。田所は蒼太が山幽《さんゆう》であるという証《あかし》を立てるために、「大老の孫」にして「理一位《りいちい》の直弟子《じかでし》」に斬《き》りつけたのだ。田所は表向きは維那《いな》の浪人としていたため、知らぬ存ぜぬを貫いたが、安良側の要人は西原の差金《さしがね》だと疑っていることだろう。

「国民は私がなんとかするが、鴉猿どもを束《たば》ねるのはおぬしの役目だ。やつらが再びしでかす前に、やつらと渡りをつけてもらおうか」

闇老家に生まれたからか、稲盛の方がずっと年上にもかかわらず、西原が己に敬語を使ったことはない。それどころか、今日はいつになく険しい顔と声をしている。

追い詰められているのだろうが……

嘲笑《ちょうしょう》をこらえ、至って平静に稲盛は応《こた》えた。

「判《わか》った。ただし、儂《わし》はまだ本調子とは言い難いゆえ、護衛役をつけてくれ。道なき道をゆくこともあるゆえ、身の軽い、だが選《え》りすぐりの剣士を頼む。結界の外でも妖魔に怖気《おじけ》付くことのない、できれば妖魔と斬り合ったことのある者がいい」

「……承知した。術師はいらぬか？」

「術師？」

「五人ほど目を付けている者がいる。至術師にどうかと思ってな。無論、おぬしに見極めてもらったのちにだが……一人は貴沙《きさ》の理術師《りじゅつし》だ」

小林、吉本、増岡は稲盛が見込んだ者たちだった。稲盛が身を潜《ひそ》めていることもあるが、西原はずっと自分の傀儡《かいらい》となる術師を求めてきたため、事を急ぎたいようである。増岡が捕らわれ、至術師で残っているのは己のみ。その己もこの有様ゆえ致し方ないが、領分を侵されたようで忌々《いまいま》しい。

しかしながら、貴沙の理術師には興を覚えた。貴沙の理術師なら、佐内《さない》と伊織が編《あ》み出したという新しい結界の理《ことわり》を知っている筈である。

「まずは会ってみよう。話はそれからだ」

西原の去り際に母屋《おもや》へ言伝《ことづて》を頼むと、ほどなくして女中の澪《みお》がやって来た。

身の内の小林がはっとしたのを感じ取って、稲盛はついにやりとした。小林はどうやら澪に気があるらしいと、離れに移ってから知った。

「薬湯の支度《したく》を頼む」

「はい、小林様」

言葉遣いや物腰は丁寧《ていねい》だが、三十路《みそじ》前と思《おぼ》しき澪はにこりともしない。

澪が台所へ向かうと、座敷に座り直して稲盛は小林に話しかけた。

『そう悲嘆せずとも、次の身体が見つかり次第、この身体は返してやる』

『約束ですよ』

『ただ、お澪は手強《てごわ》いぞ。お前が身体を取り戻しても、あの女子《おなご》がお前の女房に納まるとは思えぬな』

『いいのです。夫婦《めおと》になれなくても。私のことはほっといてください。早く――早く私から出て行ってください』

『儂も早く身を移したい。人の身体は弱くて敵《かな》わぬ』

乗っ取った直後は相応の抵抗を見せたが、ほんのしばらくのことだと、小林は早々に観念した。鹿島のように、妖魔まで取り込んでいないこともあろう。気怠《けだる》さは続いているもののの、小林の「助力」もあってか、鹿島の時よりもずっと早く回復へ向かっている。

今のところ、見目姿にさしたる変化は見られぬ。だが物言いや振る舞いの違いは避けられず、また澪を始め中屋敷の者は皆、件《くだん》の読売を読んでいて、稲盛が小林を乗っ取ったと信じているようだ。ただし、側室を持たぬ西原の中屋敷はいわば隠れ家で、ここに勤めている者は皆、西原の腹心か西原家の隠密・西の衆であり、口は堅い。よって増岡と共に和睦談判に出ている筈《はず》の「小林」が、実は離れに潜んでいるという秘密は守られている。

　仄魅《しきみ》や鴉猿の取り込みや、人の乗っ取りを果たした稲盛には、西原のような焦《あせ》りはなかった。もしも西原が政権を失い、泥舟と化すようなら、己は一旦身を隠して次の機会を狙《ねら》えば済むことである。

　とはいえ、どのみち新たな身体が入り用なことに変わりはない。小林は二十代半《なか》ばと己よりずっと若いが、所詮は人に過ぎぬ。妖魔にはなんということもない、ちょっとした傷や病が命取りになりかねぬと思うと、西原とは別の焦りと恐怖を覚える。

　西原はその日のうちに剣士を手配したようで、翌二日で五人の剣士が中屋敷を訪れた。

　そうして西原との密談から三日後の文月《ふづき》二日、稲盛は斎佳《さいか》を密《ひそ》かに出立して堀前でテナンと落ち合った。

†

　茶屋に近付くと、表にいた女将《おかみ》が恭一郎を認めてにっこりとした。

「久しぶりだね」

「ええ、女将さんは息災で何よりです。先ほど薬屋に寄ったんですが、あそこの親爺《おやじ》さんは昨年お亡くなりになったと聞いて驚きました」

「そうなんだよ。私より二十も若かったのに、先に逝《い》くなんてね。判んないもんだね。大老様もさ……」

人見《ひとみ》の人望に、恭一郎は改めて感じ入った。喪中《もちゅう》の恭一郎は鈍色《にびいろ》の着物に墨色《すみいろ》の袴《はかま》を着ている。昔は「神里《かみさと》住まいの浪人」としていて、今も変わらぬ風体ゆえに女将は恭一郎の身分を知らぬが、今は国中に大老の喪に服している者がいて、女将の着物も鈍色だ。

女将は恭一郎が奏枝と隠れ家に住み始めてまもなく還暦《かんれき》を迎えたから、もう古希《こき》を過ぎている。茶屋といっても縁台が二つあるだけの屋台に毛が生えたような店だが、一人で切り盛りしている姿は頼もしい。

蒼太のために、この茶屋で唯一の菓子にして女将の自慢の薄皮饅頭《まんじゆう》を八つ頼むと、女将は目を丸くした。

「八つも？」

前は奏枝への土産に一つ二つ買うだけだったから、女将が驚くのも無理はない。

「息子が甘い物好きでしてね」

「息子さん？　ああ、後妻をもらったんだね？　そりゃあよかった！」

「あ、いや」

「息子さんはいくつだい？」

「十四――」

「十四歳？　とすると、なんだい？　おかみさんの連れ子かい？」

矢継ぎ早に問う女将に、恭一郎はつい苦笑を漏らした。

四年前、蒼太を「遠縁の子」として晃瑠へ連れ帰ったものの、のちに「隠し子」「連れ子」と嘘を重ねて、結句「拾い子」しかも「山幽」だと父親の人見に明かしたのは昨年のことだ。ただし道場の皆を始め、公には「隠し子」のままゆえに、女将にもそう告げることにした。

「実は、昔、斎佳にいた時分にできた子がいたんです」

「あれまあ。でも今となっては、そういった身内がいてよかったね」

「ええまあ」

「十四歳なら育ち盛り、食べ盛りだ。もう二つおまけしたげよう」

「かたじけない」

十歳で成長が止まった蒼太は育ち盛りでも食べ盛りでもないが、饅頭なら一度に三つも四つも平らげる。

その蒼太の傷はようやく塞《ふさ》がった。だが、傷痕《きずあと》はまだ消える気配が見られない。臍《へそ》の方の一番浅いところでも、細く、引っ掻《か》いたような痕が残ったままで、蒼太も首を傾《かし》げている。どうやらこれも八辻の剣による弊害《へいがい》らしく、蒼太が試しにつけた小さな傷は、半日ほどといつもより時はかかったが綺麗《きれい》に治った。

痛みはじっとしている限りほぼないそうだが、いまだ歩くのが精一杯で、本復まではもうしばらくかかりそうである。にもかかわらず、昨日は調子に乗って辺りを「探険」していたからか、昨晩また痛みがぶり返したらしい。

隠れ家へ来て二十日余りが過ぎ、文月は三日になった。伊織から渡された薬はとうになくなったため、恭一郎は夏野に蒼太を託して玖那村まで出て来た。菓子の他、薬屋で痛み止めや膏薬《こうやく》を買うためである。

旅人の振りをした恭一郎は十個の饅頭を旅行李《たびごうり》に入れて、女将に暇《いとま》を告げた。

「女将さん、いつまでもお達者で」

「あれ……嬉《うれ》しいね。ありがとさん」

店が集まっている一画を離れると、恭一郎は通りを歩いて田畑の方へ向かった。通りすがりに件《くだん》の屋敷を確かめるも、人気《ひとけ》は感ぜられない。

ムベレトが言った通り、稲盛は弥生に去ったきりらしい。屋敷に誰もいないことは、薬屋の近くにある万屋《よろずや》から聞いていた。屋敷の手入れは万屋が請け負っていることを、恭一郎は奏枝が殺された時に知った。

玖那村には番所はないが、村の出入り口には結界を示す石柱がある。村を出ると、隠れ家への帰路を少し通り過ぎ、恭一郎はとねりこの木がある丘へ足を向けた。

奏枝と我が子を埋葬《まいそう》したとねりこの木にたどり着くと、恭一郎は根元に座り込み、幹にもたれて空を仰《あお》いだ。

雲一つない蒼天《そうてん》に微笑んでから、大地にそっと触れて語りかける。

俺は、四年前のあの子を「蒼太」と名付けたぞ——

死産だった赤子が人か山幽か、はたまた半妖だったかは知る由がないが、男児の印は見て取れた。

――女だったら日南《ひな》。陽《ひ》だまりのごとく優しく、温かく。男だったら蒼太。蒼天のごとく、大きく、自由に――

そう、奏枝と決めていた。

己には蒼太や夏野のような過去見の才はないが、奏枝の角《つの》を含んだことで、何か感じ取れぬかと恭一郎は目を閉じた。

が、もののひとときとせぬうちに、微かな足音を耳にして目蓋を開く。

目を凝《こ》らすまでもなく、十間ほど向こうに現れた者を認めて、恭一郎は驚きつつも口角を上げた。

「黒耀――いや、これからは橡子《しょうこ》と呼んでよいか？　万が一にも、おぬしの正体は知られぬ方がよいだろう？　それに橡子の方が黒耀より呼びやすく、ずっと良い名だ」

またアルマス――黒耀――は、今日は橡子の名に似つかわしい橡色《つるばみいろ》の着物を着ている。

「……勝手にしろ」

「先日、黒川と久峩山で顔を合わせたそうだな。槙村《まきむら》も一緒に……今日は蒼太に会いに来たのか？　蒼太ならあの山の隠れ家におるぞ」

隠れ家がある山の方を指差すと、アルマスは小さく鼻を鳴らした。

「知っておる。だが、ただ通りすがっただけで、蒼太に会いに来た訳ではない」

「ふうん。まあ、蒼太もおぬしが見舞いに来たら、おちおち臥《ふ》せってはおられぬだろう」

「臥せっておるのか？　何ゆえに？」

夏野からは隠れ家にいることのみで、その理由は聞かなかったようだ。

「晃瑠では怪我《けが》が治らなくてな。八辻の剣のせいらしい」

「八辻の剣で斬《き》られたのか？　一体誰に？」

「俺が斬った。やむを得ぬ事情があったのだ」

驚きを隠し切れなかったアルマスに、恭一郎は内心くすりとしたが、表向きは努めて真《ま》面目《じめ》な顔を保った。

田所の一件と、ついでに鹿島のことも話すと、アルマスは大人しく聞き入った。

「皐月に斬られた傷がまだ癒《い》えぬとは……まるで人のようではないか。八辻の剣で斬られたがために、そのようなことが起きるとは……まさか蒼太は、人に成り下がったのではなかろうな？」

「治らぬのは八辻の剣による傷だけだ。力も使えると言っておるゆえ、人になったということはない」

今更隠すこともなかろうと、恭一郎は安良の推察や、白玖山で斬った鴉猿の死に様も明かした。

しばし考え込んだのち、アルマスは傍らの刀を見やった。

「その八辻の剣を、どうして今日は帯《お》びておらぬのだ？」

「もしもの折に備えて、黒川に預けて来た」

妖魔除《よ》けも兼《か》ねているため、夏野の剣と取り替えて出かけたのである。

「それにしても、お前はここで何をしている？　大事が近付いているというのに、こんなところでのうのうと昼寝とは呑気《のんき》だな」

「大事の前の、束《つか》の間《ま》の一休みだ。どのみち安良様の見立てが正しければ、蒼太と黒川がここにいるうちは何も起こるまい」

「それもそうか。とはいえ、何ゆえこんな結界のないところで……」

「妻と子がここに眠っておるのだ」

「ああ、非道な者に――人に殺されたという……子供もいたのか？」

「そうだ。奏枝は殺された時に身籠《みご》っていた」

「かなえ、というと……」『マリトヴァのことか』

つぶやいたアルマスは、恭一郎が山幽の言葉を解すとは知らぬのだろう。

だが恭一郎は、亡妻の真名《まな》と思《おぼ》しき言葉をしかと聞き取った。

「おぬしも奏枝を知っていたのか？」

「一度だけ、通りすがりに会ったことがある。鴉猿に許婚《いいなずけ》を殺されたそうで、相手は気が触れているから気をつけろと、私たちに助言してくれた」

「その鴉猿こそ、黒耀だったのだろう？　黒川が槙村から聞いた」

夏野から又聞きするまで、恭一郎は奏枝に許婚がいたことを知らなかった。

アルマスが聞いたところによると、奏枝はアルマスたちに出会う二年前に子を孕《はら》む許しを得たが、同年、許婚を「黒耀」に殺された。悲嘆に暮れた奏枝は森を離れ、黒耀の正体を、それから人を含めた他種族との和睦の道を探ることにしたという。

たとえ安良様の崩御《ほうぎょ》のみで此度《こたび》の大厄《たいやく》が収まるとしても、この世に太平がもたらされるかどうか……

収まるのは噴火だけで、人と妖魔、人と人、妖魔と妖魔など、争いは尽きぬように恭一郎には思える。ゆえにやはり――安良が太平を求めている限り――少なくとも妖魔はこの世から消え去るのではないかと案じてしまう。

黙り込んだ恭一郎へ、アルマスが問うた。

「まだ、奏枝に未練があるか？」

「心残りは無論あるが、何をどうしても死者が戻らぬことは承知している。いや、安良様次第では、この先そういった理も得られるのやもしれぬが……」

大地に目をやって、恭一郎は続けた。

「ここは二人が地に還《かえ》った場所だが、たとえ安良様のご遺骨のごとくなんらかの気が宿っていたとしても、術の才のない俺には判らぬ。ただ、俺にも祈りたくなる時がある。奏枝は妖魔の魂《たましい》は廻《めぐ》らぬと言っていたが、俺は人のごとく二人の魂も廻っているように――たとえ生まれ変わっていなくとも、今も尚、この世のどこかあるよう祈ってやまぬ」

「ふん……なんだか夏野が不憫《ふびん》だな」

「黒川が？」

「お前が山幽の妻を娶《めと》ったことがあると教えてくれた折、お前に気があるように見受けられた。夏野は女だてらに侃士《かんし》で、蒼太も懐《なつ》いておるようだ。さすれば、お前の後妻にもってこいではないか？」

――黒川殿は剣にも術にも秀《ひい》でており、人見知りの蒼太にも慕《した》われているお方。なればこそ兄上の奥方にふさわしいと――

いつぞやの一葉《かずは》と似たようなアルマスの台詞《せりふ》を聞いて、恭一郎はついにこらえきれずに苦笑を漏らした。

「黒川か……」

出会った時は世間知らずの小娘、のちに同門剣士となっても、己の剣友というより蒼太の学友のごとき存在だった。まっすぐな心根はもとより気に入っていたが、昨年、神里で共に妖魔と戦ってこのかた、夏野に対する情が増してきた。

何より、隠れ家で夏野と稽古を始めて以来、殊《こと》に真剣を使うようになってから、かつて一人で感じた――己が空や風になったかのごとき自由が更に大きく、此度は大地とも一つになったかのような充足と安寧をもたらすようになっていた。

「夏野では駄目なのか？」

「駄目ということはない」

先日、図らずも湧《わ》き湯で夏野の裸身を見て、恭一郎は少々うろたえた。年の功で夏野に悟られることはなかったが、僅《わず》かでもうろたえた己に驚いたものである。同時に覚えた後ろめたさはおそらく奏枝に対してであり、それはとりも直さず夏野への情が深まっている証《あかし》と思われた。とはいえ夏野に抱いている情は、たとえ恋情だとしても、奏枝に抱いたそれとは多分に違う。

「色気は今一つだが、椎名は——黒川の許婚は見る目があると感心しておる」

「夏野に許婚？　お前よりも強い男か？」

「剣なら俺の方が強い。だが、椎名は侃士にして氷頭《ひず》の州司代、俺より幾分若く、顔立ちも身なりも身持ちも良い男だ」

「それでも夏野はお前を好いていて、お前も満更でもないようではないか」

奏枝と同い年のアルマスは今四百四歳だが、むっと眉《まゆ》をひそめた様は、見目姿通りの十三歳の少女そのもので、恭一郎を更に苦笑させた。

「そうだな……蒼太の怪我を除けば、三人暮らしは思いの外《ほか》、良いゆえ、大厄をやり過ごした後もこうして暮らせぬものかと思わぬでもない」

アルマスの漆黒の瞳《ひとみ》に、羨望《せんぼう》の色が浮かんだ気がした。

「黒川から聞いたぞ。槙村は、この世が正されたのちは共に暮らそうと、おぬしに言ったそうだな」

「……共に見届けようと言っただけだ」

むっつり応えるアルマスは、夏野が踏んだ通り、いまだムベレトを少なからず想《おも》っているらしい。

「まあ、初恋は実らぬというしな」

「……そうなのか？」

「ただの言い習わしだ」

「だが、お前の妻は非業《ひごう》の死を遂《と》げた」

「俺の初恋は七つの時——相手は奏枝ではなく菓子屋の娘で、俺より一回り年上で、出会った翌年に嫁《よめ》にいってしまった」

アルマスの眉尻が微かに下がった気がして、恭一郎はつい微笑《ほほえ》んだ。

「槙村が気に入らぬのなら、俺が引き取ってやってもよいぞ？」

「なんだと？」

「俺が死すまでなら、面倒を見てやろう」

「つけ上がるな、人の分際で」

「もしも槙村とゆくなら——そうでなくとも——蒼太を頼む。槙村にも頼んだが、時折でよいから蒼太を気にかけてやってくれ」

「蒼太の方がそれをよしとせぬやもしれぬぞ。蒼太はいまや、私に間違えられるほどの力を得た。私のこれまでの所業を鑑《かんが》みれば、蒼太が私を憎み、私が蒼太を疎《うと》むようになってもおかしくない」

「それでも一人よりましではないか？　俺はただ、あいつを一人にしたくないのだ」

座り込んだままの恭一郎を見下ろして、アルマスは「ふん」と小さく鼻を鳴らした。

「……もうゆく。お前もいつまでも油を売ってないで、早く蒼太や夏野のもとへ帰れ」

「そうしよう」

恭一郎に背を向けたアルマスは、十間と行かぬうちに黒い霧《きり》のごとき影となって消えた。

再び大地に手を触れて、恭一郎は微笑んだ。

奏枝……マリトヴァ、どうか俺たちの行く末を見守ってくれ……

†

恭一郎の話に耳を傾けているうちに、夏野は徐々に気を沈ませた。

アルマスと会したことよりも、とねりこの木を訪れた理由を知って胸がざわめいた。

恭一郎が寄り道したとねりこの木は、奏枝と我が子の亡骸《なきがら》を埋めた場所だという。八辻もまた、愛した桂《かつら》の遺骨をとねりこの木のもとへ埋葬《まいそう》したことを夏野は思い出した。恭一郎が八辻や桂の生まれ変わりということはありうるが、奏枝は違う。ただ、因縁《いんねん》めいたものを感じずにはいられない。

やはり、鷺沢殿はいまだ奏枝殿を想っていらっしゃる……

内心溜息《ためいき》をつくと同時に、己がこの隠れ家にいることが奏枝に申し訳なくなった。

更に、アルマスも奏枝を知っていたことはともかく、恭一郎がアルマスを「橡子」と呼ぶようになったことや、暮らしを共にしようと持ちかけたことに驚き、アルマスに少なからぬ嫉妬《しっと》を覚えた。

「アルマスと、くあす……？」

眉をひそめた蒼太へ、恭一郎はくすりとする。

「うむ。だがあの様子なら、椽子はムベレトを選ぶとみた」

とはいえ、なんの「誘い」もない夏野は複雑だ。

蒼太も何やら言いたそうに恭一郎と夏野を交互に見やったが、結句、口をつぐんだまま土産の薄皮饅頭を食《は》んだ。

「鷺沢殿がお留守《るす》の間に佐吉が来ました。怪我をした仲間は本復したそうです。苑は伊紗に会いに斎佳の堀前に出かけていて、影行は鴉猿の住処《すみか》を探っているとのことです」

金翅と鴉猿の争いは、これより一層激しくなると思われる。鳴子村の「人殺し」の濡《ぬ》れ衣《ぎぬ》を着せられ、残間山での一戦でも死者を出した金翅の気持ちはよく判るが、時折それどころではないと口にしたくなる。

皆に隠し事をしているということにおいては、己も西原や稲盛と同類だという思いが拭《ぬぐ》い切れずに、夏野は再び内心溜息をついた。

「今は成りゆきを見守る他ない」

夏野の心中を読んだように応えて、恭一郎は蒼太へ目をやった。

「後で痛み止めも飲むのだぞ？」

「……ん」

「人のごとく治りが遅いのだから、今しばらくは用心せねばならんぞ？」

「ん」

口角を上げて頷いてから、蒼太は更に饅頭を頰張った。

三日後、朝餉《あさげ》を終えてまもなく、ムベレトが現れた。

ムベレトは九日前、久峩山で会した翌々日にサスナの無事を知らせに訪れていた。この九日の間に何かあったのかと案ずるも、ムベレトは首を振った。

「お前たちが予知したようなことは何も。だが、サスナは近いうちに白玖山へ移る」

「白玖山へ？　ということは――」

「サスナは死を望んでいる。ギンカとアイヴァは止めたが、サスナの決意は堅いようでな。無理に引き止めてそこらで命を絶たれるよりも、望み通り白玖山で仲間と共に死なせてやろうと二人も肚《はら》をくった」

ギンカはサスナの夫、アイヴァは娘で、夏野は顔を合わせたことがある。

「しかし、何ゆえそう藪《やぶ》から棒に？」

再び問うた夏野、それから蒼太と恭一郎を見回してムベレトは応えた。

「藪から棒にではない。サスナはカシュタを失って以来、幾度も自死を考えてきたが、仇討ちも諦め切れずにいたそうだ。だが、皐月《さつき》にお前に助けられたのち、カシュタが夢枕に立ったとか……それから自死を――カシュタのもとへいきたいと切に願うようになったと言っていた」

蒼太が目を落とす傍《かたわ》らで、今度は恭一郎が問うた。

「白玖山の噴火についてはリエスからも聞いて皆も知っているのだろうが、他の山々まで噴火して国が沈むやもしれぬこと、この世のひずみやそれが正された時に起きるやもしれぬ懸念は、他の山幽は知らぬのだろう？」

「うむ。私が安良様に通じていることは白玖山の皆には知られてしまったが、黒耀を倒すためだと思われている。リエスは他の理由を疑っている節があるが、ひずみやお前が言う懸念は誰にも明かしていない。たとえ明かしたところで信じぬだろう。お前とて、蒼太や黒川から聞いておらねば――この二人を信じておらねば、信じられなかったに違いない」

「……そうだな」

アルマスだって、ムベレトを信じていたから――いや、今もって信じているから、これより先のことを案じているのだ……

この三日のうちに蒼太は再びそこそこ歩けるようになっていたが、蒼太の治癒が長引いていること、傷痕が消えぬことにムベレトは驚きを露《あら》わにした。

「まさか、人のごとく――人になったのではなかろうな？」

「アルマスも似たようなことを言っておったが……」

「ても、おれ、ちかあ、つかえう。ほかの、きす、なおた」

蒼太が言うのへ、夏野も付け足した。

「先だっては、まだ本復しておらぬのに、退屈しのぎに身体を慣らそうとして、ちと調子に乗り過ぎたようなのだ」

「ならばよいが……無理は禁物だぞ」

「ん」

ムベレトはサスナのことの他、石榴屋《ざくろや》で伊織からの文《ふみ》を預かって来た。文によると理一位の野々宮善治《ののみやよしはる》が北都・維那から神里の自分の家に戻ったそうである。

文を読みながら恭一郎が言った。

「黒川に会いたがっているそうだ。諸々の話を、黒川から直《じか》に聞きたいと……」

「私も、野々宮様に再びお目にかかりたいと思っていました」

野々宮はもちろんのこと、家守にして女中の駿太郎《しゅんたろう》にも会いたい。

「私はこれから日見山《ひみやま》に向かうゆえ、神里まで送ってやろう。帰りは、明後日なら拾ってやれる」

ムベレトは今日もまた、日見山から白玖山へ仲間を案内するという。

急ぎ旅支度を整え、背負子《しょいこ》に乗った。

外出は金翅に頼っていたため、山中の道のりは夏野には初めてだ。道に慣れた恭一郎でさえ半刻《はんとき》余りかかるらしいが、ムベレトは夏野を背負って尚、四半刻ほどで麓《ふもと》に着いた。

麓から玖那村へ向かう道中で、夏野は一旦背負子から降りた。

玖那村の茶屋に寄り、三日前に恭一郎が買って来た薄皮饅頭を、野々宮たちや日見山の森のユニチクとキパリスへ土産にするつもりである。

玖那村の方へ足を向けて、夏野はふと近くの丘に目をやった。

丘の上の、五丈はあろうとねりこの木は、ここからでも充分見て取れる。恭一郎も奏枝も己の「墓参り」は望まぬだろうと、夏野は胸中で冥福《めいふく》を祈るだけにとどめた。

やはり丘を見つめたムベレトがつぶやいた。

『……アルマスには、鷺沢やシェレムと暮らす方がよかろうな』

恭一郎からアルマスと交わした言葉を聞いて、ムベレトにも思うところがあったようだ。

『そんなことはない』

夏野は即座に首を振った。

『鷺沢殿の一番は蒼太ゆえ、アルマスはやはりおぬしと共に暮らした方が……』

とはいえ、ムベレトの一番は安良様か、亡妻か――

夏野を見つめて、ムベレトが微笑を浮かべる。

『お前の一番は鷺沢か？』

「ち、違っ」

思わず人語が飛び出した。

「ならば蒼太か？」

「……どちらともいえぬ」

それは本心で、己には恭一郎と蒼太に甲乙つけることはできぬ。

あの二人と、共に歩んでいきたいことに変わりはないが……

思わず「違う」と口にした己の想いは、とりも直さず初恋の域を出ておらぬのやもしれぬと、夏野は考え込んだ。

くすりとして、空《から》の背負子を背負い直したムベレトが促した。

「さあ、ゆくぞ」

†

玖那村を出ると夏野は再び背負子に乗って、神里まで野山を駆けた。

立秋を過ぎたばかりだというのに、寒露のごとく肌寒い。

空は晴れていて清々《すがすが》しいが、大地からは――背負子に乗っていても――相変わらず不穏が伝わってくる。充足した隠れ家での暮らしとは裏腹に、噴火が確実に近付いていることがひしひしと感ぜられて、夏野の気を滅入らせた。

街道沿いの番所ではなく、東側の結界の前――昨年襲撃を防いだ場所からそう遠くないところでムベレトと別れると、夏野は野々宮の家へ向かった。

昼九ツ過ぎと思しき時刻だった。

ムベレトの足なら、隠れ家から神里まで一刻余りの道のりらしい。だが土産を買うために玖那村を夏野と歩いたために、二刻はゆうにかかってしまった。

まったく、人はまだるっこいな……

日々の稽古で身体は鍛《きた》えてあるものの、人の夏野は小走りでも一里ゆくのに四半刻はかかる。苦笑を漏らして、夏野は野々宮の家まで半里余りの道のりを急いだ。

「おお、よく来たな」

「お久しゅうございます」

挨拶《あいさつ》を交わし、まずは野々宮の家に上がり込む。

野々宮は半月ほど前に晃瑠を訪ねて、伊織から粗方《あらかた》話を聞いていた。白玖山行きや安良の打ち明け話は繰り返しとなったが、山幽の森巡りについて詳しく知りたがり、また先だって久峩山でアルマスとムベレトに会したことは初耳ゆえに、熱心に聞き入った。

「死に取り憑かれている、か……」

「黒耀のことが気になりますか？」

「白玖山の生霊《いきりょう》が言っていたことともだ。白玖山でも五兎《ごと》が身を投げたとは」

野々宮が「生霊」と呼んだのはイシュナのことで、夏野は松音州のベルデトの森で五兎が三十匹も白玖山の火口に身投げしたことを又聞きした。

「実は、弥生から似たような話を耳にしている。黒桧の漁師は崖《がけ》から蜴鬼が五、六匹、続けざまに落ちていくところを見たそうだ。九丈ほどもある崖ゆえに、蜴鬼は皆、海に叩《たた》きつけられて死したらしい。この崖では皐月にも、仄魅や羽無《はなし》と思しき獣が落ちるところを目撃されている。今思えばそれらも身投げだったのだろう。それからこれは駿太が聞いたことだが、奈切山の紺野《こんの》家の者が、やはり五兎が火口に身投げするところを見た」

山の頂《いただき》にぽつぽつ動くものがあったため、遠眼鏡《とおめがね》で覗いてみたところ、五兎が次々火口に飛び込んで行ったそうである。

「かくいう俺も、戻り道中で土鎌《つちがま》の屍《しかばね》を見た。一匹や二匹どころか、五十匹ほども」

「五十匹も？」

「うむ。遠目に何やら黒い塊《かたまり》が見えたんでな。なんの気配もしないことがかえって不気味で、街道を少しそれて見に行ったのだ。どうやら共殺しをしたようで、屍は皆、相打ちのごとく互いを鎌で刺し違えていた。あれも実は共殺しならぬ、心中だったやもしれん」

土鎌は一尺ほどの大きさだが、五十匹もの屍が折り重なる様を想像してぞっとした。

「自ら贄となることは、自害といえぬこともないからな。白玖山入りを望む山幽が増えていることといい、皆、何やら——安良様のご意志のようなものを——感じ取っているのやもしれぬな。まだ人里ではそういった話は聞かぬが、これからは判らぬぞ」

「そんな……」

「樋口《ひぐち》や佐内様にも進言したが、時機は——噴火は確実に近付いているぞ。晃瑠へ往復しただけでも、大地の歪《ゆが》みを俺は感じた。ゆえに、早急にここへ戻ることにした。万が一のことを考えて」

「万が一とは、つまりその、噴火に備えてですか？」

神里は空木村と共に、白玖山から奈切山、晃瑠へと続く火山脈の間にある。

「もしや、野々宮様はここで噴火を妨《ふせ》ぐおつもりで……？」

夏野の問いに、野々宮は苦笑しながら首を振った。

「残念ながら、俺は噴火を止めるすべを持たぬゆえ、ただその時を待つ他ない。だが万が一、安良様が噴火を止められずにこの大地が沈んだり、黒耀の懸念通りに時が戻ったりするならば、最期は駿太と共にいたいと思い至った」

「お駿と――」

驚きよりも、喜びが声に出た。

――野々宮様が身を固めることはございませぬ――

そうお駿は言っていたが、野々宮様は心底ではお駿を想っていらしたのだ――

「あの、お駿はそのことを」

「まだ知らぬ。噴火は紺野家と共に駿太も危惧《きぐ》しているが……今、全てを明かしたものかどうかは迷っておる。樋口も小夜殿には内密にしているようだしな」

駿太郎なら明かしても取り乱しはしないと思われるが、国の一大事となれば――ましてや理一位が迷っていることならば――己に判じられることではない。

だが……

「噴火や安良様のお考えはともかくとして、その、差し出がましいことですが、野々宮様のお気持ちは早々にお駿に伝えた方がよろしいかと……い、いざという時に、心の拠《よ》り所があるとないとでは大違いかと思われ……」

「うむ。さすれば、こうして黒川が訪ねて来たのも天の――いや、安良様の配剤か。ちと助太刀《すけだち》を頼みたい」

「助太刀？　お二人に何か身の危険でも？」

思わず刀へ目をやった夏野へ、野々宮は再び苦笑を漏らした。

「妻問いといえば櫛《くし》だろう。だが俺は女心に疎《うと》いゆえ、明日一緒に小間物屋へ行って、駿太が喜びそうな櫛を見繕《みつくろ》ってくれ」

櫛は「苦労を分かち合い、死ぬまで添い遂げよう」という意を込めて、求婚の贈り物によく使われる。

「私も女心に明るいとはいえませぬが……そういうことでしたら、微力ながら助太刀いたしまする」

かしこまって応えると、改めてこの朗報の喜びが胸に満ちる。

夕餉は三人で八辻宅で取った。

昨年、稲盛の火付けに遭った八辻宅は、とうに建て直されている。

昨年は夏野は男たちと八辻宅で、駿太郎は一人で野々宮の家で寝起きしていたが、此度は野々宮は自分の家で、夏野は駿太郎と八辻宅で過ごすことになった。

妻問いのことは無論秘密だ。夕餉では野々宮との晃瑠や維那の話で誤魔化《ごまか》せたが、二人きりだと、ふとした己の顔色や言行からばれぬかと冷や冷やする。

「黒川様」

「う、うむ」

「あさってお発《た》ちになる前に、山小豆《やまあずき》を作りましょうか？　玖那村まででしたら、ゆうにもちますゆえ」

隠れ家の代わりに、夏野たちは玖那村に滞在していることにしていた。山小豆は山芋と小豆を使った蒸し菓子だ。昨年に増して冷夏の今年は、もう山芋が出回っているという。

「蒼太が喜ぶ。ありがとう、お駿」

「礼には及びませぬ。蒼太様お墨付きのお饅頭、美味《おい》しゅうございました」

「気に入ってもらえたなら何よりだ」

駿太郎に笑みを返してから、夏野は茶屋の女将とのやり取りを思い出した。

――おや、あなた、その刀……あなたが鷺沢さんの息子さんかい？――

どうやら三日前に恭一郎が差していた夏野の刀を覚えていたらしいが、男装の夏野をじっと見入った女将は、すぐさま声を低くして囁《ささや》いた。

――間違えた。おかみさんの方か。勇《いさ》ましいねぇ。只者《ただもの》じゃあないと思ってたけど、おかみさんまで剣士だなんて、鷺沢さんは隠密か何かなのかい？　ああ、私なんかにゃとても明かせないことだろうね。前のおかみさんは早くにお亡くなりになっちまってお気の毒だったけど、あなたみたいなお人なら安心だ。でかいこぶ付きみたいだけどさ、鷺沢さんと末永くお幸せにね――

夏野が返答に戸惑《とまど》ううちに新たな客がやって来て、女将はそちらへ行ってしまった。夏野もムベレトを待たせていた手前、そのまま茶屋を離れたが――

「……それは、鷺沢様が何か、それらしきことを仰《おつしや》ったのではないでしょうか？」

「お駿もそう思うか？」

女と見破られたことには慌てたが、「おかみさん」に間違われたことは何やら心嬉しくあった。

くすりとして駿太郎は夏野を見やった。

「蒼太様がご一緒ですから、鷺沢様もご遠慮なさっているのやもしれませんね」

「ご遠慮……」

「二人きりなら、鷺沢様もきっとその気に」

「そ、その気？」

「ええ。なんなら小手調べに、夏野様から仕掛けてみては……？」

「仕掛けというと？」

「いうなれば、色仕掛けはいかがかと」

「とと、とんでもない！　お駿は色気があるゆえ、そういった策も一案だろうが……」

「とんでもないことです。野々宮様と私とでは身分が違いますから……ですが、野々宮様はいつもこのように、まずは手を……」

じりっと駿太郎は夏野ににじり寄った。

「失礼つかまつります」

覗き込むように見つめる駿太郎の指先が、そっと夏野の指先に触れた。

図らずもどきりとして、みるみる近付く駿太郎の顔から目が離せない。

駿太郎の指が己の指を、それから甲をなぞって手首をつかむ。

こらえ切れずに目をそらすと、駿太郎はすっと身を引いた。

「――といった塩梅《あんばい》です」

「ひ、人が悪いぞ、お駿」

波打つ胸に手をやるも、駿太郎は悪びれずに微笑んだ。

「申し訳ありません。色仕掛けはさておき、まずはお着物を変えてみるのはいかがでしょうか？　黒川様は剣士様ですから、女子《おなご》の格好は外では不便でしょう。ですが、おうちでは女物をお召しになってもよろしいのでは？」

「う、うむ……」

駿太郎ほどではないが、己の身体も年々丸みを帯《お》びてきた。これまでにも──茶屋の女将の他にも──己が女だと見破った者がいたやもしれぬ。

昼間の野々宮の言葉が思い出された。

──万が一、安良様が噴火を止められずにこの大地が沈んだり、黒耀の懸念通りに時が戻ったりするならば──

万が一にもそうして「最期」を迎えるならば……

己は誰と共にいたいだろう？

誰と共にいるだろうか……？

恭一郎よりも先に蒼太が思い浮かんで、夏野は思わず笑みをこぼした。

蒼太の左目は、己の死と共に蒼太へ戻る。

さすれば傍《そば》にいようがいまいが、最期まで己と共にあるのは蒼太だと思われる。

だがもしも、安良様と共に妖魔が滅ぶようなことがあれば……

今度はぶるりと頭を振ると、駿太郎がくすりとする。

「黒川様？」

「なんでもない」

どうも駿太郎は、夏野が色仕掛けに怖気付いたと誤解しているようである。

それにしても……

野々宮と駿太郎のことをいち早く誰かに話したくてうずうずすると同時に、恭一郎や蒼太にはなんとも明かしにくいため、夏野は複雑な思いを持て余した。

†

寝所へ引き取って稲盛は一息ついた。

斎佳を出て四日目、稲盛たちは間瀬《ませ》州の山名村《やまなむら》の一軒家に落ち着いた。

三年前に二度の襲撃を受けた山名村は、今尚、廃村と化したままである。僅かに逃げ切った者もいたが、村人のほとんどが命を落としたため、帰郷は叶《かな》わずにいるらしい。よって、新たな結界の増補はまだなされていなかった。

稲盛は襲撃の前から村に一軒家を借りていたが、当時から旅に出ていることが多かったため「運良く」難を逃れたことになっていた。廃村ゆえ、どの家を使おうと自由なのだが、稲盛は勝手を知っている以前の借家に戻った。

稲盛が一休みする間に、テナンと五人の剣士はそれぞれ空き家を漁《あさ》って筵《むしろ》や夜具を運んで来た。主だった家財道具は、襲撃ののちに村人の生き残りや親類の他、役人や護衛役の剣士が運び出していたが、打ち捨てられたままの物はけして少なくない。ただし食料は自分たちが持ち込んだ物しかなく、もってせいぜい三日というところであった。

二日前——斎佳を出立した二日後に、稲盛は草賀州の北で、石古村を襲った鴉猿たちと会した。人の姿をしたテナンの手引で現れた鴉猿たちは、案の定、黒桧州の青海村を襲った者たちと同じだった。

鴉猿の言葉で稲盛は話し合いを試みた。

——青海村といい、石古村といい、勝手な真似《まね》はよせ——

——どの口が言う。お前も「さいばら」を戒《いまし》めるために「さいか」の「ほりまえ」を襲ったではないか。日和《ひよ》ったお前が悪いのだ。「さいばら」の言いなりになって、儂《わし》らをないがしろにしおってからに——

——そんなことはない——

——だったら、そやつらはなんだ？——と、ゲラムが鼻を鳴らした。

ゲラムは此度の離反の長《おさ》である。人語も人に化《ば》けることも得意ではないが、テナンと共に、鴉猿の中では古くから知っている。

西原が寄越《よこ》した剣士は五人で、ゲラムは己の他七匹の鴉猿を連れていた。剣士たちは鴉猿の言葉を解さぬが、不満と殺気は察知していて、皆、刀に手をかけていた。

互いに睨《にら》み合う中、テナンが取りなした。

——儂らは仲違《なかたが》いに来たのではない。稲盛様の次の身体が見つかり次第、またお前たちと共に人を制してゆく――

――お前は相変わらず「いなもり」の言いなりか……こいつはティバを見捨てたそうじゃないか――

――助けようとしたのだ。稲盛様が救わなければ、ティバはおととし死していた――

――新たな贄は差し出せんぞ――

――もとよりそのつもりはない。増岡はどうしている？――

――「ますおか」か……――

にやりとしてゲラムは続けた。

――大分弱っているが、まだ使える。近頃術師がめっきり減ったからな。だが、やつは新しい結界を知らん。西側を襲われたくなくば、新しい結界の破り方を教えろ――

だが、稲盛もまだ新しい結界の理をよく知らぬ。結句、手持ちの符呪箋を差し出すことで、ゲラムたちとはひとときの和睦を得た。

青海村を襲った時は狗鬼が数匹いたが、それらを羈束《きそく》したシブクはどうやら皐月に死したらしい。ゲラムたちが持っていた符呪箋は効力を失い、狗鬼たちは逃げて行ったという。ゲラムたちと別れてからこの二日間、稲盛は妖かしを探しつつここまで来たが、時折空を飛び交う金翅の他、下等妖魔さえろくに見なかった。

しばらく斎佳の堀前や都内にいたせいか、稲盛は此度外に出るまで大地の不穏に頓着《とんちゃく》していなかった。だが久峩山が近付くにつれ大地の不穏を感じ取り、また旅中に地震や噴火の噂も耳にしたため、「人」であることにますます不安を募《つの》らせている。

寝所で半刻ほど休んだのち、テナンが夕餉を知らせに来た。

座敷に集った剣士たちは、稲盛を一瞥《いちべつ》して不満を露わにしている。

五人の剣士は皆、素性《すじょう》を隠していて、それぞれ着いた順に一郎、二郎、三郎、四郎、五郎と名乗った。五郎が最年長で三十代半ば、二郎が最年少で二十歳前後の若者だ。五人とも侃士にして高段者で、七段より下の者はいないそうである。

「鉄男から聞いたが、明日もまた、妖かしを探しに行くそうだな?」と、五郎。

「そのためにお前たちを連れて来たのだ」

「ふん……勘違いするでないぞ。我々の忠義は御屋形《おやかた》様にある。たとえ小林殿でも、御屋形様を裏切るような真似はけして許さぬ。ましてや鉄男は……」

西原の命令なのか、問い質《ただ》しはしないものの、剣士たちは稲盛が小林を乗っ取ったこと、その小林の「従兄弟の鉄男」が妖かし――鵺猿――だと勘付いているようだ。ゲラムたちとの話し合いを見て、西原が本当に至術師を通じて鵺猿と「和平談判」していることは認めても、鵺猿の言葉を知らぬがゆえに、稲盛やテナンを疑っている節がある。

その勘働きには感心しても、稲盛はつい内心嘲笑を漏らした。

忠義だと?

お前たちこそ勘違いするな。

お前たちが神のごとく崇《あが》めている西原は、所詮「人」だ。

家柄と少しばかり見目姿に恵まれた、ただの口巧者に過ぎぬ――

剣士たちは一人一人、西原にそれなりの恩義と忠義があるらしいが、西原は人を統《す》べることさえまだ志半ば、否、いまや一都六州の人心さえ失いつつある。

やつは「神」にはほど遠い……

だが、神が神たる所以《ゆえん》は、稲盛にもまだ判らなかった。

他者の命は金や権力でも――西原でも――左右することができる。

差し当たっては不老不死の命と共に、誰も寄せつけぬ、並ならぬ力を得るべく稲盛は決意を新たにする。

まずは黒耀や蒼太のごとく。

いずれはやつらを凌駕《りようが》してみせる――

†

居酒屋に現れた佐吉を見て、伊紗は腰を浮かせた。

「お伊紗さん……」

急ぎ折敷《おしき》に金を置いて、伊紗は表通りを離れ、佐吉を人気《ひとけ》のないところまでいざなった。

「どうしたんだい？」

「か、母さんが稲盛にやられた」

「なんだって⁉」

「死ぬほどじゃないけど、数日は飛ばない方がいいって、影行が」

殺されてはいないと知って、伊紗はひとまず胸を撫《な》で下ろした。

三日前の文月四日、伊紗は斎佳の堀前・葦切町でたらし込んだ門役人から、「小林」が二日に剣士を連れて斎佳を出て、草賀州へ向かったことを聞いた。のちにその旨《むね》を伝えた苑と各々稲盛の足取りを探し始めて、どうやら東へ向かったらしいと踏んだのが昨日のことである。今日は互いに草賀州から久峩山の西側までを探ることにして、夕刻にこの辻越町の居酒屋で落ち合おうと決めていた。

声を潜めて、伊紗は佐吉から委細を聞いた。

昼過ぎに、苑と影行は久峩山の麓で稲盛と思しき一行と、一行から逃げゆく男女を見つけたそうである。

「二人はどうやら山幽で、母さんは稲盛を殺そうとしたけれど、一緒にいた鴉猿と剣士に邪魔されて……」

影行が苑を助けたが、苑の怪我が思いの外《ほか》深かったため、山幽の救助は諦めて一度巣に帰った。ちょうど蒼太たちの隠れ家から戻った佐吉は、苑から伊紗へ言伝を頼まれて、稲盛を探しに戻る影行と巣を発ったという。

「稲盛はもう逃げていて、久峩山には見当たらなかった。でも、山幽の亡骸は空から見えた……」

「じゃあ、そこまで運んどくれ」

町の結界を出ると、伊紗は佐吉の背中に乗って久峩山まで飛んだ。

佐吉が空から見つけた亡骸は男で、肩から心臓まで袈裟《けさ》斬りにされていた。

用心深く辺りを探ると、二町ほど離れた木々の中で女の亡骸も見つかった。

手に細身の懐剣を握り締めていて、胸元にやや血が滲《にじ》んでいるが、傷は命にかかわることのない浅手だ。

何が起きたか、伊紗はすぐに悟った。

稲盛が女を取り込んだのだ。

女の傍らには、風呂敷《ふろしき》のごとき布切れと小さな骨が散らばっている。

子供の遺骨だ。土がついていることから、一度埋めたものを掘り返して、布に包んでいたと思われた。

佐吉が伝え聞いた話では、稲盛は六人も伴を連れていたらしい。さすれば女が刺し違える覚悟で剣を抜いたとは考え難い。

おそらく自害するため……

伊紗も懐に一振り懐剣を忍ばせてある。

仄魅は幻術の他さしたる妖力がなく、鴉猿や金翅に比べて非力だ。此度は苑や影行という助《すけ》っ人《と》がいるものの、いざという時は刺し違える覚悟が伊紗にはある。

やつに囚《とら》われるくらいなら、自害する覚悟も――

佐吉曰く、麓から中腹にかけての樹海の中に、蒼太の故郷の森があるという。ただし森は三年前に稲盛の襲撃に遭い、今はもう誰も住んでいない。

我が子の骨を取りに来たのか……？

伊紗は娘の遺骨がいずこにあるか知らぬ。稲盛は娘を取り込んだのち、このように亡骸はどこかへ打ち捨てて行ったに違いない。

「佐吉、手を貸しとくれ。この者たちを弔《とむら》ってやりたい」

娘の骨を拾うがごとく、伊紗は子供の骨を一つ一つ丁寧に拾って布に包んだ。

万が一、稲盛が戻って来ても判らぬよう、また他の妖魔や獣に荒らされぬよう、二人の亡骸は少し奥まった山中へ運んで埋葬することにした。

子供の骨の包みを女の懐《ふところ》へ入れ、男と並べた。

仄魅には雌雄がなく、子も一人で孕み、生む。親子はつかず離れずで暮らすが、仲間とつるむことはほとんどない。

たとえ、あんたたちが夫婦でなかったとしても——

最期に誰かが傍にいたことに、伊紗は微かな羨望を覚えた。

「あんたたちの分も、私が仇を取ってやるからね……」

佐吉と土をかけてやりながら、伊紗はつぶやいた。

「稲盛は三年前、ここからそう遠くないところに隠れ家を持っていた」

山名村からもほど近いその隠れ家に、伊紗はひとときわ捕らわれていたことがある。隠れ家は掘っ立て小屋に毛が生えたような代物《しろもの》で、稲盛を入れて七人もはとても入れぬが、今時分なら野宿もできる。

「山幽を取り込んだなら人里は避けるだろうから、まずはそこを探ってみるよ」

「そ、それならおれも——」

佐吉の申し出に、伊紗は即座に首を振った。

「お前はひとまず、おっかさんのもとへお帰り。おっかさんの無事を確かめたら、このことを蒼太たちに知らせておくれ」

「でも」

「無茶はしない。六人も伴がいるなら、居所が判っても一人で手出しはしないよ。やつも身体を慣らす時が入り用だろうから、しばらくはひとところにとどまるだろうさ」

とりあえず三日後の夕刻に、今一度辻越町の居酒屋で待ち合わせることにする。

「笛がもう一つあったらねぇ……」

苦笑を漏らして、伊紗は女が持っていた懐剣を佐吉に差し出した。女と共に埋めてしまうよりも、形見として蒼太からムベレトへ託せば女の身元も知れるだろう。

「お前も気を付けるんだよ。逆縁だけはよしとくれ。いいね？」

佐吉の手を取り、懐剣を握らせて念を押す。

「……はい」

神妙に頷いた佐吉が飛び立つのを見送ったのち、伊紗は仄魅本来の白く大きな、鼬《いたち》と猫が相混じったような姿に戻って、暮れかけた野を駆け出した。

第五章
Chapter 5

ふと目を覚ましたサスナは薄闇《うすやみ》の中にいた。

夜目は利くのに、目を凝らしても辺りには何も見えぬ。

頭もぼんやりしていて、身体《からだ》を起こすまでにしばしを要した。

否。

身体を起こしたつもりが、どうにも定かではなく、地面に触れるもなんの感触もない。

夢、だろうか……？

私は確か、久寝山へ……

皐《さ》月《つき》にサスナは夫のギンカと娘のアイヴァと共に、額田州にあったヤンタルの森から松音州のベルデトの森へ移った。

道中で一行は狗鬼《こうき》たちに襲われ、サスナは娘共々シェレム――蒼太――に助けられたが、カシュタを殺したシェレムをサスナは許せずにいた。

その代わりでもなかろうが、九死に一生を得たにもかかわらず、日に日にあの世への思いが深まっていく。

幼いカシュタを失った後、サスナは幾度も自死を考えた。

カシュタがあの世で一人で泣いてはいないかと、胸を痛めてきた。シェレムはカシュタを殺したが、同族殺しは大罪ゆえに、シェレムに死をもって償《つぐな》わせるのは難しい。ならば「黒耀様」に裁きを頼めぬものかと、サスナは翁《おきな》たちに懇願《こんがん》した。

黒耀の裁きによってシェレムは角《つの》を落とされ、片目を封じられた。その上で森から放《ほう》り出されたものの、サスナの怒りと憎しみは増すばかりだった。

――シェレムはシダルに騙《だま》されただけ――

シダルを追放したのち、イシュナはそうサスナとギンカを諭《さと》した。ギンカは得心し、憎しみをシェレムからシダルへ向けるようになったものの、サスナとウラロクは違った。サスナにはウラロクのごとき「見抜く力」はなかったが、カシュタを殺したのちの蒼太の姿が目に焼き付いて忘れられぬ。

穴から助け出されたシェレムの右手にはカシュタが、左手には食べかけのカシュタの心臓があった。呆然《ぼうぜん》としているようでありながら、その血まみれの口元には笑みが浮かんでいるようだった……

――あれがシェレムの本性やもしれぬ……実は私は、シェレムはいずれこの世を滅ぼす者になると予見した。私は折に触れてシェレムにこの世の尊《とうと》さを教えてきたが、シダルに騙されたとはいえ、あのようなことをしでかすとは恐ろしい……――

イシュナやギンカには内密に、ウラロクはサスナに語った。

──このままでは、シェレムは二人目の黒耀様になりかねぬと案じていた──

──黒耀様に？──

他言無用と念を押して、ウラロクは黒耀がかつて森を出て行った「少女」ではないかという推察を明かした。

──角を失《な》くしたとはいえ、どうも不安が拭《ぬぐ》い切れぬ……──

シェレムを賞金首とすることにイシュナは渋面《じゅうめん》を作ったが、ウラロクが説《と》き伏せた。

けれども、結句そのせいで森は襲われた……。

ウラロクは殺されて、みんなも……。

サスナとギンカは逃げおおせたが、術で身動きが取れなくなった仲間は「いなもり」という術師に囚《とら》われる前にイシュナが殺し、ゆえにイシュナは正気を失ったと後で聞いた。

私は──

やりどころのない悔恨を、サスナはシェレムへの憎しみにすり替えた。

ムベレトに頼み込んで赴《おもむ》いた晃瑠で、サスナはシェレムを殺せなかった。同族殺しに加えて、シェレムを我が子のごとく護《まも》ろうとした「きょう」という男に、その「きょう」が持っていた剣に怖気付《おじけづ》いた。

ベルデトの森で、己やアイヴァを救ったシェレムをサスナはまたもなじった。

そんな己へ、シェレムは額《ひたい》を地面にこすりつけて言った。

──許されようなんて思ってないから──

血まみれの口元を思い出すと、シェレムのことはやはり許せそうにない。

でも、私も……私もきっと許されない……

生き残った森のみんなは――イシュナも――今も私を恨んでいるだろう。

森があんなことになったのは、私のせいだと……

白玖山の噴火が近付いていることは、しばらく前に翁から聞いていた。ギンカやアイヴァは死を望んでいないため、翁のグラナトが仲間と発《た》った時には白玖山入りを見送ったが、此度《こたび》、翁のヤンタルを始めとする数人の仲間と共にサスナも白玖山入りを決めた。

ギンカとアイヴァは反対したが、己の悔恨を聞いて諦《あきら》めてくれた。

白玖山入りにあたって、サスナには一つ心残りがあった。

カシュタのことだ。

久寂山の森がなくなった今、カシュタを森に置いたままにしておきたくなかった。

遺骨を取りに行きたいと言ったサスナを、今度はギンカやアイヴァのみならず、翁のヤンタルやベルデトも止めた。

――でもイシュナは、今は「いなもり」は斎佳に潜んでいると――近頃は狗鬼たちも鴉《あ》猿《ざる》を避けているようだと言っていた……――

諦め切れぬサスナは、皆に内緒でこっそり骨を取りに行くことにした。

妖魔《ようま》の多くは夜行性ゆえ、日中なら鴉猿や狗鬼に出くわす見込みはそうない筈《はず》だ。

懐剣を懐に入れて森を出た己を、ギンカは追って来た。

──私もゆく──
人里を避けて、久峩山まで二人で駆けた。
カシュタの墓から遺骨を掘り出して、感傷に浸《ひた》る間もなく、布に包んで帰路に就《つ》いた。
それから……
それからどうしたんだっけ──
……ああ、そうだ。
何か、矢のようなものが飛んで来て──
足を取られて転んだサスナへ、ギンカが手を差し伸べた。
と、剣士がやって来るのが見えて、ギンカはサスナを急ぎ立たせた。
──森へ逃げろ！──
ギンカに追い立てられて森への道を戻り始めた矢先、今度は鴉猿が現れた。
足の痛みを押してサスナは無我夢中で走ったが、すぐに鴉猿に捕まった。
──よくやった。しっかり捕まえておけ──
追ってやって来たのは人だった。
男は丸腰だったが、それゆえにサスナは男が術師だと悟った。
このままでは羈束《きそく》されるか、取り込まれるか、はたまた乗っ取られるか──
慄《おのの》いたサスナの頭上を、大きな影が通り過ぎた。
はっと空を見上げた鴉猿の手を力の限り振りほどき、しばしの自由を得ると、サスナは懐剣を抜いて己の胸を突いた――

……私は死んだんだろうか？

ここがあの世なんだろうか……？

今一度辺りを見回すも、やはり何も見当たらぬ。

こうして記憶があるうちは、まだ生きているといえよう。

ギンカは無事に逃げられただろうか？

それからカシュタ……

ここがあの世なら、カシュタを探さないと……

天地も定かではない中、サスナはひたすら「道」を探した。

ほどなくして辺りが仄《ほの》かに明るくなって、サスナが希望を見出《みいだ》したのも束《つか》の間《ま》、しわがれた声が聞こえてきた。

「稲盛様……お加減はいかがですか……？」

……「いなもり」？

「よい、とは言えんな」

この男が「いなもり」？

紫葵玉《しきだま》を奪い、仲間を殺して、森に火を付けた――

姿は見えぬが稲盛が近くにいると知って、サスナは身構えた。

と同時に、脳裏《のうり》にギンカの姿が浮かんだ。

袈裟《けさ》懸《が》けに斬《き》られて、目を見開いたまま事切れている。

ギンカ――ギンカが死んだ？

「あの莫迦《ばか》どもが……生け捕りにせよと言うたのに」

ふと、己が人語を解していることにサスナは気付いた。

それはつまり。

『――ああ！』

口をついた嘆《なげ》きは、音にならなかった。

†

神里に着いた翌日の昼下がり、夏野は野々宮の伴をして町中へ向かった。

駿太郎には州司を訪ねるためだと嘘《うそ》をついたが、此度の嘘にはさほどやましさがない。

街道沿いの小間物屋に入ると、店主がすっ飛んで来た。

空木村で偽名を使っていた伊織と違って、野々宮が神里に居を構えていることは知られている。その上、野々宮は六尺はあろう偉丈夫だからだ。

あれこれ見るまでもなく二人して一目で気に入ったのは、南天《なんてん》を意匠《いしょう》とした鼈甲《べっこう》の櫛《くし》だった。鼈甲では色が判《わか》らぬが、南天は葡萄《ぶどう》の房状になる赤い実が可憐《かれん》な縁起物だ。乾燥させた実は咳止《せきど》めにもなり、名前には「難転」――災い転じて福となす――の意も込められている。「火除《よ》け」や「魔除け」にもなるといわれていて、家の艮《うしとら》――鬼門の方角――に植えられることが多いこともあり、「家守」の駿太郎に似つかわしいと夏野は思った。

小間物屋を出ると、野々宮は薬屋で柚子皮《ゆずかわ》を、菓子屋で紅白の餅《もち》を、酒屋で角樽《つのだる》を次々買い求め、最後に貸し物屋で白無垢《しろむく》を一式借りた。

「あの、もしや……」

「うむ。黒川にはついでに酌人《しやくにん》を頼む」

夏野がいるうちに、求婚から祝言まで済ませてしまおうというのである。

「し、しかし」

「案ずるな。今更、新枕の儀はいらん」

野々宮はくすりとしたが、夏野が慌てた理由は違う。

「仮にも理一位《りいちい》様の祝言を私ごときが」

「なんの。黒川が酌人なら、駿太もきっと喜ぶ。何より大ごとになると面倒だ」

野々宮が己の家に駿太郎を呼んで求婚する間、夏野は八辻宅でじっと待った。

やがて戻って来た駿太郎は、首尾を窺《うかが》う夏野へ苦笑を浮かべた。

「黒川様も、お人が悪うございます」

駿太郎は髪を髷《まげ》にしていないため、櫛は胸に抱いたままだ。だが、隠しきれぬ喜びを見て取って夏野は顔をほころばせた。

駿太郎が白無垢に着替える間、野々宮が柚子皮と餅を入れた雑煮を作った。野々宮の郷里の黒桧州では慶事に雑煮を食するそうである。

夏野が酌人となり夫婦の三献《さんこん》の儀を済ませると、野々宮が新たな杯を差し出した。

「次は黒川も」

ぎょっとしたのも束の間、夏野はすぐさま銚子《ちょうし》を手にして酒を注《つ》いだ。

三献の儀は、武家には出陣の儀でもある。

「互いに無事を祈念しようぞ」

「はい」

野々宮は駿太郎に事の全《すべ》てを明かしていない。だがこの夫婦の盃《さかずき》が、噴火であれなんであれ、大事を控えてのことだと駿太郎は承知している。

此度は三人で杯を交わし、ひととき憂いを忘れてささやかな祝宴を楽しんだが――

翌朝、六ツの鐘が鳴ってまもなく地震が起きた。

すぐさま地震と判《わか》る大きな揺れである。思わず表へ走り出て白玖山の方を見やると、駿太郎も追ってやって来る。

「噴火ではないようですね……」

白玖山の手前にある奈切山は昨年、水無月《みなづき》に噴火している。神里でも倒壊した家屋があったが、駿太郎が案じているのは奈切山の麓に近い沢部村《さわべむら》で宮司を務める紺野家だろう。

「神社には御神体が――安良様のご加護があるゆえ、そう案ずることはない」

「そう仰《おっしゃ》っていただけると、心強うございます」

土産《みやげ》の山小豆《やまあずき》を旅行李《たびごうり》に仕舞い、夏野は五ツにならぬうちに八辻宅を発った。

ムベレトとは神社で待ち合わせることになっている。

神里にはいくつか神社があるが、待ち合わせの神社は町中から少し離れた閑静《かんせい》なところにあった。小さな神社だからか人気《ひとけ》はない。だが、御神体に宿る安良の気はしかと感じた。社《やしろ》の前で手を合わせてから、改めて白玖山の方を見やると、足元から奈切山へと安良の地脈と火山脈が重なっている様が見えるようだった。

晃瑠の防壁の上で、蒼太と見つめた景色を思い出す。

闇夜に点在する、各地の神社と思《おぼ》しき淡い光。それらをつなぐように、儚《はかな》くも一筋の光の糸が晃瑠へ続いていた。

希望の糸だ——

安良の前で蒼太と八辻の剣に触れた折、夏野は白玖山から奈切山、久峩山へと連鎖した噴火が大地を割っていく様を「見た」。

久峩山が噴火すれば、四都よりも先に故郷の葉双《はふたつ》が被害を被《こうむ》る。

郷愁を抱くと同時に、あの時見たものがまこととならぬよう、夏野は今一度切に祈った。

「黒川」

囁《ささや》きのごとき呼び声に振り返ると、ムベレトがいた。

「来ていたのか。気付かなかった」

『こんな私でも、そこそこ気配を絶つことはできる』

苦笑を漏らして、ムベレトは感応力で応《こた》えた。

『随分、熱心に祈っていたな』

『うむ。つい故郷を案じてな……葉双は久寝山からそう遠くないゆえ』

『故郷か……』

夏野がそうしたように白玖山の方を見やって、ムベレトはつぶやいた。

『おぬしも白玖山で生まれたのか？　いや、白玖山は寒さが過ぎるゆえ、奈切山か？』

山幽が各地に森を開き始めたのはおよそ千年前だ。それより七百年ほども前に生まれたムベレトの故郷は森ではなく、その前身の結界のない集落だろう。

振り向いたムベレトの目には郷愁が宿っている。

『私の故郷は、ここ神里だ。もっとも私が生まれた頃はそのような名でも、このように開けた町でもなかった』

『ここが、おぬしの故郷……？　では、この辺りはその昔は、山幽が住むような深い山だったのか？』

『いや……』

首を振ったムベレトは、束の間躊躇《ためら》ったのち切り出した。

『リエスやアルマスのような術の才はないが、私にも過去を見せてもらえぬか？』

久寝山でアルマスの誕生から森を出るまでを「見た」ように、ここならムベレトの生まれ育ちが見えると思われる。またアルマスは、ムベレトや安良にはまだ隠し事があると踏んでいた。

己と同じく、大事の前に郷里を想《おも》う心に応えたくもある。

ムベレトに「見せる」となると、一人では心許《こころもと》ない気もするが、「過去見は『なつの』の方が得意みたいだ」と言った蒼太の言葉を信じて夏野は頷《うなず》いた。

『やってみよう』

社の裏手に回り、ムベレトに背負子《しょいこ》を下ろすよう促して、夏野は手を差し伸べた。

ムベレトと手をつないで寝転ぶと、安良の気が地中からも感ぜられた。

蒼太はいないが――

目を閉じたのち、左目とムベレトを意識しながら夏野は過去へと思いを馳《は》せた。

†

時を遡《さかのぼ》っている気配はしたが、暗がりばかりで何も見えぬ。

だが伊織や佐内とは、蒼太と一緒でもまるでうまくいかなかったことを思えば、見込みがなくもないと、夏野は今一度、過去を求めて強く念じた。

と、薄闇がゆっくり明るくなって、人や物の影が浮かび始めた。

それらがはっきりする前に、夏野の耳に嗚咽《おえつ》が届いた。

やがて見えてきた景色は、三年前の那岐州小野沢村《おのさわむら》で見たものに似ている。

いくつもの亡骸《なきがら》と血まみれの怪我人《けがにん》たち。

呻《うめ》き声、泣き声、叫び声。

傷痕《きずあと》からして狗鬼に襲われたようだが、小野沢村の時よりも亡骸の損傷が激しい。

剣士がやって来て、怪我人へ声をかけて回った。

手にしている刀は反《そ》りがなく、幅が広い切刃造の大刀だ。

馨よりは一回り小さいが、胸板も手足も隆《りゅう》とした身体つきで堂々としている。何やら見覚えがあるような気がしてしばし見入ってから、男に亡き神月《こうづき》人見の面影があることに気付いた。

『あの者の名はツキ。のちに安良様から初めて姓を賜《たまわ》った、神月家の祖となった男だ』

『とすると、建国の前まで遡ったのだな』

『三年続いた飢饉《ききん》のさなかだ。この時は国中で多くの人の命が失われた……人のみならず、山幽も。森ができる前は、山幽も他の妖魔に――殊に狗鬼や鴉猿に苦戦した』

辺りが再び薄闇に包まれると、夏野たちはまた少し過去へ遡った。ぼんやりと、途切れ途切れにしか見えぬのは、己かムベレトの力量によるものか。

安良と過去見をした時は安良自身の記憶も垣間《かいま》見《み》えたようだったが、此度は久峩山での過去見と同じく、神里という土地の過去が巡っていく。だが、襲撃の光景が多いのは、無用の争いに心を痛めてきたムベレトが共にいるからだと思われた。

神里を始め、結界のない人里は、野山に食べ物が乏《とぼ》しくなる冬によく襲われたようだ。武器は粗末で、人々の多くは松明《たいまつ》や槍で抵抗したが、狗鬼や蜴鬼《やくき》が一旦群れてやって来ると、その三倍余りもの人が「喰《く》われた」。

――私はおそらく、この国の誰《だれ》よりも長く、多く、人と妖魔の争いを見てきた――

山幽は人に非ずとも人に似ている。

人への同情が、ムベレトを人里へ――亡き妻へと導いたのだろう……と、夏野がムベレトの亡妻に興味を覚えた矢先、暗がりに二つの影が浮かんでムベレトの声が聞こえた。

――まったく、どうしてこんなことになったのか……――

ムベレトの前には、白髪が交じった四十路前後の女がいる。どうやら陽《ひ》が落ちてまもないようだが、夜目が利く夏野には夕闇の中でも二人に加え、その向こうにある小さな祠《ほこら》も見えた。

――ナキリ山の巫女《みこ》は、神様がいなくなったからだと言っているそうです――

――神様が？――

――この国を見守っていた神様が、白玖山の噴火ののちにいなくなったと……――

――ナキリ山の巫女とは一体……？――

――クナ村のまだ十三歳の女子ですが、前世はナキリ山の麓に住んでいたとか――

――前世だと？――

女曰く、少女は先だって雷に打たれて一度は心臓が止まった。だが、もののひとときで息を吹き返し、そののちに自分がかつてナキリ山の巫女だったことを思い出したという。

――巫女の言うことが本当だとしたら、神様はどうしていなくなってしまったのでしょう？　私たち「人」は、神様に見捨てられてしまったのでしょうか……？――

女が声を震わせるのへ、過去のムベレトは悲しげに眉根《まゆね》を寄せた。

そんなムベレトを見つめて、女は再び口を開いた。

――年が明ければ私は四十路になります。もう子供は望めないでしょうが、妻にと望んでくれる人がいます――

――イト！――

短くも悲痛な叫び声から、夏野は女がムベレトの妻だと悟った。

――頼む……私と共に来てくれ。この国は広い。一つの土地にとどまらなければいいのだ。二人だけなら、いくらでもなんとかなる――

ムベレトを見つめたまま、イトは小さく首を振った。

――この歳で旅路をゆくなんて――

――疲れたらいつでも背負ってやる。なんなら背負子をあつらえてもいい――

――あなたは昔から――子供の頃《ころ》から疲れ知らずだったものね――

やるせない笑みを浮かべて、イトは再び首を振った。

――あなたのような者のことを、山の幽霊……『山幽』と皆は呼んでいます。人に似て、人に非ず……人里にとどまれず、山で妖魔たちと暮らす者――

――それは違う。俺たちとて狗鬼や蜴鬼とはとても相容《あいい》れぬ――

――……明日、祝言を挙げます。あなたのことは誓って他言いたしません。心変わりを許せぬというのなら、今ここで私を殺してください――

――莫迦な――

――本当にあなたは変わらない。村を出て行った時のまま……もしも私に情けを、老いてゆく私を憐《あわ》れんでくださるのなら……タカ、どうかもう二度とここには戻らないで――

両手をついてイトは額を地面にこすりつけた。

漆黒の髪の合間から、青白いうなじが覗く。

過去のムベレトは無言で踵《きびす》を返したが、今のムベレトは夏野の手を放してイトの傍らで膝《ひざ》を折った。

「イト……！」

肩へ手を差し伸べたムベレトが名を呼ぶと同時に、夏野たちはうつつへ戻った。

起き上がったムベレトが、イトへ差し伸べた手をじっと見つめる。

『おイトさんは、幼馴染みだったのだな？　「子供の頃」からおぬしを知っていた……』

『そうだ。私とイトはここ神里で、同じ年に生まれた。白玖山が噴火した翌年に』

安良は白玖山の噴火ののちに人の腹に宿り、十月十日を経てこの世に生まれたと言った。

安良と同い年であることよりも、ムベレトが人里で人と共に育ったことに、その遠い時分に妻を娶《めと》っていたことに夏野は驚いた。

山幽がまだ、その名で呼ばれる前に――

『お、おぬしのご両親は？』

『両親は人だった。兄弟も皆……』

『ならば、おぬしはどうして自身が山幽だと知ったのだ？』

『私が生まれながらに山幽だったかどうかは判らぬ。二親と似ていたゆえ、種違いということもない。病知らずで丈夫ではあった。だが十四、五までは足の速さも、体力も、治癒力も人より多少秀でているだけで、今ほどではなかった。角に気付いたのも、瞳が鳶色《とびいろ》に変わっていったのも、十五を過ぎてからだった』

『それなら――』

人が徐々に――ほんの十四、五年の間に――山幽へと変化していったのだろうか？

何ゆえ、限られた者だけが？

ムベレトでさえその答えは知らぬようだが、腑《ふ》に落ちたこともある。

ムベレトが人に与《くみ》する理由は、愛したおイトさんの他、自分がかつては人だった――そう信じて――願って――いるからか……

仲間の血が老化を止めることも、ムベレトは村を出て十年を経てから知ったという。もしや己の血を飲ませることでイトを「仲間」にできぬかと希望を抱いたものの、「人」に利かぬことはすぐに知れた。

『成長を止めずとも――相応に老いていっても、山幽なら百年はゆうに生きる。現にあの頃は、老いてから己が山幽だと気付いた者が幾人もいた。だが私の親兄弟はそうではなかった。皆、時に病にかかり、怪我を負い……父は病で、兄は狗鬼に襲われてそれぞれ四十路になる前に亡くなった。弟と妹は六十代で亡くなったゆえ、天寿をまっとうしたといえなくもない。母は……母は兄が死したのち、ほどなくして自害した』

言葉を失った夏野に、ムベレトは静かに続けた。

『私は出稼《でかせ》ぎに行った先で死んだことにしていたが、私のような者が噂《うわさ》になる度に村の者から「鬼子」を産んだと陰口を叩かれ、気を病んでいったそうだ。村が狗鬼に襲われた際、兄は母や弟妹よりも村人を護るために戦ったと聞いた。おそらく私や母のことがまた村人の口に上ると踏んでのことで、結句その通りになったらしい』

狗鬼と一括《ひとくく》りに次男のことを責められて、また長男の死がこたえていた母親は、ほどなくして自ら命を絶った。

『兄が村人のために戦ったこと、母が自害したことで、弟妹やイトが後ろ指差されることはなくなったが、今もってやり切れぬ。巫女のことも……』

『巫女？　おイトさんが言っていた者か？』

『イトから話を聞いて、私は巫女を訪ねてみた。巫女の前世の家では代々、白玖山を信仰していたそうだ。安良様が現れる前は、人はいろいろなものを信仰していた。白玖山もその一つだ。他にさしたる話は聞けなかったが、この者はのちに、二十歳《はたち》になる前に殺された。どうやら巫女を妬《ねた》んだ者がその言葉を捻《ね》じ曲げて、あたかも巫女が呪《のろ》ったがゆえにこの国から神がいなくなり、挙げ句、妖魔が生まれたと噂を広めたらしい』

『人に嫌気が差し、人が滅びるなら致し方ないと……三百年ほど集落で暮らした。ただし母親や巫女、イトの死は、ムベレトを人里から遠ざけた。ちょうど山幽が集落を築き始めた頃で、ムベレトも集落の仲間入りをした。

ずっと閉じこもっていたのではなく、時折、他の集落や人里の様子を見に行った。もう戻らぬようイトには言われたが、あれからも、私は何度もここへ戻って来た……』

ふと、木陰に土に埋もれた石があることに夏野は気付いた。

いまや変わり果てているが、それは先ほど過去で見た祠であった。

ムベレトが集落を離れたきっかけは、相次いだ仲間の自死だった。

『あの頃はまだ「虚空《こくう》」のような場がなかったからな。先行きが見えず、人と妖魔の狭間《はざま》で思い悩んでいる者は多かったが、それにしても異常だった』

『だが、おぬしは思いとどまった』

『恐れをなしただけだ』と、ムベレトは肩をすくめた。『とどまれば、私もそのうち自死を選ぶ気がして逃げ出したのだ。同じ頃人里で、先の巫女のごとく前世を覚えている者の話を聞いたからでもある。妖魔はただ死すだけだが、人や動物の命は廻《めぐ》っている――そんなことを耳にするようになったのもこの頃だった。おそらくこの頃にはもう安良様に会した者が――神とは知らぬとも、そのお力に触れた者がたくさんいたのだろう』

妖魔の命は廻らぬという話は不老不死への妬みから生まれたとも考えられるが、人の前世の話はあれど、妖魔の前世の話はムベレトでさえいまだ聞いたことがないという。

『未練がましい話だが、もしや――いつかイトの生まれ変わりに会えぬものかと、私は再び人里をさまようようになった。術の才がない私にも、イトの生まれ変わりなら判るのではなかろうかと……だが、そのような巡り合わせはないまま時が過ぎ、私は更に多くの争いと死を目の当たりにした』

『それで、おぬしはこの世を正そうと……』

『いつしかそうすることが――殊に安良様を知ってからは、安良様と共にこの国を護ることが私の生き甲斐《がい》となった』

社を見やったムベレトの目には、揺らがぬ安良への信頼――信仰――がある。

『崩御と共に時が戻ったり、妖魔が死したりという、アルマスや鷺沢の危惧《きぐ》は判らぬでもないが、安良様は妖魔の死は望んでおられぬ』

『うむ』

『私は他にも……前に蒼太が言ったように、たとえば妖魔が人になったり、人が妖魔になったりする道もありはせぬかと考えている』

『妖魔が人に、人が妖魔になる……』

おぬしのごとく――

『そんな道もありうるのか……』

『ただの願望やもしれぬ。アルマスにはまた鼻で笑われような。たとえ種が一つになったとしても、争いはなくならぬと承知している。妖魔が生まれる前にも西原や稲盛のような者はいた。ツキやその先祖、子孫とて、我欲のままに他人を犠牲にしたことがあった。妖魔たちもさして変わらぬ。山幽でさえ……』

『ムベレト、安良様は本当にご存じないのか？　噴火を止めたのちに――ひずみを正したのちに、何が起きるのか？』

思わず問うた夏野へ、ムベレトは微苦笑を浮かべた。

『お前も安良様のお言葉を聞いただろうに。アルマスに感化されたか？　お前も安良様を疑っているのか？』

『私はただ、他にも道がないものかと……もっと確かな、皆が生き残れるような……』

『お前は案外欲ばりだな。――アルマスのことは感謝している。お前がいなかったらあのように言葉を交わせはしなかったろう。アルマスの信頼を裏切ったことはずっと悔いてきた。お前が蒼太の向後を案ずるように、私もアルマスの向後を案じている。だが黒川』

笑みを収めてムベレトは夏野を見つめた。

『たとえひずみを正すことが、アルマスや蒼太、私自身に死をもたらすと知っても、私は安良様を止めはせぬ。「もしもの折」にも私は迷わぬ。神がそう望んだ――選んだ道なればば、正しい道に違いない』

神が望んだ道ならば、正しいこと……なのだろう。

たとえ人や国が滅んでも……？

『しかし「もしもの折」には、たとえ人も妖魔も助かったとしても、安良様は永久《とわ》に失われてしまうのだぞ？』

『安良様が失われることはない』

きっぱりとムベレトは首を振った。

『森羅万象《しんらばんしょう》を司《つかさど》る神なれば、人として生まれ変わることはなくとも、安良様はこの大地に還《かえ》ったのちも我々と共にある』

大地に――還ったのちも……

この大地が――自然が――理で溢《あふ》れていることを今の己は知っている。

その全てが本当は、皆に「開かれている」ことも。

それでも私はまだとても、ムベレトのごとき覚悟は定められぬ……

夏野を帰り道へと促しながら、ムベレトは言った。

『奈切山は昨年、日見山と残間山も過去に噴火したことがあるが、久峩山は私が知る限りでは一度もない。――久峩山での言葉に偽りはない。私もまたひずみが正されたのち、時は戻らず、妖魔も滅びず、皆が生き残れるよう願ってやまぬ』

神里を出て背負子に乗ると、夏野たちは隠れ家に帰るべく来た道を戻った。

と、半刻もゆかぬうちに頭上から佐吉が呼んだ。

「よかった。早く二人に、殊に槙村さんに知らせた方がいいって、鷺沢さんが」

小屋を訪れた佐吉は、夏野たちが神里から帰ることを恭一郎から聞いたという。

「どうした、佐吉？」

「昨日久峩山で、山幽の二人組が稲盛に襲われた。母さんは助けようとしたけれど、怪我をして……」

山幽は男女の二人で、男は殺され、女はどうやら稲盛に取り込まれたらしい。

影行が苑を巣に連れ帰り、佐吉が辻越町で待っていた伊紗へ知らせに行った。そののち伊紗と久峩山に戻って、男女の亡骸と、女が抱いていたと思しき赤子の骨を一緒に埋葬したそうである。

はっとして夏野はムベレトと見交わした。

『サスナではないか？』

夏野が感応力で問う間に、佐吉が続けた。

「鷺沢さんが言うには、女の人はきっと三年前に晃瑠で蒼太を殺そうとした者だって」

『サスナとギンカか……』「佐吉、とんぼ返りになって悪いが、黒川を頼みたい。私はその者たちがいた森へ向かう」

†

羽音が聞こえて、蒼太は表へ出た。

ぶり返した痛みは夏野が留守の間に治まり、歩く分にはもう難はない。

佐吉が足に提《さ》げて来た背負子をまず下ろし、それから少し離れた所に舞い降りる。

「さきち、あいかと」

「どういたしまして。母さんが心配だから、おれはもう行くよ」

夏野を降ろすと、佐吉は慌ただしく帰って行った。

「結句、おぬしたちの予知が当たったようだ」と、恭一郎。

伊紗が佐吉に持たせた懐剣は、サスナが晃瑠で蒼太に向けた物だった。佐吉が告げた男女の背格好からしても、サスナとギンカに間違いないと思われる。

「サスナはおそらく、カシュタの遺骨を取りに行ったのでしょう」と、夏野。「白玖山へ共に連れてゆこうと……」

伊紗の見立てでは、サスナは捕らわれる前に懐剣にて自害しようとしたらしい。だが胸の傷は浅く、他にさしたる致命傷が見当たらなかったことから稲盛に取り込まれたのではないかという。

「伊紗は稲盛を探しに行ったそうだ」

伊紗は以前、しばしだが稲盛の隠れ家に捕らわれていたことがある。

「稲盛には六人も伴がいたそうです。無事だとよいのですが」

「こいつによると、生きてはいるぞ」と、恭一郎は符呪箋《ふじゅせん》を掲げてみせた。

伊織が書いて、恭一郎が羈束した伊紗の命を預かる符呪箋だ。羈束された者が死した時にはその者の血がついた箇所に虫喰いのごとく穴が開く筈だが、恭一郎の手にある符呪箋にはなんら変わりがない。

伊紗の無事は不幸中の幸いだが、蒼太は胸苦しいままだ。

「遺骨を取りに行くとなると、仲間は反対したことだろう。此度の二人の災難は蒼太の責ではない」

夏野の慰《なぐさ》めには頷けないこともない。

でも――

『でも、サスナがカシュタの骨を取りに行ったのは、白玖山行きを決めたから。白玖山行きを決めたのは、結句、おれがカシュタを殺してしまったから』

「お前はシダルに騙されただけだ」と、恭一郎。

山幽の言葉で言ったにもかかわらず、恭一郎には大体通じたようだ。

『うん。言い出したらきりがないことは判ってる。おれはただ、おれの「せき」ではないのなら、これがサスナの「さだめ」だったのかと……そうかもしれないけど、そう思いたくない……』

「運命《さだめ》？」

夏野の通弁を聞いて、恭一郎が再び蒼太を見やる。

「うむ。此度は残念だったが、運命と呼ぶのはどうにも癪《しゃく》だ」

夏野から野々宮が見聞きした妖魔の自死を又聞きして、蒼太は更に気を沈ませた。

殊に仄魅の身投げは、どうしても伊紗を案じさせる。

おれがのうのうとしている間に――

「あやく、けか、なおして、おれも、いさと、いなもい、さがす」

「そうだな。小林を乗っ取った上でサスナも取り込んだとあらば、やつはまたしばらく不調に悩まされることだろう。叩くなら今のうちだ」

「ん！」

噴火がうまく収まったとしても、稲盛はおそらく残る。ならば、「もしものおり」がくる前に仕留めてしまいたい。

八ツまでまだしばらくあろうという時刻だが、気を取り直そうと、夏野が行李から土産の山小豆を取り出した。

「お駿の手作りだ。蒼太には菓子も滋養であろう」

「ん」

蒼太が早速かぶりつくと、恭一郎と夏野もそれぞれ一つずつ手に取った。

一口ずつ齧《かじ》った二人の顔が、ようやく少し明るくなった。

「旨《うま》いな」

「朝一番で蒸してくれたのです」

もしも全てがうまく収まったとしても……

この二人は先に逝く。

おれはいずれ、一人になる――

寄る辺なさに襲われて、蒼太は山小豆を片手に目を落とした。

「どうした、蒼太?」と、夏野が問うた。

「……なんても、ない」

「嘘をつけ。なんでもないという面《つら》ではないぞ」

「黒川の言う通りだ。――ああもしや、こいつのことか?」

そう言って、恭一郎は山小豆を指差した。

「ちかう」

「すまん。旨そうだったゆえ、つい手を出してしまった」

「私も一つで充分ゆえ、残りは蒼太がお上がり」

「ちかう」

口を尖《とが》らせるも、差し出された残りの山小豆はひとまず受け取った。

そんな己を見て、恭一郎が「ふっ」と笑みを漏らす。

「誰にでも一つや二つ、隠し事がある。だが大事はちゃんと知らせるのだぞ？」

「ん」

と、今度は夏野が目を泳がせる。

「なつのも、かくしこ、と？」

「ち、ちが……いや、違わぬが、大事かどうかは……その、大事ではあるのだが……」

しばし逡巡《しゅんじゅん》したのち、夏野は野々宮と駿太郎が祝言を挙げたことを白状した。

「ののと」

「お駿が——それはめでたい」

「このような折ゆえ、切り出しにくく……」

伊紗や苑、サスナのことは気がかりに違いないが、夏野が迷った大きな理由は恭一郎への「こいごころ」だと蒼太は踏んだ。

夏野と恭一郎が「めおと」になれば嬉しいが、のちに夏野からムベレトの亡き妻の話を聞いた恭一郎は、やはりまだ奏枝に「こいごころ」があるようだった。

夕刻までしばし夏野に書を読んでもらい、いつも通り日暮れ前に夕餉《ゆうげ》を済ませて、夜具の支度をする。

『……「なつの」もこっちで一緒に寝よう』

「えっ？」

戸惑う夏野をよそに、蒼太は恭一郎を見上げる。

「さういかあ、なつのも、いしょ、ねう。なつの、かせ、いく」

「私はそんな」

「おれ、さうい。おれ、かせ、いく、か、も」

妖魔の己が風邪を引くなどあり得ぬが、夏野と恭一郎の仲を取り持つつもりで蒼太は言った。

――いいや。

ほんとはおれが「ちょびっと」甘えてみたいだけ――

「そうだな」と、恭一郎が微笑んだ。「傷痕が消えぬのだから、この先、風邪を引くこともあるやもしれんな。大事を前に、黒川やお前に風邪に倒れられては困る。この数日で夜はますます冷えてきたようだ」

「で、ではそのように……」

白玖山で野宿した時のように、恭一郎と夏野の間で蒼太は目を閉じた。

――ほんのひとときだ。人の命など、瞬《またた》く間に消えてゆくものだからな――

晃瑠で初めてアルマスと会した時の言葉が脳裏をよぎった。

たとえ、ほんのひとときでも……

今この時に、二人と共に「在《あ》る」幸せに蒼太は浸った。

「ぬくい」

「うむ。お休み、蒼太、黒川」

「お休みなさいませ」

顔は見えずとも二人の微笑が伝わって、蒼太も口角を上げた。

「おやす、み」

†

様子を見に寝所へ顔を出したテナンを、稲盛は招き入れた。

山幽の女を取り込んで一日が経った。

昨日はテナンが担《かつ》いでくれたおかげで、なんとか山名村までは戻れたものの、体調はすこぶる悪い。身体はともかく、断続的な目眩《めまい》と頭痛に悩まされている。

取り込んだ女は、名をサスナというらしい。

久峩山で、格好からして山幽と思しき男女を見つけたまではよかったが、足の速い山幽や頭上に現れた金翅に浮足立った三郎が男を殺してしまった。金翅に追われた上に、逃すまいと後を追った女が自害しようとしたため、稲盛はその場で女を取り込む他なかった。

山幽を取り込むのは初めてだが、殊の外うまくいった——ように思えた。

ティバを取り込んだ時のようにとっさのことであったが、すんなりと事は済み、取り込んだのちはふっと身体が軽くなった。不死身性を得たのだと、肌で感じた。

だがそれもほんのひとときで、稲盛は一里も行かぬうちに目眩と頭痛に襲われた。

山名村の家にたどり着いてほどなくしてサスナは「目覚めた」が、「ギンカ」が死したと知って早々に正気を失った。

一緒にいた男――ギンカ――は、どうやらサスナの夫だったようだ。

正気を失ったサスナの思考や記憶がどっと己に流れ込んできて、稲盛は昨晩、更なる不調に悩まされた。小林も参っているようで、時折呻《うめ》き声が聞こえるのみだ。

一方で、得られたことも多々あった。

「鷺沢蒼太は山幽だった。合の子ではない」

「ほう……」

蒼太の山幽の名は「シェレム」。サスナの息子のカシュタを殺し、その心臓を食べた罪で山幽の森を追われたらしい。その蒼太がどこをどうして大老の孫に納まったのかは判らぬが、サスナの記憶に蒼太と恭一郎が共にあったことから、蒼太はシェレムで間違いないようだ。

「あの骨は……息子の遺骨だったのか……」と、テナンがつぶやく。

「そうらしいな。あの女は息子の遺骨を持って、白玖山の森へ行こうとしていた。どうやら、白玖山は近々噴火するようだ。翁《おきな》だか予言者だかから、そう聞いた記憶があった」

狂人となったサスナの思考や記憶は途切れ途切れで、読み取りにくい。又聞きや、サスナの思い込みや夢も交じっているると思われるため、全てを鵜呑《うの》みにはできぬ。

しかしながら、噴火と聞いてテナンが眉をひそめた。

「友からも、そのような話を聞きました……」

稲盛が早々に寝所に引き取ったのち、テナンは友に会いに行ったそうである。この友はテナンとは長い付き合いらしいが、稲盛を始め、人とはかかわりがないという。

「力ある者には……北の方の火山脈に不穏が感ぜられるそうで……そのせいか、自死する妖魔が出てきたと……」

「妖魔が自死？」

「ええ……火口や崖から身を投げたり……共殺しをしたり……」

共殺しはおそらく心中だろうと、テナンは言った。

「不老不死の身でありながら自死を望むとは、なんたる宝の持ち腐れだ」

鼻を鳴らしてからふと、こんなにも早く不和が現れたのは、サスナが自死を望んでいたからやもしれぬと思った。

ぐらりと視界が揺れたことがまた、サスナのなけなしの抵抗に思えて、稲盛はつい舌打ちを漏らした。

「稲盛様……？」

「平気だ。そういえば、黒耀の正体も判ったぞ」

いつになく、目をぎらりとさせてテナンが問い返す。

「こいつの記憶の中の翁によると、その昔、安良討伐《とうばつ》のために森を出た女子《おなご》が、のちに黒耀と化したらしい」

「では、黒耀は山幽……？」

「そうだ。山幽の髪や目は鳶色で、黒色は珍しいのだろう？　この女子は生まれつき黒目、黒髪だった。おそらく以前、お前の友が言っていた――その友が見かけた、槙村と共にいた女子が黒耀だ。黒耀なら、都の結界を越えることができてもおかしくない」

「鹿島が斎佳で見かけたという――」

「その女子だ」

テナンが殺気立った。

テナンは鴉猿にしては思慮深く温厚だが、その昔、妻を黒耀に殺されたそうで、黒耀には恨みを抱いている。テナンの「友」はなかなかの情報通らしいが、人嫌いで己と組む気はないようだ。己の術を恐れてか、テナンがこの友の名を口にしたこともない。

「昨晩……その友から、槙村のことも聞きました……先日、空木から玖那にかけての道中で槙村を見かけたと……」

「槙村が那岐に？」

「玖那の近くの山では、金翅をよく見かけるようになったようで……金翅が巣を作ったか、槙村の隠れ家があるのではないかと……」

　近くの山々には狗鬼を始めとする妖魔の巣があると玖那村の者から聞いていたが、どの山も霊山ほど高くも深くもない。ゆえに巣といっても下等妖魔のものだけで、山幽の森はないと稲盛は踏んでいた。

「槙村の足取りを追えば……黒耀に……稲盛様の望む山幽の女子に、近付けるのではありませんか……?」

　テナンの提案には私欲が多分に混じっている。

「安良は槙村——山幽にも金翅にも通じているようだが、黒耀は以前、儂を庇《かば》った。さすれば、黒耀が今もって槙村と共にいるとは思えぬが」

「そうでしょうか……黒耀は残忍で……大層気まぐれですから……安良や槙村に味方する振りをしながら、陰で裏切っているとも考えられます……」

「安良の味方ゆえに、儂を油断させて泳がせ、機を窺っているとも考えられる」

　まぜっ返すように言ったものの、テナンの案は悪くない。

　サスナの森の記憶は久峩山のものばかりで、此度どこからやって来たかは読み取れていない。昨日サスナやギンカを見つけたのはほんの偶然で、似たような偶然がそう続くとも思われぬ。

「那岐にゆけば、槙村か、この女のように白玖山へ向かう者を取り込める——いや、乗っ取ることができるやもな……」

那岐州玖那村には、小林の名で買い取った屋敷もある。

その日のうちに間瀬州府の牛伏《ごふく》へ颯《はやて》を頼みに行った二郎が、翌日の夕刻、貴沙の清修寮にいた理術師《りじゅつし》・田辺明博とその護衛役の剣士五人を引き連れて帰って来た。稲盛と親しい鴉猿は主に草賀、間瀬、松音の三州に住んでいることと、しばらく山名村で過ごすつもりだったことから、西原とのつなぎは牛伏でつけることになっていた。

剣士たちを遠ざけ、稲盛とテナンは寝所で田辺と会した。

斎佳での顔合わせは叶わなかったが、稲盛が山名村でしばし過ごすと聞いた田辺は早々に貴沙を発ち、牛伏でつなぎを待っていたという。

「至術師《しじゅつし》となるにはまず、小林殿の御眼鏡に適わねばならぬとお聞きしました」

いち早く至術師にと願って来た割には、自分たちだけで廃村の、ましてや古い結界だけの山名村で過ごす気にはならなかったようだ。

「だが、お前は新しい結界を編《あ》めるのだろう?」

「ええ。ですが、一人ではあまりはかどりませんから……」と、田辺は言葉を濁《にご》した。

察するに結界の理は知っていても、実際に編むことは得意ではないらしい。

位を持たぬ理術師とは、こんなものか……

やや落胆した稲盛の中のサスナにも、人に化けたテナンにも、田辺は一見では気付かなかったものの、少なくともテナンのことは言葉を交わすうちに見抜いた。

「鉄男のことは他言無用だ。お前の用心棒たちには儂から話す」

稲盛の護衛役の五人は薄々「鉄男」や「小林」の正体に気付いていたようだったが、サスナを囚えた折にはっきり知られてしまった。

「はっ」

「儂のこともだ」

「は……では、やはりあなたは、あの稲盛――」

「その稲盛文四郎だ」

「小林殿を乗っ取ったというのは、本当だったのですね。人が人を乗っ取ることができるとは……」

田辺の目に多少なりとも敬畏《けいい》を見て取って、稲盛はひとまず満足した。

晃瑠の西の衆から西原へ、西原から牛伏へと届いたつなぎによると、蒼太と夏野、恭一郎の三人は晃瑠を留守にしているという。また、御城《おしろ》には空木村や神里から幾度も颯が届いているらしい。

「とすると、槙村のみならず、蒼太や黒川もあの辺りにいるのやもな……」

玖那村へ移ると告げると剣士たちは不満を露わにしたが、「御屋形様」の名よりも恭一郎の名を――護衛役として、蒼太や夏野と共にいるらしいと――聞いて不満を引っ込めた。

誰が、どう恭一郎を討ち取るか――各々の剣術自慢を織り交ぜて話し始めた剣士たちを座敷に残し、稲盛は新しい結界を学ぶべく田辺を別室にいざなった。

第六章

Chapter 6

二人の山幽《さんゆう》を埋葬《まいそう》し、佐吉《さきち》を苑《その》のもとへ見送った伊紗《いさ》は、その足で己が一度捕らわれていた稲盛《いなもり》の隠れ家へ向かった。

だが、隠れ家には人気《ひとけ》がなく、その荒れた様子からしてここしばらく使われていなかったことが窺《うかが》えた。

山幽を取り込んだからには、人里に潜《もぐ》り込むことはないだろうと伊紗は踏《ふ》んだ。ましてや、間瀬《ませ》州や氷頭《ひず》州の人里のほとんどは新しい結界が増補されている。よって伊紗は夜通し、辺りの野山や久峩山《くがやま》の麓《ふもと》を探して回った。

翌朝、伊紗は久峩山の西側を通る南北道を、北へ小走りに行く剣士を見つけた。どことなく勘が働いたのは、男の背紋が西原《さいばら》家の家紋によく似た蔦《つた》紋だったからだ。

もしや稲盛へのつなぎではないかと後を追うと、男はやがて間瀬州府の牛伏《ごふく》へ着いた。

男は鳩舎《きゅうしゃ》に寄ったのち、宿屋へと足を向けた。男が宿屋へ消えたのち、宿屋の者へ上目遣いに訊《たず》ねてみると、男は五人もの剣士を従えた「田辺《たなべ》」という者に会いに来たらしい。

苑と影行《かげゆき》が見た稲盛は六人の伴を連れていたことから、伊紗は「田辺」は稲盛の偽名で、一行はこの宿屋で落ち合ったのだろうと踏んで色めき立った。

同じ宿屋に泊まった伊紗は、その日のうちに田辺が別の術師だと知って落胆した。しかし、のちに己が尾行した剣士と他の剣士の話を盗み聞きして、一行が「小林《こばやし》」――つまり稲盛のもとへ向かうことを知った。

次の日、伊紗は一行の後をつけた。

灰魅《しきみ》本来の姿で、街道から少し離れての尾行だったが、術師はともかく六人もの物騒な剣士がひとかたまりになっていたため、見失うことはなかった。

南へ向かった一行は、南北道を五里ほど行くと山道に入った。

稲盛のやつめ、山名村《やまなむら》に潜んでいたのか――

山名村は古い結界のままだった。足を踏み入れて判《わか》ったが、三年前の襲撃によって廃村になったようだ。

一行が入って行った家は難なく突き止めることができたが、近付くのは躊躇《ためら》われた。剣士はまだしも、術師が二人、しかも一人はあの稲盛だ。

灰魅の姿のまま、伊紗は遠目に家を見張ることにした。

夜が明けてまもなく、総勢十三人となった一行は山名村を発《た》った。

稲盛が乗っ取った小林は二十代半《なか》ばに見える。山幽を取り込んでまもないからか、おぼつかない足取りで、一里とゆかぬうちに伴の中で唯一《ゆいいつ》帯刀していない者に背負《せお》われた。

一行は山名村から久峩山の北側を回って、間瀬州の南の州境沿いの街道から恵中《えなか》州へと向かっている。

さて、どうしたものか……

稲盛は大分弱っているようだが、己一人で十人余りの剣士や術師をかいくぐって仕留めるには無理がある。

せめて東西道なら道行く飛脚か駕籠《かご》に辻越町《つじこしちょう》の茶屋へのつなぎを頼めただろうが、旅人の少ないただの街道では、人に化《ば》けて尾行することさえ危険だった。今一人の術師はどうか判らぬが、稲盛とは幾度か顔を合わせているため、目に留まっただけで万事休する。

気配を悟《さと》られぬように気を張っているにもかかわらず、時折おぶわれている稲盛がこちらを窺うように見る。

その度に草木の間に身を伏せ、息を潜《ひそ》めて、伊紗はしばしじっと恐怖と戦った。

――一人ってのはやっぱり心許《こころもと》ないね。

お苑がいてくれたら……

弱気になるも、しばらくして伊紗は口元に笑みを浮かべた。

いいや。

まったくの一人じゃないさ。

少なくとも――符呪箋《ふじゅせん》を通じてだけど――鷺沢《さぎさわ》の旦那《だんな》とはつながってるもの……

稲盛を背負っている男は疲れを見せずに、日に十里の道のりを歩いて行く。

やつは鴉猿《あざる》じゃないか――と、道中、伊紗は思い至った。

一行は間瀬州側にある、だが氷頭州と矢岳《やたけ》州の州境沿いともいえる立待村《たちまちむら》で宿を取った。牛伏の宿屋と違って小さいため、同じところに泊まると怪しまれそうだ。悩んだ末に、伊紗はその晩は村の外で野宿して、翌朝、宿屋へ戻った。

稲盛たちは明け六ツの鐘が鳴ってすぐに宿屋を発ったが、伊紗はすぐには尾行しなかった。見送りに出ていた壮年の番頭の前で差し込みを装《よそお》い、わざとよろけて玄関先で休ませてもらう間に、今しがた発った一行のことを聞き出した。

番頭の「内緒話」によると、牛伏からやって来た田辺明博《あきひろ》は、ただの術師ではなく貴沙《きさ》の理術師《りじゅつし》らしい。そのことから番頭は「小林」――稲盛――も実は至術師《しじゅつし》の小林ではないかと推《お》し当てていた。

「商家のぼんぼんみたいなこと言ってたがね。宿帳の名が『小林隆史《たかし》』だったんだよ。だからあの、晃瑠《あける》で読売になった至術師じゃないかって旦那様と案じてたんだ。あんなにぞろぞろ剣士を連れて、物騒極まりないったら……」

立待村は小さな村だが、東北道からさほど離れていないことから、都の流行や噂《うわさ》話に明るいようだ。

内緒と言いながらも番頭は、理術師と至術師が旅を共にしているという「懸念《けねん》」を話したくてうずうずしていたらしく、幻術を使うまでもなく稲盛たちの行き先まで聞き出すことができた。

「まずは差間《さしま》に、それから那岐《なぎ》の玖那村《くなむら》ってところまで行くと話していたな……差間にはほら、西方に寝返った州司がいるからさ。ますます胡散臭《うさんくさ》いと思うんだがね。かといって、御上《おかみ》に届け出るほどのことじゃないような気も……」

「そうだね。悩ましいところだねぇ」

相槌《あいづち》を打つうちに客がやって来て、番頭は伊紗から離れて行った。

ほどなくして宿屋を発つと、伊紗は街道をそれて仄魅の姿に戻って一行を追った。

山幽や狗鬼《こうき》ほどではないものの、人よりは足が速い。東北道へ続く街道は一本道とあって、昼過ぎには一行の姿を遠目にとらえることができた。

差間の宿屋まで一行を尾行すると、伊紗は近くの茶屋で文《ふみ》をしたためる。

稲盛が理術師の田辺や鴉猿《ざくろや》、十人もの剣士と共に玖那村の——おそらく以前買い取った屋敷へ向かっていることを記すと、文を石榴屋へ送るべく、伊紗は飛脚屋を探し始めた。

†

上がりかまちに座っていた蒼太《そうた》が、すっくと立ち上がり表へ走り出た。

『ムベレトだ』

「こら！」

蒼太を案じて夏野《なつの》はたしなめたが、この数日で怪我《けが》の痛みはほぼなくなったという。

夜が明けてまだ半刻《はんとき》と経《た》っていない。恭一郎《きょういちろう》は沢へ水を汲《く》みに出かけ、夏野は朝餉《あさげ》の支《し》度《たく》をしていた。

「朝餉の折にすまぬ。いくつか伝えておきたいことがあってな——うん？　黒川《くろかわ》が飯を炊《た》いているのか？　鷺沢はどうした？」

「鷺沢殿は水を汲みに出かけられた」

「そうか。――ああ、私の分の飯は無用だ」

遠慮《えんりょ》するムベレトへ蒼太が勧《すす》めた。

「しんぱ、ない。なつの、めし、うまく、なた」

「あ、いや、私は食器が足《た》りぬだろうと……飯の善《よ》し悪《あ》しは案じておらぬ」

ムベレトの後ろから、折よく帰って来た恭一郎が小さく噴き出した。

炊事は初めのうちは恭一郎に言われた通りに、そののち一人でも試みるようになったものの、幾度か焦《こ》げやら生煮えやらの時があった。だが隠れ家に来て一月《ひとつき》が経った今、米は人並みに炊けるようになったと自負している。

「おれと、なつの、はんぶ、こ」

「そうしよう」

夏野たちは膳《ぜん》を分け合うことにして、恭一郎とムベレトの膳を整える。

といっても、朝餉は白飯に氷豆腐と干《ほ》しわかめを入れた味噌汁《みそしる》のみだ。

飯を口に運んだムベレトが口角を上げた。

「うむ、旨《うま》い」

「世辞はいらぬ。よくて並だが、これでも前よりましになったのだ」

「並でも、昨晩は休まず駆けて来たゆえ、五臓六腑《ごぞうろっぷ》に染み渡る」

ムベレト曰《いわ》く、昨日は朝のうちに石榴屋に寄ったのち、辻越町まで駆けた。

「佐吉が伊紗と辻越の居酒屋で待ち合わせると聞いて、私も伊紗に会えぬものかと店へ行ったのだが、結句伊紗は現れなかった」

辻越町で居酒屋が閉まるまで待ってから、ムベレトは以前伊紗が捕らわれていた稲盛の隠れ家へ寄ったのち、ここへ駆けて来たそうである。

「隠れ家はここしばらく使われていないようだった」

「伊紗は稲盛を見つけたのではないか？」と、恭一郎。「一人で見張りや尾行をしている間は、つなぎのつけようがないからな」

符呪箋にいまだ異変がないことを確かめて、ムベレトはひとまず安堵《あんど》したようだ。

石榴屋には、晃瑠の伊織からの文が届いていた。

「黒川だけでも、一度戻って来られぬかと言っておる」

「ならば、次に佐吉が来た折に頼んでみます」

「蒼太の怪我はどうなのだ？」

ムベレトが問うのへ、蒼太が着物をはだけて傷痕《きずあと》を見せる。

「きす、きえん。たくさん、はしうと、まだ、ちょと、いたい」

「傷痕はそのままか……八辻《やつじ》め」

「やはり、八辻が何か刀に仕掛けでも？」

恭一郎が問うと、ムベレトは苦笑を浮かべた。

「私もお前と同じく術には疎《うと》いゆえなんとも言えぬが、私はその昔やつに、傷痕がないことをこぼしたことがある」

「こぼした？　自慢したの間違いではないか？」

「黒川から聞いただろうが、私も安良《やすら》様と同じく白玖《はく》山《さん》の噴火の翌年に生まれた。だが生まれながらに山幽だったのか、年頃《としごろ》に変化したのかは定かではない。人にない治癒《ちゆりょく》力を知ったのは十九の折、鉈《なた》で負った傷が消えた時だ。子供の頃に負った傷はどれも小さく、うっすら残っていた痕もやがて——十五になる頃には消えてしまった」

ムベレトはやはり、「人」でありたかったのだと夏野は思った。

傷痕が残っていれば、それはとりも直さず、ムベレトが人として生まれた証《あかし》になる——

「不老不死は総じて悪くない。だが八辻が想い出話を語る度《たび》、やつの傷痕や皺《しわ》、白髪《しらが》を羨《うらや》ましいと思ったことは事実だ。——八辻の剣は安良様にとどめの死をもたらす剣だ。並の『人』のごとく、二度と転生することのない死を。ゆえにその刀で斬《き》られた蒼太にも、人のごときひとときと傷痕をもたらしたのやもしれぬな……」

羨望《せんぼう》の滲《にじ》んだムベレトの言葉は、夏野の胸を締めつけた。

しばしの沈黙の中、着物を直していた蒼太が顔を上げた。

「ちしん」

言った先から地震が起きて、膳が音を立てる。

恭一郎が急ぎ蒼太を抱き上げて、夏野へ顎《あご》をしゃくった。

「黒川、外へ」

己と恭一郎の二本の刀をつかんで、夏野は表へ走り出た。

大きな揺れはすぐにやんだが、小さな揺れはしばらく続いた。

揺れが止まると、蒼太が恭一郎を見上げた。

「おりう」

「待て。足が汚れるゆえ……」

蒼太を抱えたまま家に運ぶ恭一郎に続くべく、夏野も足を踏み出したが、ふとムベレトのつぶやきが頭に響いた。

『月が満ちるまで、あと四日か……』

地震の間、夏野たちは白玖山の方を見守っていたが、ふと見やったムベレトは反対の久峩山の方を向いている。

「満月に何かあるのか？」

「うん？」

振り向いたムベレトの顔には、微《かす》かな困惑が見て取れた。

「ああいや……ただ近頃、月夜に久峩山をうろついている者がいると聞いてな。イシュナでなければ、アルマスだろうと……」

身投げを案じているのだろうか？

野々宮《ののみや》が見聞きした妖魔の「自死」を思い出す。

だが――

「アルマスは……待っていると思う」

「待っている？」

「そうだ。おぬしと共に、故郷の山から太平の世を見渡す日を……」

「――ならよいが」

いつになく穏やかに、ムベレトは微笑《ほほえ》んだ。

佐吉は今日もまた、辻越町の居酒屋を訪ねてみるそうである。ムベレトは夕刻に佐吉と苑の巣で落ち合い、そののちは松音《まつね》州のベルデトの森へ向かうという。

サスナとギンカの死を受けて、ベルデトの森からの白玖山行きは日延《ひの》べになっていた。

「白玖山の方も今は新参者が溢《あふ》れていて手が回らぬゆえ、ベルデトの森の者には今しばらく待ってもらわねばならぬ」

ほどなくして暇《いとま》を告げたムベレトを見送ると、夏野と恭一郎は剣の稽古《けいこ》を始めた。

†

ムベレトが訪ねて来た翌日の昼下がり、佐吉がやって来た。

「苑の様子はどうだ？」

「おかげ様でもう大分よくなりました。まだ無理はして欲しくないんだけど、今日は影行と、お伊紗さんと稲盛を探しに出かけて行きました」

伊紗はいまだ待ち合わせの居酒屋に現れず、言伝《ことづて》も文もないままだという。

佐吉に乗って、夏野は晃瑠へ向かった。

東の堀前《ほりまえ》の斑鳩町《いかるがちょう》から半里ほどの林の陰《かげ》で降ろしてもらうと、夏野は佐吉を見上げた。

「すまぬが明日また、日暮れにここで拾ってくれ」

「合点承知の助！」

おどけて応《こた》えた佐吉を見送ってから、夏野は一路東門を目指して歩き出した。

七ツは過ぎたと思《おぼ》しき時刻である。斑鳩町の番所までは半里ほどだが、番所から東門まで併せると一里ほどになる。東門から志伊《しい》神社までも半里余りあるため、夏野は小走りに道中を急いだ。

特別手形のおかげですんなり入都できたものの、志伊神社に着く頃には日が暮れかけていた。

「まあ、夏野様！」

女中に呼ばれて、玄関先まで小夜《さよ》が出て来た。

「お帰りなさいませ。よかった。ちょうど先ほど、伊織様も帰っていらしたのです」

一月見ぬ間に、小夜のお腹《なか》はますます大きくなっている。

ゆっくりした足取りの小夜の後をついて廊下を行くと、風呂《ふろ》上がりの伊織と出くわした。

「黒川か。馨《かおる》の勘働きもなかなかだな。今日にも帰って来るのではないかと言うので、早めに帰って来たのだ」

伊織と入れ替わりに風呂を使わせてもらい、汗を流してから密談のために離れで集った。

馨も湯屋から帰ったばかりで、早速運ばれて来た酒に口をつける。

夏野も久方ぶりの小夜の飯を堪能すべく、遠慮なく箸《はし》を上げた。

「蒼太の具合はどうなのだ？」

「痛みはほぼなくなったそうで、もう三日もすれば本復するかと……ただ、傷痕は消える気配がありませぬ」

「人のごときひととき——か」

ムベレトの言葉を聞いた伊織がつぶやいた。

「傷痕の謎《なぞ》はともかく、痛みが引いてよかった。妖力が使えることも……このところ不穏な知らせばかりでな。外はどうなのか、黒川から直《じか》に話が聞きたかった」

妖魔の自死や地震の被害の知らせ、噴火の予測が、清修寮《せいしゅうりょう》や安由《あゆ》たちから続々届いているという。

「野々宮様からも妖魔の自死について聞きました。あっ、野々宮様といえば、もうご存じやもしれませんが——」

野々宮が駿太郎《しゅんたろう》と祝言を挙《あ》げたこと、己が酌人《しゃくにん》を務《つと》めたことを告げると、馨ばかりか伊織までも目をぱちくりした。

「野々宮様が」

「お駿となー……それはなんともめでたい話だ」

「うむ。なんともめでたい」

蒼太と恭一郎のごとく、馨と伊織も口々に言って微笑んだ。

駿太郎と最期《さいご》を共にしたいという野々宮の思いを聞いて、馨がしみじみ頷《うなず》いた。

「最期などと言うのはちと縁起が悪いが、同じ屋根の下に住んでいても、死に目に会えぬ時もある。だがいざという時には、想《おも》いを共にしている者がいるだけで心強かろう」

馨の想い人は、師である柿崎錬太郎《かきざきれんたろう》の内縁の妻・新見千草《にいみちぐさ》――だと夏野は踏んでいる。

いざという時には――

伴侶《はんりよ》でなくとも、誰か大切な者を思い浮かべるだけで、きっと己を奮い立たせることができる……

伊織が耳にした妖魔の自死は概《おおむ》ね野々宮の話と似ていたが、匕首《あいくち》で自害したと思しき仄魅と鴉猿の話があった。

「心中ではないぞ。屍《しかばね》が見つかったのはまったく違う時と場所ゆえ……無論、人や仲間に殺された見込みもなくはないが、人に化けることができる妖かしには、そういった自死の道もあるということだ」

これらの話は結界の外――主に旅中の者が見聞きしたことのみであるため、実際にはもっと多くの妖魔が自死していると思われる。

「今この時に金翅《こんじ》と鴉猿が争っているのも、死に駆り立てられている――つまりは『その時』が近付いているからやもな……とすると、やはり噴火に至るのではないかと懸念せざるを得ぬ」

地震や噴火は、いまや理術師のみならず、巷《ちまた》の術師や占い師なども予測、予見している
という。晃瑠ではそれほどでもないが、火山脈沿いの人里では、どこかしら毎日のように
地震が起きているようだ。
「三日前は残間山《ざんまざん》の方でも大きく揺れて、西原が清修寮を訪ねて来たそうだ」
「西原が？」
「斎佳《さいか》の安由によると、西原はほんの五日ほど前に、西方は安泰だ、なんなら東方が滅び
ても西方は残るなどとほざいていたらしい。だが残間山はもちろん、久峩山が噴火するだ
けでも松音や草賀《くさか》、下手《へた》をしたら斎佳にも甚大な被害が出ると識者たちが騒ぎ出し、民人
からも非難を浴びて、今は大人しくしておるようだ」
「私は見ました。蒼太と共に……白玖山だけならまだしも、久峩山が噴火すれば、四都ど
ころか国が沈みます。此度《こたび》の噴火は、それほどまでに大きな……」
「うむ。術師や占い師たちもそう予見している者が多く、西方の人心は――州司たちも含
めて――安良様に傾いていると聞いた」
天災とあらば、結句神頼み――ということらしい。
妖魔の襲撃は絶《た》えているが、結界の増補が進まぬことにも、西方の州民は不満を募《つの》らせ
ているそうである。
「殊《こと》に額田《ぬかた》や草賀では、鴉猿が旅人を襲ったという知らせがいくつかあった。松音でシブ
クとかいう鴉猿がお前たちに明かしたように、稲盛に見切りをつけたやつらの仕業《しわざ》ではな

かろうか」

「そのこともまた、西原への不満となっているのだ」と、馨が付け足《た》す。

西方の話を聞き終えると夏野は訊ねた。

「あの、一葉《かずは》様はいかがですか？」

「よく過ごされている。人見《ひとみ》様がお亡くなりになってから、まだ二月と経っておらぬというのに……」

噴火や蒼太のことを聞いたのちも取り乱すことなく、粛々《しゆくしゆく》と政務に励《はげ》んでいると聞いて身が引き締まる思いがした。

稲盛が久峩山でサスナを取り込んだらしいこと、伊紗とつなぎが取れぬままであることを話し、稲盛討伐《とうばつ》を願い出る。

「蒼太ならおそらく、稲盛か伊紗を探し出せると思います。蒼太もそう願って息巻いております。殺された山幽の夫婦への負い目もありますゆえ……」

「安良様はこのところずっと、政務を仁史《ひとし》様と一葉様に任せて燕庵《つばめあん》か天守にこもっておられるが、明日にでもお伺《うかが》いしてみよう。しかし噴火が近付いているとなると、お許しになるかどうか……そうだ。明日はおぬしも登城せよ」

「うん？　ならば、俺は明日は御役御免か？」

馨が目を輝かせるのへ、伊織は苦笑で応える。

「そうは問屋が卸《おろ》さぬ。黒川は六ツに佐吉と待ち合わせておるのだぞ。お前と俺《おれ》は明日も一日、夕刻まで御城詰めだ」

「むぅ……」

仏頂面《ぶっちょうづら》で唸《うな》ってから、馨は夏野を見やった。

「それはそうと、恭一郎はどうしている？」

「鷺沢殿は朝な夕な、剣の修業に励んでおられます。朝のうちは私に稽古《けいこ》をつけてくださり、昼からはお一人で」

「むぅ……」

「真剣で立ち合ってくださるので、私も大分腕を上げたように思います。この調子なら年内に七段に昇段できるかと」

「真剣でだと？」

「はい」と、夏野は自慢げに胸を張った。「とはいえ、充分手心を加えてくださっているので、いまだ傷一つ負っておりませぬ」

ふっと馨が噴き出した。

「そりゃ黒川、お前を『傷物』にしたとあらば、椎名《しいな》が黙っておるまいぞ」

「馨」

伊織がたしなめるのを聞いて、夏野ははたと気付いた。

——そう案じずとも、おぬしには傷一つつけはせん——

あの言葉にはまさか、「そういう」含みもあったのか……？

「その顔では、まだ何もないようだな」

「馨」

再びたしなめられて首をすくめた馨へ、夏野は頰《ほお》を熱くしながら声を上げた。

「い、今は国の大事ですよ。ましてや蒼太が――」

「うむ、すまん。ほんの冗談《じょうだん》だ」

悪びれずににやにやする馨へ夏野が口を尖《とが》らせた矢先、足音が近付いて来た。

「お話中すみません。石榴屋から文が届きました」と、小夜。

「石榴屋から？」

下座の夏野が土間に下りて、小夜から文を受け取った。

文を開いた伊織がつぶやく。

「伊紗からだ」

†

伊紗の文によると稲盛は山名村に潜んでいたが、今は恵中州府の差間にいて、月末には玖那村の屋敷へ向かうそうである。

「ならば、差間に出向いて叩《たた》くか？」と、馨。

「やつは剣士を十人も連れているようだぞ。町中なら、蒼太に任せるのが手っ取り早いだろうな……」

翌朝、夏野は二人と共に登城したものの、安良への目通りは叶《かな》わなかった。

詰所で馨と待っていた夏野へ、しばし戻って来た伊織がこっそり告げた。

「だが、稲盛討伐の許しは得て来た。ただし、おぬしと蒼太が共にゆくこと、その前に一度晃瑠へ戻って来ることが条件だ」

「承知いたしました」

「それからこれは蒼太へ。一葉様からだ」

夏野が晃瑠にいることを知った一葉が急ぎ遣いを送ってくれたそうで、夏野は蒼太への土産《みやげ》として菓子屋・季和《きわ》の看板菓子である和月《わげつ》を一箱受け取った。

「蒼太には何よりの薬でございます」

「うむ」

奥へ戻る伊織を馨と共に見送ると、次に馨の羨望の眼差《まなざ》しに見送られて夏野は御城を後にした。

居候《いそうろう》先の駒木町《こまきちょう》の戸越《とごし》家に寄り、次郎《じろう》とまつの顔を見てから、四条梓橋《しじょうあずさばし》を渡って東門へ向かう。八ツ前に東門を抜けた夏野は、堀前の斑鳩町でしばしのんびり過ごした。

荷物は刀と菓子折り、それから街で買い求めた僅《わず》かな乾物のみで、至って身軽だ。

また帰りを案じられても困ると思い、番所では羽黒町《はぐろちょう》へ向かうと嘘《うそ》をついて、七ツ過ぎに斑鳩町を出た。

結界を見廻《みまわ》る振りをしながら北へ少し回り、人目がないことを確かめてから町を離れて待ち合わせの雑木林へと足を向ける。

昨日降りた、やや開けたところで待つべく林の中を歩いて行くと、ふと気配を感じて夏野は振り返った。

と、風を切って飛んで来た何かを認めて、とっさに身をかがめる。

間髪《かんはつ》を容《い》れずに近くの木の幹の後ろへ回ると、更に二つの何かが三寸と離れていないところをかすめて行った。

棒手裏剣《しゅりけん》だった。

西の衆——？

抜刀して、夏野は辺りに耳を澄《す》ませた。

そう遠くないところに一つ、少し離れたところに一つ、微かな気配を感じる。

殺気というほど強い気ではないが、それがかえって不気味だった。

近い方の気配が駆けて来たかと思うと、ふっと消えた。

戸惑《とまど》う夏野が辺りを見回した矢先、光るものを認めて刀で弾《はじ》く。

町人風の男が、刀を避けて飛びしさった。

手には一尺半ほどの細長い錐《きり》を持っている。

——竜虎《りゅうこ》か！

西の衆には、錐のような得物を持つ竜治《りゅうじ》と虎治《とらじ》という二人組がいる。卯月《うづき》に同じく西の衆だった新太《しんた》・純代《すみよ》夫婦の息子を殺したのは、この竜虎の虎治だった。

男が再び放った棒手裏剣を、夏野は今度は刀で弾いた。

胸は早鐘を打っているが、恭一郎との修業の賜物《たまもの》か、飛んで来た手裏剣を見極めることができた。

刀でかわされるとは思わなかったのだろう。

男が眉《まゆ》をひそめて、やや間合いを広げる。

二つ目の気配が近付いて来て、夏野は男へ踏み出した。

二人を相手にしては分が悪い。

まずはこいつを討ち取らねばならぬ――

己から仕掛けるも、一太刀《ひとたち》目も二太刀目もかわされる。

間合いを詰めた途端、夏野と男はそれぞれ右へ飛んだ。

「虎！」

鋭く叫んだ二人目の十字手裏剣が、左右に分かれた己と一人目の男の間を飛んで行く。

どうやら眼前の者が虎治、二人目が竜治らしい。

竜治が駆けて来るのへ、夏野は一旦退《ひ》いて木々に紛《まぎ》れる。

すぐさま追いかけてきた竜虎が、それぞれ棒手裏剣と十字手裏剣を放った。

棒手裏剣は夏野が駆け抜けた木の幹へ、十字手裏剣は背負っていた菓子の桐箱に突き刺さった。

人目を避けるためにやって来た、堀前から半里は離れた林の中である。

助っ人《すけと》は見込めぬ。

己でかたをつけるしかないと夏野は肚《はら》をくった。

不思議と恐怖はさほど感じなかった。

これが「命のやり取り」であることは承知している。ただこれまでの戦いに加え、恭一郎との真剣——八辻九生《きゆうせい》の剣——での稽古によって、死は常に「隣り合わせ」にあることも感得していた。

冷静さを欠いては勝機を失うことも。

手裏剣をかわしつつ、林の中をしばし巡った。

飛び道具さえなければ、刀の方が長い分、己に分がある筈《はず》である。

走り回るうちに息は乱れてきたが、胸は裏腹に静まってきた。

この二人は、今までにいくつもの命を奪ってきたと思われる。維那《いな》の閣老宅から金印を盗んだ多嶋徹茂《たじまてつしげ》も、牢《ろう》を逃げ出したのちに竜虎に殺されたようだった。多嶋には同情を覚えぬが、元西の衆の新太一家は竜虎には仲間だった筈だ。西原の命令とはいえ、純代が命を投げ出そうとしたにもかかわらず、息子の慎吾《しんご》を殺した二人を夏野は嫌悪《けんお》した。

「代田屋《しろたや》の慎吾を殺したな。お前たちに慎吾を殺すよう命じたように、西原はいつか誰かにお前たちを殺すよう命じるやもしれぬぞ！　あいつは人の命など、なんとも思っておらぬのだ！」

今ひと度飛んできた棒手裏剣を刀で弾いた夏野へ、虎治が淡々と応えた。

「そんなことはない。御屋形《おやかた》様は俺たちの命の恩人だ」

「命の恩人？　お前たちに恩を売ろうと――のちに意のままに利用するために助けたのではないか？」

「御屋形様は俺たちを地獄から救い出してくれただけでなく、道を示してくだすった」

「人殺しがお前たちの『道』か？」

「世直しの道だ。御屋形様の世直しのための道を、俺たち二人が切り開く――」

「虎」

たしなめるように竜治が虎治を呼んだ。

「ふん……」

一つ鼻を鳴らして、虎治が仕掛けて来た。

続けざまに棒手裏剣を放ったのち、一息に間合いを詰めた虎治は右手に錐、左手にはいつの間にか鉄扇《てっせん》を手にしている。

かろうじて手裏剣をよけ、飛び込んで来た虎治の錐をかわしざま、身を返して、背後から阿吽《あうん》の呼吸で襲いかかって来た竜治の錐を腕ごと斬った。

竜治が呻《うめ》き声を漏《も》らす間に刀を返すと、下段から再び突き出された虎治の錐を払い、今一度身を翻《ひるがえ》して今度は袈裟《けさ》懸《が》けに竜治を仕留める。

「竜！」

向き直った虎治に振り下ろした刀は筋交《すじか》いにされた錐と鉄扇に阻《はば》まれ、押し返された。

夏野が身を退いて亡骸《なきがら》となった竜治の後ろに回り込むと、虎治が鬼の形相《ぎょうそう》で睨《にら》みつける。

「よくも竜を……！」

竜治の亡骸を挟んで睨み合うことひととき、羽音が近付いて来た。

「夏野さん！」

佐吉の声を聞いて、虎治は唇《くちびる》を噛《か》んで踵《きびす》を返した。

とっさに小柄《こづか》を抜いたものの、狙いを定める暇もなく、虎治は木々の合間を縫《ぬ》って行く。

降り立った佐吉が、亡骸と夏野を交互に見やった。

「夏野さん、首から血が……」

手裏剣は全てかわしたつもりだったが、菓子箱に刺さった物の他《ほか》、今一つの手裏剣が後ろ首をかすめていたようだ。菓子箱を背負っていなければ、背中にも手裏剣が刺さっていたところだった。

刀に拭《ぬぐ》いをかけて収めると、首に手拭いを巻く。

事切れた竜虎の煙管筒《きせるづつ》は長く、錐は煙管に仕込んであったことが判った。

間近で見た竜治の顔かたちは似ていなかった。よって兄弟ではなさそうだが、ずっと相棒だったのだろう。骨を拾うどころか弔《とむら》いの言葉もかけてやれずに去った虎治からは、強い無念が感ぜられた。

無念は夏野も同様だ。

同族と殺し合わねばならぬ無念。

たとえ同族でなくとも——敵であっても——命が失われるという無念。

「世直しの道……か」

西原は竜虎の「命の恩人」で、二人は西原に服従してきたようだった。

西原とは斎佳で一度顔を合わせたきりだ。その物言いに安良のような「真」も「義」も感じなかったが、竜虎にとっては西原が神のごとき存在なのだろう。

見開いたままの竜治の目を、夏野はしばしじっと見つめた。

――殺さずに済むなら、その方がいい――

ベルデトの森で鴉猿を殺したのち、蒼太はそう言った。

――だって殺す方は、殺した分、殺される「かくご」をしなくちゃいけないんだ――

お前たちにもその覚悟があった筈だ。

私も覚悟している。

――許されようなんて思ってないから――

のちにサスナの前で地面に額をこすりつけた蒼太を続けて思い出しながら、夏野は竜治の目を閉じた。

竜治の懐に入っていた手形には斎佳の煙管師だとあった。

西の衆に襲われたと申し立てたところで、西原にはまた白を切られるだろう。なんなら此度は己が佐吉と――安良が金翅と――つながっていると、騒ぎ立てられるやもしれぬ。

辺りに散らばった手裏剣を集めて回ると、手形と財布はそのままに、仕込み煙管や鉄扇、手裏剣、目潰《めつぶ》しや毒薬と思しきものが入っている印籠《いんろう》を取り上げた。

もしも後で虎治が戻って来た折に、武器が渡らぬようにと考えてのことだったが、どこかでこの者を「人殺し」ではなく、「煙管師・竜治」として死なせてやりたいという思いもあった。

私の勝手な、独《ひと》りよがりの思いだが……

佐吉が飛び立つと、亡骸はみるみる小さくなった。

陽が落ちたばかりの西の空はまだ明るいが、隠れ家へ続く東の空には夜の帳《とばり》が下り始めている。

私もとうに「人殺し」だ。

だが、一つ一つの命の重みは忘れたくない。

否、けして忘れてはならぬ——

†

伊紗から文があったと聞いて、蒼太はひとまずほっとした。

佐吉も同様らしく、昨日より明るい顔をしている。

だが、西の衆の「りゅうこ」を相手にしたことには、恭一郎と共に顔をしかめた。

土産の和月には桐箱を通して尚《なお》、手裏剣の穴が空いていた。

後ろ首の傷は一寸ほどで、浅いかすり傷だが、一つ間違えば命取りになっていた筈だ。

「くすい」

「うむ。膏薬《こうやく》を塗っておこう」

夏野が手に入れた武器は佐吉に託し、石榴屋から伊織に届けてもらうことにした。

恭一郎が膏薬を塗る間に、蒼太は「おすそわけ」の和月と武器を風呂敷に包んだ。

巣へ戻る佐吉に礼を言って見送ると、夏野が遅い夕餉を取る傍らで和月をつまむ。

「帰り道で佐吉から聞いたところ、稲盛は本当に鴉猿に見放されつつあるようです」

稲盛の不調が長引いていて思うように人里を襲えずにいることに加え、稲盛が仲間のテイバを鹿島ごと「見捨てた」として、稲盛派の鴉猿たちはここしばらく、ますます不満を募《つの》らせているらしい。

「金翅たちの調べによると、松音州には増岡《ますおか》を捕らえている一派が、額田州にはもとより稲盛とかかわってこなかった一派がいるそうで、稲盛派は三々五々どちらかに移っていって、もうほとんど残っていないとか」

「そうか。やつらはまだ、稲盛がサスナを取り込んだことを知らぬのだな」

「ええ。ですが、たとえそのことが知れたとしても、稲盛にはもともと人を根絶やしにするつもりはありませんから、鴉猿たちが稲盛のもとへ戻るとは考えにくいです。ベルデトの森で会った鴉猿によると、捕らわれている増岡は符呪箋を書くことができないそうです。さすれば狗鬼や蜴鬼《やくき》たちを使うこともできません」

伊紗の文によると稲盛は差間にいるという。

月末には玖那村に移って来るらしいが、まだ半月余りある。

「さしま、ゆく」

剣士が十人いようとも、稲盛をこの目でとらえ、心臓を握り潰してやればいい。

今のおれなら「おちゃのこさいさい」だ——

「うむ。だがその前に、一度晃瑠に戻れと、安良様からの御達しだ」

「ふんか、く、る？」

「安良様もそれをお知りになりたいのやもな。何か予知したことはないか？」

夏野が問うのへ、蒼太は和月を片手に首を振った。

傷の痛みが治まった代わりに、大地の不穏をひしひしと感じるようになった。

しかしながら、噴火の予知らしきものは、以前、安良の前で夏野と見て以来何もない。

「私もあれから何も見ておらぬ」

つぶやくように言ってから、夏野は更に問うた。

「痛みはどうだ？」

「も、ない。はしても、へいき」

「傷痕は残ったままだがな」と、恭一郎。

恭一郎曰く、傷痕はまるで「せっぷく」を試みたように見えるらしい。切腹は武士が自害に用いる方法の一つで、左から右へと、一文字に短刀で腹を割くのが「さほう」だそうである。

武士が切腹に至る事由は罪を償《つぐな》ったり、過《あやま》ちを謝したり、恥を免《まぬか》れたり、友を贖《あがな》ったり、身の証を立てたり様々だと聞いて、蒼太はどことなく腑に落ちた。

こんな傷痕一つで、己の罪や過ちが許されるとは露《つゆ》ほども思っておらぬ。だが、恭一郎を始めとする皆を、余計な騒動に巻き込まずに済んだことには改めて安堵した。

ただ、これもまた「さだめ」だったようにも思えて、蒼太は着物の上から傷を撫《な》でた。

「本当にもう痛くないのだな？」

「ん！」

「それなら明日――いえ、大事を取って、あさって発ちましょうか？」

夏野が言うのへ、「うむ」と恭一郎が頷く。

「帰ったら、また伊織にこき使われるのだ。その前にもう二、三日のんびりしたところで罰は当たるまい。ああ、なんなら俺も差間行きを願い出てみるか」

「……真木《まき》殿は反対なさるかと」

「だろうな……ならば俺は晃瑠に帰らず、まっすぐ差間へ向かって、伊紗と共に稲盛を見張っても――」

「いけません。私たちが晃瑠にいる間に噴火が――大事に至ったらどうするのです？」

「その時はその時と言いたいが、もしもの折には共にいた方が心強いな」

「ん」と、此度は蒼太も頷いた。

結句、明後日に空木村までは徒歩で行って、借りている書を返しがてら伊織宅に一晩泊めてもらい、翌日金翅たちと共に晃瑠に帰ることにする。

「その、まえに、くなも、よおう」

「そうだな。万屋に寄って、屋敷の様子を聞いていくか」

「まんじゅ、も。まんじゅ、かう。よしあき、に、みあげ」

十日前に恭一郎が土産に持ち帰った薄皮饅頭《まんじゆう》を思い出して、蒼太は言った。

「良明《よしあき》にな……」

「かおうと、さよに、も」

「そうしよう」

からかい口調だが、返答に満足して蒼太は口角を上げた。

晃瑠を発ってほんの一月余りだ。白玖山に出かけた時とそう変わらぬというのに、都での日々は遥かに遠い昔のことのように感ぜられる。

早々に膳を片付けて、寝支度を整えた。

己の右に恭一郎、左に夏野が床《とこ》を取り、左右からそれぞれ半分ずつ夜具をかけてくれる。

夜具に入ってもしばし話は続いた。

蒼太が山幽だと知っても一葉は取り乱さずに、変わらず甥《おい》として接してくれるそうである。馨は伊織の「ようじんぼう」に飽き飽きしてるらしく、恭一郎の帰りを首を長くして待っているという。

「それから小夜殿も変わりなく――いえ、お腹は大分大きくなっていましたが、お元気そうで何よりでした」

伊織と小夜の赤子は、もう二月もすれば生まれるらしい。

この世が滅びるかもしれない時に――

カシュタやサスナへの思いが相混じって、無事の出産を蒼太は切に祈った。

ううん。

生まれた後も、ずっと幸せでありますように。

時が戻ることなく、今在《あ》るこの世が無事でありますように――

たとえ――もしも妖魔が……

『駄目だ、蒼太』

感応力で夏野が遮《さえぎ》った。

強く祈る余り、念が漏れていたようだ。

掻巻《かいまき》の上から夏野が己を抱きしめる。

『みんな一緒だ。みんな一緒に生き延びるのだ』

『……うん』

蒼太が頷《うなず》く傍ら、恭一郎がくすりとする。

「もう二月もすれば、伊織も父親か……楽しみだな。なんだかんだ、やつは良い父親になるに違いない」

「ええ」

「きょう、も」

蒼太が言うと、恭一郎が更に笑みをこぼした。

「ははは、馨に聞かせてやりたいな。だが、俺が良い父親だとしたら、それは良い息子に恵まれたからだ」

ぽんぽんと、赤子をあやすように恭一郎が夜具の上から触れた。

「都へ帰ったのちは、稲盛討伐でまた一仕事だ。今夜も明日もしっかり休んで、英気を養わねばな」

「ん」

応えた途端、ちりっと微かに角《つの》が疼《うず》いた。

薄闇の中でそっと確かめた角は、前より少しだけ大きくなっているようだった。

第七章
Chapter 7

翌朝。

晴天に恵まれた隠れ家の前で、夏野は恭一郎と竹刀《しない》を構えた。

明日の朝には空木村《うつぎむら》へ発《た》つことになった。よって、このように二人きりでの稽古《けいこ》もしばらくないだろうと思うと、何やら物寂しい。

素振りののちにしばし竹刀で立ち合い、それから各々真剣を取る。

この一月《ひとつき》の間、竹刀でも真剣でもまるで太刀打《たちう》ちできなかった。鍔迫《つばぜ》り合いに持ち込んだことは幾度かあったが、力では到底敵《かな》わず、押し弾《はじ》かれて負けていた。

遠慮は端《はな》から捨てている。

手心が加えられていることも重々承知していて、その悔しさから力の限り挑んでいるものの、己は所詮六段だ。対して恭一郎は柿崎道場で九段を授与されているが、最高位の十段どころか、今この国で右に出る者はなかろうという比類なき強さを肌で感じる。十段への昇段も訳ない筈《はず》だが、道場主の柿崎や師範の三枝、馨への慎《つつし》みというよりも、御前試合のように段に頓着《とんちゃく》していないがゆえにそのままになっているようだ。

真剣の稽古では、時折互いの刀を取り替えてきた。

おかげで今は八辻の剣と相対しても、それを手にしていても怖気付くことはなくなった。

死の気配は相変わらずそこにある。

恭一郎が構えた時の刃先や、己が構えた時の棟《むね》を見ていると、今にも冥土《めいど》への入り口が切り開かれるような心持ちになる。

だがその度に、恐怖を凌駕《りょうが》する畏怖《いふ》が死に善《よ》し悪《あ》しはないと己に知らしめて、不可思議な安寧をもたらした。そうしてより平静に、真っ向から剣と向き合うことで、極稀《ごくまれ》にだが己も信じられぬほどの——恭一郎の神業《かみわざ》のごとき——剣を繰り出すことができた。

一休みののち、夏野たちは刀を替えて更に半刻《はんとき》ほど稽古に励み、陽《ひ》が九ツと思《おぼ》しき高さまで上がったことを認めてから刀を下ろした。

蒼太は朝から辺りを「探険」に出かけていて、まだ帰っていない。

「まさか、勝手に差間まで行ったのではなかろうな？」

「まさか」

気を研《と》ぎ澄《す》ませると、山中へ続く青白い軌跡が見えることから、そう遠くないところにいると夏野は踏んだ。

「少なくとも、この山の中にいるようです」

「ならばよい。冷えるゆえ、先に湯に入って来よう」

立秋を過ぎて山中はまた少し涼しくなった。汗だくのままでは風邪《かぜ》を引きかねぬと、夏野たちは蒼太を待たずに湧《わ》き湯へ向かった。

「調子に乗って、また痛みが戻らねばよいのですが……」

「はは、此度《こたび》は平気だ。鈍《なま》った身体《からだ》を慣らそうと、昨日もそこらを駆け回っていた」

湧き湯まで四半里もないが、二人きりだとやはりどぎまぎする。

昨晩、首に膏薬《こうやく》を塗った恭一郎の指先が思い出された。

陽が落ちた後で、行灯《あんどん》の薄暗い灯《あか》りしかなかったのは幸いだった。

夜目が利く蒼太とて、熱くなった頰《ほお》の色までは判《わか》らなかったに違いない。

湯に浸《つ》かると、後ろ首の傷が少し滲《し》みた。

そっと手拭《てぬぐ》いで撫《な》でてみるも、汗や膏薬と共に恭一郎とのささやかな触れ合いまで消えてしまった気がして、微《かす》かな無念を夏野は覚えた。

交代して恭一郎を待つ間、座り込んで手拭いで髪を乾かす。

水気を粗方《あらかた》拭ってしまうと、夏野は目を閉じて大きく息を吸い込んだ。

微かに流れゆく風が清々《すがすが》しい。

じっと耳と気を澄ませるうちに、ゆったりとした大気の中で生き物の——草木や鳥、虫、動物たちの——命が、夜空の星のごとく辺りで瞬《また》き始める。

大地に触れてみると、更に遠く、丸く、己を包む自然のぬくもりが広がっていく。

その心地良さに夏野はしばらく身を委《ゆだ》ねていたが、やがてふっと、黒い霞《かすみ》のごときものが地中を横切って身じろいだ。

立ち上がって地面を見回すも、黒いものの気配は既に跡形もない。

木陰から恭一郎が姿を現した。

「どうかしたか？」

「今、土中に何か黒いものが——土鎌《つちがま》ではなく、何やら霞《かすみ》のような……でももう行ってしまいました」

「火山脈の乱れではないか？」

近付いて来た恭一郎も地面を見やったが、すぐに苦笑を漏らした。

「俺にはさっぱり判らぬ」

と、今度は頭上に気配を感じて、夏野たちは揃《そろ》って空を見上げた。

木々の合間を燕《つばめ》が一羽、飛んで行く。

春になると南方から渡って来る燕は、子育てを終えると雛鳥《ひなどり》と共に巣を離れて水辺に集まり、秋の訪れと共にまた南方へ戻って行く。

「今年はもう見納めやもな」

「ええ……」

辺りを見回して恭一郎が問う。

「蒼太はまだ来ぬようだな」

「腹が減って、家で待っているのやもしれませぬ」

「そうだな。では、ひとまず家に戻ろうか。立つ鳥跡を濁《にご》さず——昼餉《ひるげ》を済ませたら家を掃除せねばならぬゆえ、どのみちまたのちほどここへ戻って、汗や埃《ほこり》を洗い流す羽目《はめ》になろう。明日はのんびり発とう。あの茶屋は女将《おかみ》が一人で切り盛りしているからな。あまり早くからは開いていないのだ」

「それならのんびり参りましょう」

応《こた》えた後で、夏野ははたと思い出した。

茶屋の女将に恭一郎の「おかみさん」と間違えられたことを、まだ二人には話していなかった。

「どうした？　まだ何か気がかりでも？」

「な、なんでもありませぬ」

「なんでもないという面ではないようだが？」

六日前の夏野の台詞《せりふ》を真似《まね》て、恭一郎がくすりとする。

「あの……」

茶屋の女将の話の代わりに、夏野は切り出した。

「全てのかたがついたのち、鷺沢殿は蒼太を連れて旅に出られるのでしたね？」

「うむ」と、恭一郎は迷いなく頷《うなず》いた。「ムベレトの夢物語のごとく、人が妖魔に、はたまた妖魔が人になるならよいが、今のままでは蒼太は都にはいられぬゆえ……今一度ムベレトに頼んでここへ戻って来てもよいのだが、俺はまだ知らぬ土地がたくさんあるからな。まずは気の向くまま、足の向くままに、国を周ってみるのも一興だろう」

「わ、私も――私もついて行きとうございます」

半《なか》ば声をひっくり返して言うと、恭一郎は目をぱちくりしたのち微笑《ほほえ》んだ。

「黒川、おぬしにはまた別の道が――」

「別の道など」

駿太郎の手本に倣《なら》って手に触れようとしたものの、袖《そで》をつかむだけで精一杯だ。

「別の道など……考えられませぬ」

恭一郎を見つめると、胸の鼓動がますます速くなる。

袖を握り締めて、夏野はありったけの勇気を奮い起こした。

「私は……私には、ここでの暮らしが夢物語のようでした。ここで終わりにしとうございませぬ。私は蒼太や、鷺沢殿とずっと……」

言葉を絞り出す己を、恭一郎もじっと見つめ返す。

恭一郎の腕が返されて、その手が夏野の手首をつかんだ。

はっとした一瞬に抱き寄せられる。

背中に手のひらを感じた矢先、もう片方の手がそっと己の頰に触れる。

湯上がりの恭一郎の手がひやりとしているのは、己の頰が熱いからだ。

見上げた己の緊張が伝わったのか、恭一郎の目が微苦笑と共に和らいだ。

「……やめとこう。大事の前に未練になる」

「未練になりとうございます」

迷いなく口をついた言葉を聞いて、恭一郎は今一度微笑んだ。

「言うようになったな……」

己を抱く腕に力がこもるのへ、夏野もおそるおそる恭一郎の背中に手を回す。

頰をその大きな手のひらに預けると、夏野は目を伏せて恭一郎を待った。

互いの顔が二寸と離れておらぬところまで近付いてから、息を止めて目を閉じる。

——と。

唇が合わさる前に、蒼太の声がした。

「なつの！」

†

とっさに顔は離したものの、身体はまだ恭一郎の腕の中にある。

駆けて来た蒼太が、夏野たちを見て目を落とした。

「こめん……」

「いや……どうかしたか？」

夏野を放しつつ恭一郎が問うた。

蒼太の顔を見られずに頰に手をやると、ふいに脳裏《のうり》に一つの絵が浮かんだ。

男の背中だ。

くの字に身体を折って、倒れ伏している。

あれは——

「あに」

夏野を見上げて蒼太が応える。

「よしたた。なつの、の、あに」『誰かが「よしただ」を殺そうとしている――』

「兄上を？」

急ぎ守り袋から笛を出し、火急の合図で苑を呼んだ。

ひとまず夏野が葉双《はふたつ》まで危機を知らせに向かい、蒼太たちとは明日の夕刻に空木村で落ち合うことにする。

「どうした、夏野？」

昼餉もそこそこにじりじりと待つと、一刻と経《た》たぬうちに苑が影行と現れた。

佐吉から伊紗から文があったことを聞いて、一足早く、差間を探っていたという。ただ、宿屋の名などがなかったために、伊紗も稲盛もまだ見つけられていなかった。

「悪いが葉双まで頼む」

「葉双？　稲盛は差間ではなく、葉双におるのか？」

「いいや。兄上が――私の兄が倒れている様が見えて……」

夏野の「予知」を聞いて、苑は眉をひそめてむっつりとした。

「それが火急の用事か。山幽が襲われるという予知は当たったようだが、それとて大分後のことだったと聞いたぞ」

「そうだが、せめて兄上に用心するようお伝えしたいのだ」

夏野は義忠《よしただ》が倒れたところを見ただけだが、夏野より予知が得意な蒼太は更に、一人の少女を見たそうである。

義忠が胸を押さえていたこともあり、少女と聞いてついアルマスを思い浮かべたが、蒼太はすぐさま首を振った。

——アルマスじゃない——

蒼太曰《いわ》く少女は年頃《としごろ》こそアルマスと同じく十二、三歳だが、右目の下に泣きぼくろがあり、髪をひっつめていたという。

影行と顔を見合わせて、苑は顎《あご》をしゃくった。

「乗れ」

隠れ家を発つと、差間に戻る影行は早々に離れて行った。

影行の後ろ姿を見送りながら、苑が口を開いた。

「兄を案ずる気持ちは判らんでもない。私にも妹がいたからな」

「妹さんは宮本《みやもと》殿と共に亡くなったそうだな。影行から聞いた」

「そうか」

「妹さんはその……宮本殿を好いておったのか？」

「妹が好いていたのは影行だ」

「影行を——」

となれば、苑が影行の想《おも》いに応えられずにいる理由は、年の差や亡夫だけではないと思われる。

「もともとは影行が、人里離れたところにいた薫にちょっかいを出して、返り討ちに遭ったのだ。薫が面白半分に仕掛けた罠にかかってな」

行方《ゆくえ》知れずとなった影行を、苑と妹、亡夫が探し当てると、二人は既に打ち解けていた。

「私はその頃はまだ、夫とはつがいになっていなかった。夫は前々から人に興味を抱いていたが、影行はその反対で……ゆえに、私たちは影行が薫と打ち解けたことに驚き、やがて影行と共に薫と親交を深めるようになった」

宮本は優れた術師だったにもかかわらず、清修寮にはまるで興味がなく、若くして放浪の旅に出たそうである。当時二十八歳だった宮本が四十五歳で殺されるまで、苑たちは人語を含め、様々なことを教わった。宮本はまた、人に化けることが苦手だった影行に気配を絶つ術を勧め、それが功を奏して影行は姿を消す術をも会得するに至ったという。

「薫は私たちにとって、お前たちがいうところの手習いの師匠だった。我らは人に化ける術は親から伝授されるものの、人やその暮らしについてはほとんど知らずに育つ。ほんの十七年のことだったが、なかなかに楽しい日々だった。だが、我々が頻繁《ひんぱん》に薫のもとへ出入りしていたことで、薫は妖魔を厭《いと》う者たちに目を付けられるようになり、結句そやつらに殺されてしまった」

苑の声には後悔の念が滲《にじ》んでいる。

「あの日、妹が薫を訪ねたのは影行の気を引くためだったと、のちに別の仲間から聞いた。

ああ、影行に妬心《としん》を抱かせようというようなことではなく——ただ何か、影行の気を引くような術や知識が得られぬものかと考えてのことだったらしい。私や夫には相談しにくかったようでな。一人でこっそり出かけて行ったのだ。薫が襲われた折、逃げ出さずに薫を護《まも》るべく人と戦ったのも、おそらく影行ならそうしただろうと——影行を想ってのことだったに違いない」

下手人は五人で、中には術師もいたが、宮本と妹の死を知った苑たち三人が、五人を皆探し出して討ち取った。

「それがまた薫の評判を貶《おとし》めてしまったが、どうにも我慢ならなかったのだ」

「妹さんや師匠を殺されたのだ。私でもきっと仇討ちに行った」

仇討ちといえば、苑は果たし合いで夫を殺した男に挑み、見事討ち取ったと聞いている。

「その者はおぬしたちが宮本殿と懇意《こんい》にしていた頃から、おぬしたちが気に入らなかったとか……」

「ふん」と、苑が鼻を鳴らした。「そやつは夫の幼馴染《おさななじ》みで、若い頃は私にしつこく言い寄っていたのだ」

「さ、さようか」

「うむ。私はこう見えてもてるのだ」

その者は人を蔑《さげす》んでいたため、宮本と付き合いがあったばかりか苑を射止めた亡夫に嫉《しっ》妬《と》したらしい。

「夫は私と違って金翅にしては温厚だったが、卵を――佐吉を潰《つぶ》されそうになって流石《さすが》に激怒した。のちに果たし合いを挑まれた時も……」

だが、亡夫は幼馴染みへの情が捨て切れず、とどめを躊躇ったがために命を落としたそうである。

「薫は、妖かしは――我ら金翅や山幽、仄魅、鴉猿の四種は人に似ていると度々言っていた。私や影行は『とんでもない』『一緒にするな』と腹を立てたが、我らの中にも人のごとき醜《みにく》い一面があることは確かだ。人のごとく――時に、どうにもならぬ情に振り回されることもある……」

言葉を濁した苑に、夏野はおずおず問うた。

「佐吉は、おぬしと影行が一緒になるよう願っているようだが……?」

いつもなら、己が首を突っ込むことではないと自重しただろう。だが、つい苑に恭一郎を、影行に己を重ねて、たとえ「恋心」にはほど遠くとも、考えや暮らしを共にする伴侶として認めてもらえぬものかと――そう願って色よい返答を期待してしまう。

夏野の葛藤《かっとう》を知ってか知らでか、くすりとして苑は応えた。

「そうだな。もう五十年もしたら考えてもいい」

「五十年?」

「そうはいっても、ほんのひとときだ」

「おぬしたちにはな」

「ふふ」

忍び笑いを漏らした苑に、葉双から北東に四半里ほどの草原に降ろしてもらった。

じきに暮れ六ッと思しき時刻である。

人通りが切れたところを見計らって街道へ入ると、夏野は一路、東の番所を目指した。

東の番所の番人は北見《きたみ》といい、黒川道場の門人でもある。

遠目に夏野を認めて、北見が駆け寄って来る。

「黒川！　大変だ！　州司様が――」

義忠が毒を盛られて倒れたというのである。

遅かったか！

唇を噛《か》んで、夏野は御屋敷へ向かって走り出した。

†

御屋敷は上を下への大騒ぎだった。

門にいた下男が、いち早く夏野を認めて玄関先へと案内する。

夏野の来訪を告げに女中が奥へ引っ込むこともののひととき、早足で玄関先に現れたのは椎名由岐彦《ゆきひこ》だった。

「由岐彦殿――」

「中へ」

挨拶《あいさつ》もなく、由岐彦は夏野を座敷へいざなった。

「兄上は？」

「毒は粗方《あらかた》吐き出し、命は取り留めたが、予断を許さぬ状況だ」

義忠が倒れたのは養育館で、葉双を縦断する南北道からはやや離れているものの、黒川道場よりはずっと町中に近い。

「今日は義忠は養育館で、子供たちと共におやつの時を過ごしてな……毒はふたつ餅《もち》に仕込まれていたと思われるが、茶碗《ちゃわん》も疑って調べている」

ふたつ餅を用意した菓子屋は老舗《しにせ》で、無実を主張しているそうである。

「毒は、兄上の分にだけ仕込まれていたのですか？」

「それも今、調べておる。子供たちは世話役から、義忠が菓子を口にするまで自分たちは食べてはならぬと言いつけられていたため、義忠が真っ先に食べたのだ」

――いかん！　食うな！――

ふたつ餅を吐き出しながら、義忠はそう叫んだという。

よって子供たちは誰一人として菓子を口にすることなく、世話役がすぐに取り上げた。

「その世話役も捕らえて話を聞いたが、怪しいところはないようだ。そもそも義忠は、養育館を常から大事にしている。世話役も――お加恵《かえ》というのだが――義忠に感謝こそすれ、恨《うら》みは微塵《みじん》もないと言っている」

養育館と聞いて、夏野は蒼太が「見た」少女が気になった。

「子供らの中に、十二、三歳の女子がいませんか？　右目の下に泣きぼくろがある……」

「いる。義忠に膳を運んだ千花《ちか》という名の……まさか、お千花が？」

「判りませぬ。ですが、蒼太が『見た』と言うからには、何かしらかかわりがあると思われます」

ようやく夏野は、己が葉双までやって来た理由を明かした。

「蒼太は勘働きが冴《さ》えておりまして、時折物事を予知することがあるのです。もちろん時に外れることもありますが、用心に越したことはないと……その、颯《はやて》でもよかったのですが、どうせなら義和《よしかず》の顔を拝《おが》みに行こうかと直に参ったのです」

ほんの昼下がりに予知したことや、金翅に乗って来たことは、由岐彦にも明かせぬ。晃瑠から葉双まで夏野の足ではどう急いでも三日はかかるが、由岐彦は夏野が「密命」を帯びて都外にいることを知っていた。

「由岐彦殿は何ゆえ葉双に？」

「山村隆幸《やまむらたかゆき》が、何やらよからぬことを企んでいるようだと知らせがあったのだ」

「山村というと――」

息を呑《の》んだ夏野へ由岐彦が頷く。

「あの山村徳之進《とくのしん》の息子だ」

夏野の弟の螢太朗《けいたろう》を攫《さら》い、殺した者を手配したのは山村徳之進と溝口求馬《みぞぐちきゅうま》といい、先代の州司・卯月慶介《けいすけ》に仕えていた者たちだった。由岐彦はのちに、慶介の命《めい》を受けて二人を密《ひそ》かに始末していた。

螢太朗の骨を見つけ、二人を始末したことで、慶介は事は落着したとして、両家を取り潰しはしなかった。慶介は全て内々に済ませ、二人の息子たちにもそれぞれ跡を継がせてのちの禍根《かこん》を絶ったつもりだったが、九年という年月を経て由岐彦が二人を殺したことを息子たちに知られたようだ。

「知らせたのは、溝口の息子の紀之《のりゆき》だ。溝口は父親が私に始末されたことを山村から教えられ、その事由を探ったそうだ。そうして事の次第を知った溝口は父親の所業を恥じたが、山村は恨みを抱いたままのようでな。溝口は義忠よりも、手を下した私の身を案じて知らせてくれたのだ。溝口は義忠にも懸念を打ち明けていたが、私も義忠と話すいい機会だと、ついでに義和様の顔を拝んで来ようと、つい昨晩着いたところだった」

「それで、山村は？」

「義忠が倒れた時は、ここで政務にあたっていた」

「ですが、もとより自ら手を下したとは考えられませぬ。お千花を脅《おど》したのではないでしょうか？」

理一位《りいちい》に毒を盛った紗枝を思い出しつつ、夏野は言った。

「そうだな……ならば、今一度お千花に訊ねてみるか。山村の屋敷にも寄ってみよう。夏野殿なら何か私が気付かぬ、やつのぼろを見抜くことができるやもしれぬ」

帰り道を考えて、由岐彦が懐提灯《ふところぢょうちん》を借りに行った。

暮れかけた道を急ぐと、養育館の手前で六ツの鐘が鳴り始める。

州司代の由岐彦の来訪を聞いて、世話役の加恵が玄関先にすっ飛んで来た。

「卯月様の妹御の黒川殿だ。お千花から話を聞きたいというので連れて来た」

「それが……どこへ出かけたのやら、見当たらないのです。鋏《はさみ》も――」

「鋏？」

半刻ほど前に、千花が裁《た》ち鋏を持ち出すところを権太《ごんた》という男児が見たという。

由岐彦と顔を見合わせた。

「もしや、自害するつもりでは……？」

「うむ」

加恵も薄々見当をつけていたのか、青い顔が一層青くなる。

「何かの間違いです。あの子は――お千花はそんな子じゃありません」

「とにかく、お千花を捕まえねばならぬ」

夏野たちが踵《きびす》を返して門へ向かったところへ、子供の声が呼び止めた。

「待って！　お武家様、待ってください！」

玄関から出て来たのは、細身の男児だ。背丈は四尺余りで色白というより、顔色を含めて青白い。

「権太！　待ちなさい！」

こけつまろびつ近寄って来た権太は、たしなめる加恵を振り向くことなく地面に両手をついた。

「千花姉《ねえ》――お千花さんは何もしてません！　おれです！　おれがやりました！　おれが卯月様に毒入りのふたつ餅を……」

「何を言うの！　でたらめです、椎名様。この子にそんなことはできませんでした」

権太を見下ろして、由岐彦が静かに問うた。

「お前がやったとして、毒はどこから手に入れた？　どうやって菓子に仕込んだのだ？」

「そ、それは……」

「権太、お前のことは卯月様から聞いたことがある。三年前だ。赤子の頃から身体が弱く、床に臥《ふ》せてばかりだが、ようやく七つになって安心したと仰《おつしや》っていた」

三年前に七歳だったなら今は十歳で、晃瑠の権太と変わらぬ年頃だ。晃瑠の権太は「名無しの権兵衛」をもじって名付けられたと聞いた。おそらく国中の養育館に「権」の名が付く男児がいるのだろう。

生きていたら、螢太朗も十歳だ――

言葉に詰まり、目を潤《うる》ませている権太へ、夏野は膝を折った。

「お千花を庇《かば》おうというのだな。我々も叶《かな》うならお千花を護りたい。そのためには本当のことを知らねばならぬのだ。お千花が行きそうなところに、心当たりはないか？」

権太を諭《さと》して養育館を後にすると、夏野たちは大川《おおかわ》へ向かった。

加恵は子供たちに川へ近付くことを禁じていたが、権太曰く、千花は気晴らしに大川沿いをそぞろ歩くことがよくあるらしい。

陽が沈んで辺りは暗くなりつつある。

夜目の利く夏野にはまだ充分辺りが見えるが、由岐彦はそうでもないようだ。自然と先導するごとく、夏野が前を走って行った。

螢太朗を思い出したからか、ふといつか見た夢が頭をよぎった。

伊紗に出会う前に川べりで見た、太鼓橋《たいこばし》を渡って行く子供を追う夢だ。

大川へ出ると、夏野は左右を見回し、迷わず太鼓橋の方へ足を向けた。

「夏野殿?」

「なんだか、橋の方にいるような気がして……」

「そうか。ならば橋を検《あらた》めてから二手に分かれよう」

由岐彦が応えた矢先、橋の方から短い叫び声が聞こえた。

男の声だ。

「何をする!　こいつめ!」

橋へ向かって夏野は地を蹴《け》った。

一町ほど川沿いを走ると、太鼓橋の袂《たもと》が見えた。

葉双では一番大きな川ゆえに「大川」と呼ばれているが、川も橋も晃瑠のそれに比べれば――殊に大人になった今は――なんとも小さい。だがこの川には常から霧が立ち込めていて、昼間でも橋の向こうが見えることはない。橋には妖魔除《よ》けの術が施《ほどこ》されているものの、対岸は結界の「外」だ。橋の向こうは石動州《いするぎ》へと続く道だが、主に狩猟《しゅりょう》に使われていて、街道とはいえぬ小道ゆえに、橋の袂には石柱があるだけで橋番もいない。

橋を渡るのは「あの日」以来だった。

私がつまらぬ遊びに興じて、螢太朗が攫われた日――

霧の切れ間に大小二つの影が見えた。

「お千花！」

橋に足をかけつつ叫ぶと、夏野に気付いた影が離れる。

大きな影は男で、左手で脇腹を押さえ、右手には脇差しを握っている。小さな影は少女で、男が夏野を振り向いた隙《すき》に駆け出した。

「捕まえてくれ！」

短く叫んだ男を一睨みして、夏野は橋を渡って行く小さな背中を追った。

「お千花、待て！」

千花が鋏を放り出し、欄干《らんかん》に足をかける。

「よせ！」

襟首《えりくび》をつかんでから羽《は》交《が》い締めにすると、夏野は千花を欄干から引きずり下ろした。

「死なせて！」

「ならぬ！」

尚も抗《あらが》う千花を抱きしめて夏野は言った。

「権太はお前を庇ったぞ！ 己が毒を盛ったとして、お前の罪を被《かぶ》ろうとしたのだ。お前を死なせまいとして――」

「権太が？」

「そうだ。お千花がいなければ、自分はとうに死んでいたからと……」

――お千花さんはいつも、おれに卵とか山芋とか滋養のあるものを分けてくれて、苦しい時はずっと傍《そば》にいてくれました――

千花を庇った理由を由岐彦に問われて、権太はそう応えた。

――お千花さんがいなかったら、おれはきっと、とうの昔に死んでいました。でもって、どうせこの先もそう長くないだろうから、おれがお千花さんの代わりに死罪になってもいいと思ったんです……――

「何を莫迦《ばか》なことを……私が一体なんのために……」

ぺたりと座り込むと、千花は夏野の腕の中で泣き出した。

†

男は山村隆幸で、千花に鋏で腹を刺されていた。

千花も脇差《わきざ》しで斬りつけられて、浅手を負っている。

それぞれに血止めを施してから、助けを呼んで医者のもとへ運ばせた。山村を見張りと共に医者のもとへ置いて、夏野たちは千花を番屋へ連れて行く。

由岐彦があれこれ差配する間、夏野は千花から話を聞き出した。

山村が千花の前に現れたのは二月ほど前で、権太のための薬を買いに生薬屋へ行った帰りだったという。高岡屋《たかおかや》という幟《のぼり》を掲げた薬売りが千花を呼び止め、「さる御方からの贈り物」として権太が常用している薬をくれた。見知らぬ者からは受け取れぬと千花は固辞したものの、半ば押し付けられて持ち帰り、加恵に託した。加恵が医者に相談したところ医者は高岡屋を見知っており、薬も本物で、なんならいつもの物より上等だと言われた。

「それで、次に高岡屋が現れた時、『さる御方』は誰なのか、叶うならお礼を直にお伝えしたいとお願いしたのです」

高岡屋は千花が時折大川沿いをそぞろ歩いていることを山村から聞いて知っていて、太鼓橋の袂で千花と「さる御方」——山村——を引き合わせた。山村は名乗らずに頭巾《ずきん》で顔を隠していたものの、ただの親切心から権太——ひいては養育館を援助したいとのことで、もしや「幼女好み」ではないかと勘繰っていた千花を安堵《あんど》させた。

そうして、三度、四度と高岡屋を通じて薬を受け取ったのち、半月ほど前、千花は高岡屋からの言伝《ことづて》で、再び山村と太鼓橋で会った。

「今日のおやつで、義忠様のふたつ餅のきな粉に、鬱金《うこん》の粉を混ぜるように言われました。義忠様は胃の腑《ふ》を痛めていて、鬱金は胃の腑に良いからとあいつは言いましたが、私は毒ではないかと疑いました……」

千花が断ると、山村は豹変《ひょうへん》して脅しにかかった。

「権太やお加恵さんを殺すと言われました。御屋敷勤めの吉輝《よしてる》さんも……なんなら養育館の者を皆殺しにするとまで」

若き右筆《ゆうひつ》の立花《たちばな》吉輝は養育館の出で、立花家の養子になったことを含めて養育館の皆の憧《あこが》れだった。

「あいつは権太だけでなく、他のみんなのことにも詳しくて、私が誰《だれ》か一人にでもあいつのことを漏らしたら——あいつの言うことを聞かなかったら——まずは権太、お加恵さん、吉輝さんの三人を、それからみんなを一人ずつ殺していくと脅したんです」

誰にも打ち明けられぬまま、千花は山村の正体を探ろうとした。

「お世話になっている卯月様に恩を仇《あだ》で返すような真似《まね》をするくらいなら、あいつを殺してやろうと思って……」

義忠の養育館の訪問や立花を知っていることから、御屋敷勤めだろうと踏んだ。さりとて少女が一人でできることなど高が知れている。あっという間に日々が過ぎ、義忠が訪ねて来る今日を迎えてしまった。

「もうどうしようもないと……だから、あれが本当に、ただの鬱金の粉であることを祈りながらふたつ餅に混ぜました」

が、千花はすぐさま首を振った。

「いいえ、私はずっと、あれは毒だと思っていました。私が、卯月様を殺してしまうと知っていました。いっそ私があれを飲んで死んでしまおうかとも思ったけれど、たとえ私が自害してもあいつはみんなを殺すと言っていたから——ううん本当は……本当は死ぬのが怖かっただけ。私なんかより、州司様のお命の方が、ずっとずっと大事なのに——」

嗚咽《おえつ》を漏らす千花の手を夏野は取った。

「……おぬしはおぬしの大切な者たちを護ろうとした。それは至極まっとうなことだ。私とて、ともすればおぬしと同じことをしたやもしれぬ。もしも大切な者たちの命を盾に取られたら、それが間違っていると知りつつも、私も誰かを――州司様であろうと――殺《あや》めてしまうやもしれぬ。よって私はおぬしを裁くことはできぬ。おぬしが選んだ道が正しかったのか、誤りだったのかを判じることも……そして私もまた、死ぬことを恐れている」

その「誰か」がたとえ、安良様であろうと……？

赤い目で己を見つめる千花へ、自問しながら夏野は続けた。

「だがお千花、私には自分の死よりも、大切な者たちの死の方がずっと耐え難い。ゆえに私は私のしたことが――私が選んだ道が――いつか巡り巡って、私の大切な者たちを死なせはしないかとも恐れている」

「いつか……巡り巡って……」

唇を噛んで再び嗚咽を漏らした千花を、夏野はただ抱きしめた。

義忠へ折敷《おしき》を運んだ千花は震えていたが、州司の手前、気を張っているのだろうと思われて、怪しまれずに済んだ。事情を話すために加恵と御屋敷に呼ばれた時も震えていたが、子供だから、女子《おなご》だからと、やはり怪しまれずに済んだようだ。

ただし千花本人は後悔しきりで、大人たちが慌てる中じっと思い詰めていると、ふと廊下の向こうで覚えのある声を聞いた。

「あいつだと気付いて耳を澄ませていたら、あいつの名が『山村』だということが判りました。それで、あいつを殺して私も死のうと思って、鋏を持ち出しました……」

番屋で「言伝を預かった」と嘘をつき、山村の屋敷を聞き出した。そうして、山村家では高岡屋からの言伝として「太鼓橋で待つ」と伝えて、山村をおびき出した。

その高岡屋は、夏野たちが養育館を訪ねる少し前に番所の北見が捕まえていた。

義忠が倒れたことを告げ、毒消しはないかと訊ねたところ、目を泳がせてうろたえたため不審に思ったそうである。

問い詰められて、高岡屋は山村に毒を売ったことを認めた。更にのちほど——山村と千花が捕まったと知って——山村に頼まれて千花に薬を融通したり、つなぎ役を務めていたことを白状したが、毒が義忠に、千花を使って仕込まれるとは思わなかったと訴えた。

——まさか州司様に毒を——そのようなだいそれたことをするとは……畑を荒らしている猪《いのしし》やら狸《たぬき》やらを毒餌《どくえ》をもって成敗すると仰っていました。養育館の娘のことも、ただの善行だと——

「何やら山村を疑っていた節はあるが、出て行くならまだしも、のこのこと毒が使われた日にやって来たことからも、高岡屋の言い分はまことと思われる」と、由岐彦。

あれから一刻ほどして夏野たちは御屋敷に戻り、遅い夕餉を前にしていた。

すぐさま毒消しを差し出したこともあり、高岡屋は罪に問われずに済みそうである。対して山村は死罪を免れぬだろう。

かつて徳之進がそう訴えたように、父親が螢太朗を攫わせ、亡き者にしたのは、義忠への忠義ゆえだったと山村は主張した。非は螢太朗を溺愛《できあい》し、跡継ぎにと仄《ほの》めかした慶介や、徳之進の「厚意」を無にして、自分をもないがしろにしている義忠にある——とも。

「慶介様は螢太朗を世継ぎになどと、冗談でも仰ったことはない。確かに義忠は山村を軽んじていたが、それは罪人の息子だからではなく、やつの行状が思わしくないからだ。その証に、仕事ぶりも人柄も申し分ない溝口は重用してきたが、そのことも山村には不満だったのだろう。加えて義和様がお生まれになったことも、やつの妬《ねた》み嫉《そね》みのねたになったようだ。やつには娘が三人いるが、まだ男児には恵まれておらぬゆえ」

「莫迦莫迦しい。跡目は男子が世の習いですが、娘婿《むこ》や養子という手もあるというのに」

「うむ。やつは己が侮《あなど》られていたことに腹を立てておきながら、自身は女性《にょしょう》を侮ってきたのだ。実は、やつはお千花の腹違いの兄だそうだ」

「なんですって？」

「お千花の母親は百花《ももか》という名で、辻越の女郎だった。徳之進は百花に入れ上げて身請《みう》けしたものの、妻の嫉妬を恐れて、ずっと辻越で密やかに囲っていたらしい。あの折に私は徳之進を大分調べたが、辻越に囲い者がいたとは知らなかった」

山村曰く、徳之進の後を追うように百花が自害したため、百花の知人が幼き千花を連れて山村家を訪れた。しかしながら、母親が引き取る義理はないと突っぱねて、知人を養育館へと促したという。

「やつは、女子ゆえ、妹ゆえに、お千花を言いなりにできると思い込んでいた。だがそのお千花が逆《さか》らったがため激怒して、お千花を苦しめ、あわよくば――母親の百花への恨みも晴らそうと――罪を被せようとしたのだ」

兄上とは大違いだ――

山村の身勝手さに一層憤《いきどお》りを覚えつつ、夏野は千花を案じた。

「お千花は山村のことを……？」

「知らぬ。いずれどこからか漏れるやもしれぬが、今あえて教えずともよいだろう。それとも、夏野殿が知らせるか？」

「……判りませぬ。でも、知ったところで、お千花が山村の所業を許し、やつのために慈悲《じひ》を乞《こ》うことはないでしょう。由岐彦殿を恨むことも――」

「そうだな」

ようやく表情を和らげて、由岐彦が相槌を打った。

千花は番所に留め置かれているが、養育館から駆けつけた加恵が一緒だ。

夏野たちは千花の言い分を信じているが、事が事だけにすぐさま無罪放免にはできぬ。なんなら何がしかの罪に、千花の代わりに、親代わりの加恵が問われる見込みもなくはないと聞いて、夏野は気を沈ませた。

思わず溜息を漏らした途端、ちりっと左目が疼《うず》いた。

続いて大きな地震が襲うのへ、由岐彦が即座に腰を浮かせて行灯《あんどん》を吹き消し、夏野に覆《おお》い被さった。

屋敷中で悲鳴が上がった。

己を護ろうとする由岐彦と、夏野は息を潜めてじっと待った。

おそらく三十も数えはしなかったが、随分長く感じた。地震が収まったのちもしばし辺りの気配を窺《うかが》ってから、由岐彦がそっと身を離してつぶやいた。

「大分揺れたな」

「ええ……」

「皆を確かめて来る」

「わ、私も」

義忠の容態《ようだい》や千花の処遇に加えて噴火への不安が高まって、己は浮足立っている。

千花に言ったことは本当だ。今の己は安良を贄《にえ》にすることよりも——ひずみを正すことよりも——自身や皆の死をより恐れている。

だが、それが正しい道か否かは——

もしも、時が戻ったら。

もしも、安良様と共に妖魔も息絶えたら。

もしも、「その時」を逃し、噴火に国が沈むがままとなったら——

私か蒼太が、「巡り巡って」皆を死なせることになる。

私の命一つでは何も贖《あがな》えぬ……

そもそも安良様を贄にすることで、本当に噴火は収まるのだろうか……？

もう幾度目かの邪念を打ち消すごとく、ムベレトの言葉が脳裏をよぎった。

――神がそう望んだ――選んだ道なれば、正しい道に違いない――

安良様……

由岐彦の背中を追いながら、夏野は思わず安良の名を唱《とな》えて祈った。

†

はっと目を覚まして身体を起こすと、隣りの恭一郎も目覚めて問うた。

「どうした？」

「ちしん……」

辺りは揺れていない。

だが、大地が揺らぐ気配が北ではなく、南から伝わった。

「くがやま」

「ならば葉双も揺れただろうな」

「ん……」

昼下がりに兄の義忠の危機を予知して、夏野は慌ただしく帰郷した。

明日の夕刻には空木村の伊織宅で落ち合うことになっているが、何やら不安が押し寄せて、知らずに着物の上から腹へ――傷痕《きずあと》へ手をやっていた。

「黒川が心配か？」

「ん。ても、なつの、へいき」

伊紗の符呪箋ではないが、大事があれば——夏野が死に至るようなことがあれば——夏野に預けている左目は己に戻る。

「きょうも、なつの、しんぱい？」

「もちろんだ」

湧き湯の近くで、恭一郎は夏野に「せっぷん」しようとしていた。

己が邪魔をしたため結句未遂に終わったが、事の成りゆきを蒼太は問えぬままにいた。

――「なつの」と「めおと」になるのだろうか？

そしたらこれからも――「いちだいじ」が終わった後も――三人一緒に暮らせる……

そう考えて、義忠を案じつつも蒼太は期待を抱いたが、恭一郎が黙々と、何やら思い耽《ふけ》りながら家を掃除していたので、問いかけは遠慮したのだ。

「此度は予知が外れるとよいな。おそらくは政に絡んだ奸計《かんけい》だろう。黒川は既に弟を亡くしている。歳が離れているとはいえ、兄まで政《まつりごと》のせいで亡くしては気の毒だ」

「ん……」

恭一郎に促されて、蒼太は再び横になった。

掻巻《かいまき》にすっぽり身を包み、夏野がいない分、恭一郎の方へ身を寄せる。

掻巻は置いて行くことになっている。空木村までとはいえかさばる上に、晃瑠に長居するつもりもない。

安良は蒼太たちに一度晃瑠へ戻るよう指示したそうだが、それはもしや「時機」がすぐそこまで迫っているからではないか――と、蒼太は思い巡らせた。

己の不安に呼応するがごとく、ひやりとした気配が恭一郎の向こうから伝わって来る。

八辻の剣だ。

思わず身震いすると、恭一郎がくすりとして揺巻の上から蒼太を撫でた。

「冬の間は南の州を周ろう。小樋《ことい》から長見《ながみ》、能取《のとり》、それから安芸《あき》……」

「のとい、いく、まえ、ちょと、きさ、よう。ういお、くう」

「外郎《ういろう》か。構わぬぞ。小豆《あずき》の載ったものが気に入りだったな」

「ん。……ても、ろきん、は？」

恭一郎は今は伊織の護衛役として役料をもらっているが、旅に出るとなると、また「ろうにん」に逆戻りだ。

「案ずるな。金ならなんとかなる。剣術指南なり、道場破りなり――なんなら盛《さか》り場で居合抜きでもするさ」

それなら夏野にもなんとかなりそうだと、蒼太は安堵した。

寒がりの己への気遣いというよりも、未来を――「時機」の後を語ることで、己の不安を和らげようとしてくれたようだ。

夏野の代わりに恭一郎にくっついて、蒼太は今度は朝までぐっすり眠った。

翌朝は二人してやや寝過ごして、のんびり朝餉を終えてから隠れ家を発った。

山中の獣道を、恭一郎の足に合わせて半刻余り歩くと麓に出た。

道中、恭一郎がちらりと、とねりこの木がある丘を見やり、蒼太もつられたが、二人とも黙ったまま玖那村の方へ足を向ける。

更に四半刻ほど歩いて街道へ出ると、すぐに玖那村の結界を示す石柱が見えてくる。

隠れ家では外していた守り袋と眼帯をつけて、蒼太は石柱の間を通った。

と、結界を越えた途端に、ぞわりと左目の奥が疼いた。

「わういもの……」

「また地震か？」

「ちかう」

「噴火ではあるまいな？」

「ちかう……」

気を研ぎ澄ませて、辺りを窺いながら歩いて行く。

町中まではまだしばらくあり、田畑の中にぽつりぽつり家があるだけだ。昨日と同じく晴天で、のどやかな景色の中、農夫がまばらにいるが、怪しい者は見当たらぬ。

でも、何かある……

なんの気配だろう？

それとも予知なのか……？

安良がいる南の方をしばし見つめて、今度は白玖山がある北の方を振り返る。

再び道を歩き始めてまもなく、件《くだん》の屋敷が見えてきた。

四町は離れているだろうが、森で育った蒼太は夜目のみならず遠目も利く。

屋敷の中から、柿茶色の着物を着た女が飛び出して来た。

女の顔を認めて蒼太は叫んだ。

「いさ！」

「伊紗？」

恭一郎が驚き声を上げる間に、蒼太は駆け出した。

「いさ！」

「助けて！」

短く叫んだ伊紗の後を追って、やはり屋敷から出て来た男が伊紗の襟首をつかみ、引きずり戻そうとする。

あれは「こばやし」――「いなもり」――だろうかと、走りながら蒼太は訝《いぶか》った。

伊紗が揉《も》み合っている男は三十路《みそじ》前後で、腰に刀を帯びている。

小林は術師で剣士ではない。また、稲盛たちがここへやって来るのは月末だと、伊紗の文にはあった。

稲盛の一行は剣士を十人連れているとも聞いていたが、男が抜刀する気配はない。よって稲盛たちが来る前に先回りした伊紗が、ついでに「たらしこんだ」だけとも思われた。

どのみち「わるもの」には違いない――

みるみる十間ほどまで近付くと、蒼太は力を放って男へぶつけた。

伊紗がいるため充分加減していたが、案の定、二人まとめて屋敷の軒先まで吹っ飛んだ。

呻き声を上げる男をよそに、妖魔の伊紗はすっくと立ち上がって蒼太に駆け寄る。

「蒼太！　ありがとう！　助かったよ……」

勢いよく抱きつかれて蒼太は戸惑った。

このように伊紗と触れ合うのは初めてで、恭一郎や夏野と違ってまだ疎《うと》ましい。

「あな、「せ」

眉をひそめて伊紗を押しのけようとするも、伊紗はがっちり己の首根っこへ腕をかけたままにやりとした。

「放さぬぞ、シェレム」

伊紗が口にしたのは、紛れもない己の真名だ。

息を呑むと同時に、耳元で詞《ことば》が囁《ささや》かれ、蒼太は身体の自由を失った。

だらりと力が抜けた己の身体を、伊紗が玄関先へ引きずり込む。

いや、「いさ」じゃない――

「判らぬか？　儂《わし》だ、シェレム」

隠されていた気が放たれて、蒼太はその正体を知った。

「いなもり」――！

駆けて来る恭一郎の姿が見えたが、なすすべもなく屋敷に連れ込まれた。

玄関は台所の広い土間に通じていて、剣士がざっと五、六人、抜刀している。上がりかまちの向こうには何やら円を描いた大きな布があり、中には一人の男が佇《たたず》んでいた。

稲盛は蒼太を円の中に放《ほう》り込むと、代わりに男に手を差し伸べた。

人の姿をしているが、男が鴉猿だと蒼太はすぐさま見抜いた。この鴉猿はおそらく稲盛ほど気を絶つことに長《た》けていないため、わざと罠《わな》の中に入れておき、蒼太に悟られぬようにしていたのだろう。

罠の中に倒れ込んだ蒼太がかろうじて見上げると、再びにやりとして、伊紗の声で稲盛が言った。

「飛んで火に入る夏の虫とは、このことだ」

第八章
Chapter 8

伊紗の腕の中で蒼太ががくりとくずおれたのを見て、恭一郎は事の次第を悟った。

稲盛が差間にいたことは本当だろう。

だが、伊紗は既に稲盛の手に落ちた——

蒼太が屋敷に連れ込まれて、もののひとときで恭一郎も駆けつけた。

「蒼太！」

名を呼びながら更に屋敷へ近付くも、伊紗と共に吹き飛ばされた剣士が抜き身を片手に、玄関よりずっと手前まで走り出て来て立ちはだかった。

構えからしてそこその腕前のようだが、己の敵ではない。

「鷺沢——」

鯉口《こいぐち》を切り、男が名乗りを上げる前に抜くと、真っ向から踏み込んで男の刀を弾《はじ》く。

そのまま駆け抜けざまに胴を払って、斬《き》り割った。

短い叫び声と共に男が絶命する間に、二人目の剣士が現れ、名乗る。

「南原雅紀《なんばらまさき》だ。いざ尋常《じんじょう》に勝負！」

「笑わせるな。子供を人質にしておいて、尋常もへったくれもあるものか」

呆《あき》れ声で応《こた》えつつ恭一郎は一息に仕掛けて、南原が振り下ろした刀を下から弾いた。

脇《わき》が空いたところを狙《ねら》って踏み込み、慌てて斬りかかって来た南原の刀を今一度跳ね上げてから袈裟《けさ》懸《が》けにする。

「この!」

名乗らずに仕掛けて来た三人目の一太刀《ひとたち》目は一歩退いて避け、上段から片手で斬りつけるもかわされる。だが、相手がすかさず振り下ろした二太刀目は両手で見上げるようにすくい上げ、すぐさま刀を返して片手で胴を払った。

続けて襲って来た四人目は、先の三人より手練《てだ》れだった。二度打ち合って鍔迫《つばぜ》り合いになるも、ほんのしばし。互いに退いた矢先に相手が絡めて来た切っ先を巻き、向こうが振り払いつつ打ち込んできた太刀を弾いて刀ごと腕を斬り落とす。

絶叫が上がった。

地面を転がった剣士が尚も小柄《こづか》へ手を伸ばすのへ、恭一郎は容赦《ようしゃ》なくとどめを刺した。

「この野郎!」

怒号を上げて、玄関から三人の剣士たちが飛び出して来る。

伊紗が石榴屋へ託した文《ふみ》によると、稲盛は十人の剣士を連れているらしい。

剣士の矜持《きょうじ》か、四人目までは一人ずつ挑んで来て恭一郎にはありがたかったが、四人があっという間に死したことでなりふり構わぬことにしたようだ。

先頭の剣士の切っ先を弾き、手首を突く。男が怯《ひる》む前に一歩退き、回り込んで来た二人目の剣士の刀を打ち落として胸を突いた。

一人目が無傷の手に刀を持ち替える間に、恭一郎は三人目の剣士が仕掛けてきた突きをかわして、片手で返した刀で首を跳ね飛ばす。

間髪《かんはつ》を容《い》れずに身を退いて、一人目が振り下ろしてきた刀を避けると、半歩踏み込んで胸へ斬りつけた。

これで七人……

更に三人の剣士が玄関から出て来ると、引き戸が閉じられた。

「蒼太！」

今一度名を呼ぶも返答はない。

蒼太を案じながらも、恭一郎は近付いて来る三人の剣士へ目を走らせる。

まずはこいつらを片付けねば――

乗っ取りやら、取り込みやらがそう容易《たやす》くできぬことを祈りながら、恭一郎は愛刀に血振りをくれて構えた。

†

テナンが手渡した符呪箋《ふじゆせん》を受け取ると、稲盛は蒼太の前で膝《ひざ》を折った。

これまたテナンが差し出した匕首《あいくち》を手に、蒼太の頬《ほお》を切りつけ羈束《きそく》する。

符呪箋の理《ことわり》が乗っ取りや取り込みを妨げることは判《わか》っているが、蒼太は後からゆっくり料理すればよい。

稲盛が仄魅《しきみ》の伊紗を乗っ取ったのは三日前だ。

恵中州府・差間で、自分たちが泊まっていた宿屋を伊紗が探りに来たのである。

伊紗を見つけたのは理術師の田辺を護衛していた剣士の一人で、四日前に泊まっていた間瀬州府・牛伏の宿屋でも伊紗を見かけていた。伊紗が好みの女だったため、覚えていたそうである。

翌日、稲盛たちは差間を発ち、鳴子村へと向かう道中で伊紗を罠《わな》にかけて捕らえた。

初めて見る仄魅の妖《あや》かしに剣士たちと田辺は興味津々だった。だが、慰《なぐさ》みものになった身体《からだ》を乗っ取るのも、乗っ取ったのちに慰みものになるのもごめんだと、「いたずら」は一切許さず、稲盛は早々に伊紗へ身を移した。

鴉猿のティバを「置き去り」にされた鹿島の末路を知る小林は、激しく反対を唱《とな》えたものの、泥舟に留《とど》まるつもりは毛頭なかった。山幽のサスナは取り込んだ翌日に正気を失ったままで、このままではそう遠くないうちに己もそこらの術師と――妖魔を身に取り込んで狂い死にした者たちと――同じ末路を迎えるに違いないと稲盛は恐れていた。

仄魅を「乗っ取る」のは初めてだったが、殊の外うまくいった。少しばかりもどかしさがあるものの、頭痛や目眩《めまい》はほとんどない。

伊紗は乗っ取った時には相応の抵抗をみせたが、すぐさま大人しくなった。ただ娘と違って幻術に長《た》けているせいか、身体は意のままにできても、念を読み取ることはまだ叶《かな》わぬままだ。

——年の功さ——

そう言って己を嘲笑《あざわら》った伊紗の懐《ふところ》には、財布と手形の他《ほか》、香合《こうごう》に入った血と何かを練り固めたものが、巾着には矢立と文が一通入っていた。

宛名は「小鷺町《こさぎちょう》石榴屋　筧様《かけいさま》」。中には《小森《こもり》は山名村から差間へ　貴沙の田辺　猿太《さるた》郎《ろう》　十人の剣士を伴に　差間から玖那へ向かうと聞き候《そうろう》　伊紗》と書かれている。

「小森」は読売に書かれていた小林の別名だ。「猿太郎」はテナン——雄の鴉猿——を指しているに違いない。「筧」は「懸樋《かけい》」とも書くゆえに、樋口伊織の偽名だろうと稲盛は推察した。伊紗の人名を知ったのもこの文からだ。

文を握り潰《つぶ》そうとするも束《つか》の間《ま》、伊織が伊紗からのつなぎを待っているならば、かえって怪しまれるやもしれぬと思い直して、稲盛は文を使うことにした。ただし、伊紗の字に似せて、「差間から」の前に「月末に」と書き足してから飛脚に託した。

鳴子村の宿屋では、斎佳の門に仕掛けた罠に似たものを一つ描いた。伊紗とはほとんど不和が見られぬが、当初の目論見《もくろみ》通り、槙村か蒼太を捕らえたいという欲がまだあった。

テナンもまた、稲盛が槙村を追うことを望んでいた。黒耀がかつて槙村とつるんでいたと「友」から聞いていて、槙村から黒耀への手がかりをつかめぬものか、はたまた蒼太を餌《えさ》に黒耀をおびき寄せられぬものかと、いつになく躍起《やっき》になっている。

稲盛は空木村で一晩過ごして、玖那村には昨晩着いた。空木村からは目立たぬよう三々五々に分かれ、先着したテナンと田辺が屋敷を手入れしている万屋に出向いて、「理術師《りじゅつし》のお忍び」を理由に自分たちのことを口止めをした。

　テナンと田辺が運んで来た食べ物やら着物やらを惜しみなく与えたにもかかわらず、剣士たちは大っぴらに表に出られぬことに不満を唱えた。だが、伊紗を乗っ取ったことで皆、稲盛に一目も二目も置くようになっていたことや、万屋《よろずや》が恭一郎と十日余り前に会ったとテナンから聞いたこともあって大人しくしていた。空木村で落ち合った西の衆からのつなぎによると、恭一郎たちはいまだ晃瑠を留守にしている。ということは、この辺りに潜んでいる見込みは大いにあった。

　早速今晩にでもテナンに近くの山を探らせようとしていた矢先、二階の格子窓から遠眼《とおめ》鏡《がね》で辺りを窺《うかが》っていたテナンが蒼太たちを見つけたのだ。

　己を睨《にら》みつけている蒼太へ、稲盛は口角を上げて笑みを浮かべた。

†

「なんという偶然、いやこれぞ運命《さだめ》か……」

　顔かたちは伊紗だが、にんまりとしたその笑顔はまるで別物だ。

　羈束されたからか、心臓に何やら絡みついたような不快さがあるものの、蒼太は負けじと稲盛を睨《ね》めつけた。

　以前、罠に嵌《はま》った時はまったく身動きできなかったが、修業の賜物《たまもの》か、此度《こたび》は指先や頭を僅《わず》かながら動かすことができた。

これが「さだめ」だと？　そんな筈《はず》があるものか！

「……か」

これまた以前は口も利けなかったが、なんとか声を絞り出すと、稲盛が僅かながら目を見張った。

「さた、め、ちか、う。おま、えに、のと、あえう、くあい、なあ、じがい、すう」

「駄目だ、蒼太！　自害なんていけないよ――」「黙れ！」

己を諭《さと》した言葉は伊紗のものだった。

すぐさま稲盛に抑え込まれたが、伊紗の言葉は蒼太を力づけた。

この罠は「けっかい」のようなものだ。

使われている理を見極めれば、破ることもできるやもしれぬと、蒼太は罠の円をじっと見つめた。

血と墨で書かれた円は結界や符呪箋のごとく、蒼太の知らぬ文字で編まれている。

表から恭一郎が己を呼んだ。

「きょう」

必死に応えるも、恭一郎にはおそらく聞こえていまい。

ふん、と稲盛が鼻を鳴らした。

「此度の乗っ取りで、儂《わし》はますます人と妖魔を隔《へだ》てている理を解するようになった。男女を隔てている理も……安良も女に生まれ変わることがある。雌雄の別がない仄魅を知ることで、儂もまた安良に一歩近付いたのだ」

再び表から、今度は絶叫が聞こえた。

無論、恭一郎のものではない。

「苦戦しておるようだな――」

土間にいた男たちは六人で、内三人が飛び出した。

だが、すぐに恭一郎の剣に倒れたようで、表を窺っていた残りの三人も外へ踏み出す。

剣士たちが出て行くと、鴉猿が戸口を閉めた。

と同時に、階段の陰から男が一人顔を覗《のぞ》かせる。

「お侍は見栄《みえ》っ張りでいけねぇや。初めから十人で囲んで行きゃあいいものを……とはいえ、俺《おれ》もあれほどの手練れは初めて見まさ。国で一番といわれるだけあらぁ」

「お前たちで討ち取れそうか？　いや、人質を手に入れたゆえ無理せずともよい。なんなら鷺沢も捕らえて、乗っ取るのも面白そうだ」

「……怖いお人だよ」

男は苦笑を浮かべたが、本心のようである。

奥から今一人男がやって来た。

「田辺と小林が地下へ逃げやした」

「役立たずどもだ。放《ほう》っておけ」と、稲盛。

頷いた二人が奥へ引っ込むと、稲盛は蒼太へ向き直った。

「お前は儂がなんとかするとして、国で一番だという鷺沢が相手では、十人でも心許《こころもと》ない
と思ってな。今少し味方を得ておいた」

「きょう」

恭一郎に知らせたくも、外に届くだけの声がまだ出ない。

「鷺沢を意のままにしてやるのも一興だが――やつも所詮、人に過ぎぬ。かたがついたら
まずはお前をゆっくり吟味《ぎんみ》しよう。――鉄男、表はどうだ？」

格子窓を覗いている鴉猿が、外を見つめたまま応える。

「三人で鷺沢を囲もうとしているようですが……」

――「きょう」が危ない。

力が――

力が欲しい。

おれは「やくたたず」じゃない。

おれはどうして、こんな時に限って――

「旦那《だんな》！」

ふいに稲盛――否、伊紗が叫んだ。

「用心しとくれ！　鴉猿が一匹、西の衆がまだ三人いる！」

「蒼太は？」

「蒼太は無事だ！　稲盛はまだ私の中に――」「黙れ！」

抑え込もうと稲盛は頭を振ったが、伊紗は更に叫んだ。

「蒼太！　弱気になるんじゃないよ！　鷺沢の旦那はきっとお前を護《まも》ってくれる……」

――俺はただの剣士だが、滅法強いぞ。そこらの人間にも妖魔にも負けはせん。俺の寿命はお前のそれよりずっと短いが、これも縁だ。老いて身体が利かなくなるまでは護ってやるぞ――

「きょう！」

声を張り上げると同時に、地震が起きた。

†

己を呼ぶ蒼太の声が確かに聞こえた。

次の瞬間、足元に揺れを感じて恭一郎は地を蹴った。

稲盛が連れて来た剣士は皆侃士《かんし》、しかも高段者のようで、囲まれれば不利になる。

新たに三人の剣士が出て来た時、恭一郎はひとまず少し退いた。剣士たちもばらばらに仕掛けては前の三人の二の舞いになるだけだと承知していて、囲い込み、いちどきに仕掛ける機を窺っていた。

地震はそんな矢先のことで、恭一郎はまず向かって左の剣士へ踏み込んだ。

下から刀を跳ね上げ、脇がやや離れて腕が上がったところへ、外側から二の腕へ斬りつける。

刀を返して背中を斬り下げるも甘く、切っ先がかすっただけで終わった。

真ん中と右側の剣士が間髪を容れずに振り向くのへ、恭一郎は軒下の近くまで逃れた。

屋根の上に誰《だれ》かいる。

伊紗の叫び声によると、この三人の他にも西の衆が三人がいるらしい。屋根から見えるところにいると、手裏剣《しゅりけん》でも投げられかねぬ。

無傷の二人はすぐさま、腕と背中を斬られた剣士はその後ろをよろけながら追って来る。

二人でも揃って斬りかかられれば危ういが、幸い剣士たちの絆《きずな》は浅いようで、阿吽《あうん》の呼吸とは言い難い。

半歩早く近付いて来た右側の剣士へ踏み込んで、切っ先で喉《のど》を鋭く突いてから、男が上段から己のこめかみへと回してきた刃を避けるべく身を落とす。

男が刀を返す前に地を蹴って、勢いよく隣りの剣士へ押しやってから、よろけてのけぞった男の腹を斬り割った。

が、血飛沫《ちしぶき》を避け、少しばかり軒下を出たところへ、案の定、屋根から手裏剣が飛んで来る。

とっさに、手負いで近付いて来た剣士の方へ恭一郎は飛んだ。

先ほど二の腕へ斬りつけたこの剣士は左手に刀を持ち替えていたが、恭一郎は腕ごと難なく斬り飛ばし、その背中に回って二つ目の手裏剣を避けた。

「何しやがる！」

仲間の胸に刺さった手裏剣を見て、いまだ無傷の――十人目の剣士の怒号が響く。

三つ目の手裏剣は八辻で弾いたが、同時に十人目の剣士が仕掛けて来た。

刀を弾いて突きを繰り出すも、すんでにかわされる。

同時に新たに飛んで来た手裏剣が左肩を切って、恭一郎は思わず顔をしかめた。

身を返して眼前の刀をよけると、すぐさま打ち返す。

剣士は馨ほどの大男ではないが、腕前は師範格で引けを取らぬ。斬り合いにも慣れているようで、手裏剣で切れた恭一郎の左肩へ目をやりつつ、容赦なく打ち込んでくる。

続けざまに打ち合い、鍔迫り合いになるも束の間、背後に殺気を感じて恭一郎は僅かに身をよじった。

腰に鋭い痛みを覚えたものの、力を振り絞って剣士を刀ごと押しやった。

身を翻して次の太刀を避けると、代わりにいつの間にか斜《なな》め後ろにいた男――おそらく西の衆――の肩を、剣士の刀が斬り割った。

「ぎゃあっ！」

叫び声と共に、血のついた匕首を投げ出して男が転げる。

剣士が男の肩から刀を引く前に、恭一郎は剣士の胴を斬り割った。

「ぐっ！」と呻いて、剣士が身をくの字にする。

「野郎！」と、新たに縁側から庭へ躍《おど》り出て来た西の衆が叫んだ。

くずおれる剣士の腰から脇差しを抜くと、恭一郎は肩を斬り割られた男へとどめの突きを入れ、庭に下りて来た男が繰り出した鎖鎌《くさりがま》の分銅を八辻の峰で跳ね上げた。

続けて踏み込むも男は飛びしさって太刀を避け、再び鎖鎌を振るおうとする。

三人目の西の衆が屋根から軒を伝って飛び下り、己の背後を取るのへ、恭一郎は風を切って襲う分銅を見切ってかわし、一息に間合いを詰めて男の喉元へ突きを食らわした。

瞬時に刀を引いて身をかがめ、男の背後へ回り込むことで、引き戻された分銅と三人目が放った二つの手裏剣をよける。

「畜生！」

三人目の男が叫ぶ間に立ち上がると、恭一郎は首から血を噴き出しながらのけぞる鎖鎌の男を背後から思い切り蹴りつけた。死に体となりつつある男が三人目の男へ倒れかかるのへ、恭一郎は縁側に駆け上がって三人目の男の背後に回る。

振り向いた男が懐へ手をやる間も与えず袈裟懸けにすると、恭一郎はすぐさま身を翻して格子窓に駆け寄り、迷わず八辻を突き込んだ。

「ぎゃっ！」

即座に刀を引き抜いて、縁側から屋敷へ入り、玄関へと回る。

上がりかまちの手前の座敷には二畳ほどの大きな布が敷かれていて、描かれた円の中には蒼太が倒れている。

こちらを見上げた蒼太と目が合い、恭一郎は微笑《ほほえ》んだ。

「今、助けてやるからな」

「きょう！」

布の傍《かたわ》らには伊紗――稲盛――がいた。

格子窓の下には男がうずくまっている。どうやら先ほどの突きは、男の首を貫いたようだ。血が噴き出す首を両手で押さえた男が、目に恐怖の色を浮かべてこちらを見上げた。

男は鴉猿で、人の姿から元来の姿へ戻りつつあった。

鴉猿へ足を向けた恭一郎を、稲盛が止めた。

「待て！　儂は蒼太を羈束したぞ！　蒼太がどうなってもよいのか⁉」

稲盛がかざした符呪箋をちらりと見やるも、恭一郎は問答無用に鴉猿を斬った。

せっかく捕らえた蒼太を、易々《やすやす》殺す筈がない。

「テナン……」

稲盛のつぶやきを聞きながら、八辻の剣を左手に持ち替え、右手で懐を探る。

今になって刺された腰が痛み出したが、弱みを見せぬよう小さく息を吐き出して、恭一郎はゆっくり稲盛へ振り返った。

「この鴉猿が、鹿島が言っていたテナンか。お前にもそこそこ情があるのだな」

一歩踏み出すと、稲盛は眉をひそめて符呪箋をひらめかせた。

「これがなんだか知らんのか？　符呪箋だぞ？　これを破れば蒼太は――」

「知ってるさ」

稲盛を遮って、恭一郎はにやりとしてみせる。

「奇遇だな。その紙切れなら俺も持っている」

「なんだと？」

「許せ、伊紗」

懐から財布を取り出して放り上げると、電光石火に宙で斬った。

†

財布が真っ二つになって、銭がこぼれ落ちた。

胸がぴりっとしたかと思うと、心臓を鷲《わし》づかみにされたような痛みに稲盛は呻《うめ》いた。

ふっ、と伊紗が笑った。

『私はもう四年も前から、鷺沢の旦那に羈束されていたのさ』

『莫迦《ばか》な』

心を「許した」伊紗の念がどっと流れ込んでくる。

長の時を経て得た娘への愛情と、その娘を囚《とら》えて苦しめた己への憎悪。

『捕まった時は途方に暮れたさ。自死も考えた。あの可哀想《かわいそう》な山幽のようにね……けれども思い直した。もともと刺し違える覚悟はあった。これでも幻術使いだ。お前を操ることは叶わなかったが、己の念を閉ざすことくらいはお茶の子さいさいだ……』

胸を押さえて、稲盛は符呪箋の理を必死に思い浮かべた。

斬られた符呪箋をもと通りに戻す術を——理を——探った。

莫迦な。

莫迦な。

莫迦な。

この儂がこんなところで死ぬものか！

この儂が。

この世で最も安良に――神に――近い儂が。

こんなところで！

このように死す筈がない！

こんな始末は間違っている。

符呪箋の理を覆《くつがえ》すのだ。

この「呪い」を解いて、全てを白紙に戻すのだ。

なんなら時を戻してしまえ――

だが脳裏を駆け巡る理に――己がこれまで学んできた膨大《ぼうだい》な知識の中に――そのような理は見当たらぬ。

何故《なぜ》だ……

何故だ！

何故だ！

何ゆえ儂は――

眼前に理が閃《ひらめ》いた。

これだ。

この理さえ手に入れば――

二つ、三つと、理が次々と眩《まばゆ》く閃いて、やがて無数の理で辺りが真っ白になる。

己を光の方へ――更なる高みへ導いていく。

この世の全ての理がここにある。

儂は今こそ、全てを手に入れる――

だが、稲盛が手を伸ばした途端それらは一斉に消え去って、真っ暗闇《くらやみ》が訪れた。

否。

消えたのは儂か――

暗闇に溶け込んだ稲盛は、理どころか、もはや「己」さえ見出《みいだ》せなかった。

†

符呪箋が斬られた瞬間、蒼太を抑え込んでいた重石のごとき枷《かせ》が微かに軽くなった。

目を見開いた伊紗が倒れる直前に差し伸べた手へ、蒼太も必死に手を伸ばす。

手を取ると一息に身体が軽くなり、蒼太は転がるように罠を出た。

「伊紗！」

倒れ込んだ伊紗のもとへ、恭一郎も駆けつける。

膝を折って、恭一郎が伊紗の肩へ触れた。

「すまぬ」

「なんの」と、伊紗は微笑んだ。「やっと……娘の仇を討つことができた。旦那のおかげだ。夏野じゃこうはいかなかったよ……」

蒼太と恭一郎を交互に見やって、伊紗は更に目を細めた。

「先に逝くよ」

「安らかにな」

「ありがとう……」

目を閉じ、息絶えた伊紗から、ふっと何かが——おそらく「たましい」が——宙に舞って消え去った。

「いさ……」

蒼太がつぶやく間に、伊紗の身体は人から元来の、猫と鼬《いたち》が相混じったような白い獣に姿を変えた。

「許せ、蒼太。しばしでもやつの言いなりになって、万が一にもお前が乗っ取られることは避けたかった。それに、もしもやつが符呪箋でお前を殺していたら、俺はどのみちやつを——伊紗を斬った」

「……ん」

「それからな……」

言いよどんだ恭一郎の着物の左肩が切れていることに気付いた。

罠の中にいた時には判らなかった血の臭いも鼻を突く。

「きょう」

血が出てる——

言いかけて、蒼太は息を呑《の》んだ。

恭一郎が膝《ひざ》をついた畳に血が滲《にじ》んでいる。

微苦笑を浮かべたその顔には、明らかな死相が現れていた。

「きょう——」

「許せ」と、恭一郎は繰り返した。「ちと不覚を取ってな……これより先は、もうお前を護ってやれぬ」

すがりつくように触れた恭一郎の袴《はかま》にはぐっしょりと血が染み込んでいた。喪中で墨色の袴を穿《は》いていたため、一見ではそれと判らなかったのだ。

「う……」

いつぞやの予知が——血溜《ちだ》まりに座り込む恭一郎の姿が——思い出されて、蒼太は頭を振った。

己を見つめる恭一郎の目は穏やかだったが、避けられぬ死がそこにあった。

どうして——

左目に、見覚えのある座敷牢《ざしきろう》が映った。

この屋敷の地下にある、己が閉じ込められていた座敷牢だ。

格子の前に恭一郎がいる。

女を——奏枝《かなえ》を抱いて涙している。

次に夏野の姿が浮かんだ。

まだ十一、二歳の幼き姿で、空の小さな夜具を見つめて呆然《ぼうぜん》としている。

おそらく、弟の「けいたろう」が攫《さら》われた後——

それからカシュタとサスナの姿も見えた。

微かに、だが苦しげに眉をひそめたカシュタの死顔。

絶命しているカシュタと血まみれの蒼太の口元と手を見て、絶叫したサスナ——

皆、悔やんでいた。

愛する者を護れなかったことを。

自分の所業が、選択が、愛する者の死を招いたのではないかとも。

恭一郎の絶望。

夏野の絶望。

サスナの絶望。

それぞれの、この世の終わりがごとき絶望が蒼太の胸を締め付ける。

心臓をもぎ取られた気がした。

己がカシュタにそうしたように、何か強い力が己の心臓をもぎ取り、ぽっかり空いた穴から流れ出したどす黒い血が、闇を押し広げて、己を内側から蝕《むしば》んでいく。

どうしてこんなことに——

恭一郎の目を見られずに、蒼太はうつむいて両手をついた。

傍らの、恭一郎が手にしている八辻の剣を、蒼太は憎しみを込めて睨みつけた。

己ではなく、八辻の剣のせいにしてしまいたかった。

どうして……

どうして「きょう」が死ななくてはならない⁉

左目が疼《うず》いた。南の方から、何かが地中をみるみる近付いて来る。

――「きょう」が死ぬ。

もう二度と会えなくなる。

これが命の終わり。

この世の終わり――

どうして……


――どうして⁉


怒りか、憎しみか、悲しみか、己の強い念が大地に放たれた。

大地を揺さぶった。

地震と共に広がった己の念が、南方から走って来た「何か」とぶつかった。

「あっ……！」

爆《は》ぜるかと思いきや、「何か」は蒼太の念をするりと取り込み、止まるどころか勢いを増してまっすぐ北へ——神里や奈切山《なきりやま》へと走ってゆく。

「蒼太？」

ドン！　と遠くで音がした。

ほどなくして地響きが伝わって来る。

「噴火か？」

「あ……」

奈切山が噴火したと悟ったが、蒼太の戸惑いは別にある。

あれは安良様だ。

安良様が、おれの力を——

眉をひそめた蒼太の頰に、恭一郎がそっと触れた。

「蒼太。手を貸してくれ」

「きょう……」

わななく己へにっこり微笑む。

「最期に今一度、空が見たい」

刀に拭《ぬぐ》いをかけて鞘に収めると、恭一郎は蒼太の肩に手をかけてゆっくり立ち上がった。

†

左目が疼いた途端、微かに噴火の音が聞こえた。

己の耳ではなく、蒼太の耳が聞いた音だ。

「夏野殿？」

座敷で向かい合っていた由岐彦が怪訝《けげん》な顔をする。

「ちょっと外を見て来ます」

由岐彦の返答を聞く前に、夏野は門の外へ飛び出した。

白玖山？

いや、奈切山だ――

北東を見やるも、空は雲がかっていて間瀬州や恵中州の山さえ見通せぬ。

己が蒼太と見た予知では白玖山の方が先に噴火したが、此度の噴火は奈切山だと夏野は疑っていなかった。よしんば白玖山だとすれば、もはや手遅れということになる。

始まった。

これを皮切りに「その時」がくる――

「どうかしたか？」

己を追って来た由岐彦が、眉と声をひそめて問うた。

「すぐに晃瑠へ戻らねばなりません」

「何か、大事が？」

まっすぐ問われて夏野は迷った。

混乱を避けるため、大噴火については、大老となった一葉や理一位《りいちい》の伊織、佐内、野々宮でさえ身内に明かしていない。

　また、安良の尽力《じんりょく》によってこのまま、奈切山の噴火のみで収まらぬかという望みも夏野は捨てていなかった。

「その……虫の知らせならぬ、おきねばあさんがいらしたような……」

「きね殿が？」

　きねは通り名を「雨引《あまびき》のおきね」といい、葉双で生まれ育ち、葉双で生涯《しょうがい》を閉じた術師だ。とはいえ術師としての力は微弱なもので、薬草茶を売って身を立てていた。夏野と由岐彦は一昨年、斎佳の堀前が襲われる前に、きねの名で「予言」をでっち上げ、人々に避難を促したことがある。

「……大事があるのだな？」

　公《おおやけ》にはできぬ何かがあるのだと、由岐彦は悟ったようだ。

　こくりと夏野は無言で頷いた。

「晃瑠へ帰るというならば、妖魔ではないな？」

　由岐彦の推察通り、妖魔の襲撃なら己は郷里に残って由岐彦と共に迎え討っただろう。

　再び頷くと、由岐彦は夏野を屋敷へ促した。

「支度を。義忠といすゞ様にはのちほど私から伝えておこう」

「すみませぬ。よろしくお頼み申します」

　昨晩、夏野は実家ではなく御屋敷に泊まった。高岡屋の毒消しを含んだからか、義忠は夜のうちに峠《とうげ》を越して、朝餉《あさげ》ののちに見舞った時には、まだ寝たきりだが言葉を交わすこともできた。

支度《したく》といってもほぼ身一つで来た。祖父の形見の一刀を腰に差し、小さな風呂敷《ふろしき》包みを背負うと、夏野は神妙に由岐彦に向き直る。

「由岐彦殿」

「――なんだ?」

「あの……どうかお千花にお情けを。叶うなら、なんの罪にも問われぬように……」

刹那《せつな》きょとんとして、由岐彦は苦笑を浮かべた。

「うむ。義忠もお千花への罰は望んでおらぬ。お千花が事に及んだ事由が斟酌《しんしゃく》されるよう、私からも口添えしておく」

「痛み入ります」

ぺこりと下げた頭を上げると、再び由岐彦と目が合った。

目を離さずに、じっと見つめて今度は由岐彦が口を開いた。

「夏野殿」

「なんでしょう?」

「武運長久をお祈りいたす」

はっとした夏野へ、由岐彦は物堅く続けた。

「どこにいようと、誰といようと、どうか無事でいてくれ」

「――由岐彦殿も」

まっすぐそれだけ応えると、夏野は今一度深く頭を下げてから踵を返した。

振り向くことなく門を出ると、東の番所へ向かって地を蹴った。

†

蒼太の肩を借りて表へ出ると、恭一郎は北東を見やった。

奈切山に噴煙が立ち上っている。

「奈切山か……」

国を揺るがすほどの噴火ではない。

しかし――

「あれは始まりか？　それとも、あれで終わりか？」

もしや安良の働きかけで大噴火は回避できたのかと期待するも、蒼太は青ざめたまま首を振った。

「はじまい……」

「そうか。ならばお前はゆかねばならぬな」

辺りの十三もの亡骸を見回しながら、恭一郎は庭の石の傍《そば》まで歩いた。

血を吸った袴と刀が重い。

だが傷の痛みよりも、蒼太の暗い顔が今はこたえる。

刀を外して、恭一郎は座り込んで石にもたれた。

己を見下ろす蒼太の頭上には、雲一つない蒼天《そうてん》が広がっている。

――女の子だったら「日南」はどうですか？　陽《ひ》だまりのごとく優しく、温かい子に育つように――

――ならば、男だったら「蒼太」はどうだ？　蒼天のごとく、大きく、自由に育って欲しいゆえ――

奏枝……マリトヴァ。

あの時はお前も赤子も救えなかったが……。

膝を折った蒼太の目が、座り込んだ己と同じ高さになった。

唇《くちびる》を嚙《か》み、血走った目に涙を溜めた蒼太の頰へ、恭一郎はそっと手を差し伸べた。

「泣くな」

「なてない」

強がる蒼太の頰も、己の手に重ねられた手のひらも温かい。

己が愛した命がここにあることに、無事でいることに、恭一郎はただ安堵《あんど》した。

うつむく蒼太の顔が近付いて、額に額が合わされる。

蒼太の額には、僅かに突起した角《つの》がある。

山幽の角は妖力の源であり、命にも等しい。その角を突き合わせる――額に額を合わせる仕草は、山幽が一族にしか――それも極僅かな者にしか許さぬ親愛の証《あかし》だ。

亡き奏枝とそうしたことは幾度もあれど、蒼太とは初めてだ。

感応力で言葉を交わすことを、山幽たちは「角で話す」という。
俺には「角で話す」ことはできぬが――
言葉でなくとも、じわりと蒼太の念が流れ込んでくる。
感謝と敬慕。
安らぎ。
揺るぎない愛情。
喜びと悲しみ。
激しい悔恨――
「俺は幸せだった」
蒼太の悔恨の念を追いやるべく、恭一郎は言った。
無論、多少の悔いや心残りがなくもない。
だが、死への恐怖は微塵《みじん》もなかった。
それはとりも直さず、己の命が廻《めぐ》りゆく証のように恭一郎には感じた。
さすればまたいつか、お前と巡り合うことがあるだろう――
「お前が無事でよかった。お前は俺の宝だ、蒼太」
「きょう」
額を離して己を見つめる蒼太へ頷いてみせる。
死に際にはもっと様々なことが偲《しの》ばれるかと思っていたが、そうでもないようだ。

一葉は伊織に、伊織は馨に頼んできたゆえ、俺が案ずることはないだろう。

馨には道場の皆がついている。

そして黒川。

結句、接吻《せっぷん》も叶わなかったが……

どのみち、俺が手折《たお》ってよい花ではなかったな――

ついくすりとすると、蒼太が怪訝な顔をする。

「きょう？」

なけなしの力を振り絞って、恭一郎は八辻の剣を差し出した。

「これを、黒川へ」

「ん」

「皆を頼んだぞ」

「ん」

「蒼太」

今一度抜けるような晴空《せいくう》へ目をやってから、恭一郎は最期に蒼太を見つめて微笑んだ。

「疾《と》くゆけ」

第九章
Chapter 9

恭一郎《きょういちろう》の気が途絶《とだ》えた。

瞳《ひとみ》から光が失われ、ゆっくり頭《こうべ》が垂れた。

伊紗《いさ》と同じく、ふっと「たましい」が身を離れて舞い上がる。

空を見上げて「それ」を見送るうちに、溢《あふ》れた涙が両目尻《りょうめじり》を伝って落ちた。

袖口《そでぐち》で涙を拭《ぬぐ》うと、蒼太《そうた》は八辻《やつじ》の剣を傍《かたわ》らに置き、恭一郎の目をそっと閉じた。

「きょう」

失血死した恭一郎の身体《からだ》は既に己よりひやりとしているが、まだ微《かす》かにぬくもりが残っている。

でも、「きょう」は逝《い》ってしまった。

もうここにはいない。

「いおり」はなんて言ったっけ……？

——万理の由縁《ゆえ》を以《もっ》て魂《たま》無き槽《うけ》を地に還《かえ》す哉《なり》——

ああそうだ。

ここにあるのは「たまなきうけ」だけ……

後ろ髪を引かれながらも、蒼太は八辻の剣を手にして立ち上がった。

すると、先ほどまで鳴りを潜《ひそ》めていた刀の力が――死の気配が――びりっと伝わった。

八辻の剣を鞘《さや》ごと背負《せお》うと、胸の前で下げ緒をしっかり結ぶ。

「坊主、こりゃあ何事だ？　いってぇ、何が起きたんだ？」

通りすがりの農夫が、辺りを見回して青ざめる。

「おれの、ちち」

恭一郎を指差して蒼太は言った。

「さきさわ、きょう、いち、ろ」

「さきさわ……？」

「おれ、ゆく」

「えっ？」

「やくそく」

それだけ告げ《つ》ると、蒼太は駆け出した。

屋敷の裏手へ回り、田畑を横切って村の結界を出ると、一路、晃瑠《あける》へ足を向ける。

『「なつの」！』

返答はないものの、夏野《なつの》もまた晃瑠へ向かっていることを蒼太は疑っていない。

街道からつかず離れず駆けて行くと、火山脈を伝う安良《やすら》の地脈が足から伝わる。

「ひずみ」が噴火を起こさぬよう――人を――この国を滅ぼさぬよう――安良は火山脈沿いに神社を――己の地脈を――築いてきた。

なのに――

噴火を止めるべく、ひずみを正すべく走って来た安良の気は、蒼太の「陰の念」を取り込んで己《おの》が力とし、迷わず白玖山《はくさん》の方へ向かって行った。

恭一郎へ告げた通り、これは始まりに過ぎぬ。

おれの。

おれの力が奈切山《なきりやま》の噴火を引き起こした。

おれのせいで「かざんみゃく」が目覚《めざ》めてしまった。

このままではおれが――おれがこの世を滅ぼしてしまう……！

行く手の恵中州《えなかしゅう》や久世州《くぜしゅう》の空は打って変わって、厚い雨雲に覆《おお》われている。

大地を蹴《け》る度《たび》に、眼前の景色とは違うものが次々左目に映り始めて、頭を巡った。

安良の記憶と思われる。

安良の地脈が「開かれて」、千七百年余りにわたる長《なが》の記憶が次々と、天と地の狭間《はざま》を吹き抜ける風となって蒼太を嬲《なぶ》り、知らしめる。

――そうか。

結句、こうする他《ほか》なかったのか？

安良様……

これがあなたが、本当に望んでいたことだったのか——？

ぽつっと雨粒が蒼太の額《ひたい》を打った。

まるでそれが安良の応《こた》えのごとく、大粒の雨が次々と天から降ってきて蒼太と大地を打ち据《す》える。

沛然《はいぜん》と降る雨でずぶ濡《ぬ》れになった着物と共に、背中の八辻の剣も重さを増した気がした。

改めて恭一郎の死がひしと感ぜられ、新たな涙が視界を曇《くも》らせる。

絶望と。

怨嗟《えんさ》と。

再び己の内に芽生《めば》えた陰の念が、とめどない涙と共に溢れ出る。

だが、飛ぶようにゆく己の頰《ほお》を涙が伝うことはなく、恭一郎の前で流した涙の痕《あと》もいまや雨ですっかり流された筈《はず》だ。

雨の中を駆け抜けながら、蒼太は頭を振った。

……ない。

『おれはこの世を滅ぼしたりしない！』

顔を上げると、うんと遠くの空に雨雲の切れ目が見えた。

幾筋もの光の糸が天と地をつないでいる。

耳元で八辻の声が囁《ささや》いた。

——この刀こそ、あなたの願いを叶《かな》える一刀になるだろう——

過去見でこの言葉を聞いたのは夏野だが、蒼太もたった今、開かれた安良の記憶から同じ言葉を耳にした。

安良様。

この「やつじのけん」は、今度こそあなたの願いを叶えるだろう。

おれは……

おれはこの剣を「なつの」に託す。

だって、「きょう」は言ったんだ。

――これを、黒川《くろかわ》へ――

「きょう」は命懸《いのちが》けでおれを助けた。

おれを護《まも》った。

約束を守った。

だから、おれも守る。

――皆を頼んだぞ――

あれは約束だから。

おれも守る。

みんなを護る。

噴火は必ず止めてみせる――

†

『「なつの」!』

東の番所へ向かう間に、蒼太の声が聞こえた気がした。

番所を抜けてすぐに夏野は苑《その》の笛を吹き、昨日降ろしてもらった場所まで走った。

四半刻《しはんとき》余りでやって来た苑は佐吉《さきち》を連れていた。

松音《まつね》州の巣から稲盛《いなもり》と伊紗を探しに差間《さしま》に行くところで、久我山《くがやま》の近くで笛の音を聞いたそうである。

「奈切山が噴火したぞ」

「知っている。それで急ぎ晃瑠へ戻らねばならぬのだ」

「晃瑠へ?」

「蒼太も向かっている筈だ」

「蒼太も?」

「国の一大事だ」

訝《いぶか》しげに束《つか》の間《ま》夏野を見つめたのち、苑は顎《あご》をしゃくった。

「乗れ。話は道中で聞く」

「じゃあ、おれは蒼太を迎えに行くよ」と、佐吉。

「それは無理な話だ。蒼太は八辻の剣を持って来るゆえ」

「八辻の剣を?」

噴火から既に一刻余り経《た》っている。蒼太たちは朝のうちに隠れ家を発《た》っただろうが、噴火の折にはまだ空木村《うつぎむら》への道中だったと思われる。空木村からでも晃瑠まで三十里はあるが、人なら日に十里がせいぜいな道のりを山幽《さんゆう》は百里は駆ける。

「蒼太は案ずるな。なんなら蒼太の方が先に晃瑠に着くだろう。それより、佐吉は仲間に知らせにゆけ。山に——殊《こと》に火山——五大霊山には近付かぬように……いや、やはり私たちと一緒に来い。苑と離れぬ方がよい……」

万が一にも「最期《さいご》」が訪れるなら、母子は共にいた方がよいだろう。

「一体何が起きるというのだ？」

隠せば苑の助力は得られぬと判じた。

「……もっと大きな噴火だ。国を揺るがす——国が沈むやもしれぬほどの」

苑と佐吉が顔を見合わせる。

「お前たちにもかかわることだ。空にいれば噴火を逃れることはできようが、お前たちとてずっと飛び続けることはできまい。しかし、安良様は噴火を止めるすべをご存じだ」

「蒼太と八辻の剣を用いてか？　ならば夏野、お前はなんのためにゆくのだ？」

「まだ判《わか》らぬ。だが、蒼太は私を呼んだ」

「ふん……」

小さく鼻を鳴らしてから、苑は佐吉へ言った。

「お前は差間へ行って影行《かげゆき》を捕まえろ。伊紗が見つかっていれば一緒に、そうでなくとも影行と仲間に火山に近付かぬよう知らせて回れ。夏野を送り届けたら、私もすぐ戻る。巣で落ち合おう」

「判った」と、硬い顔で佐吉が頷《うなず》く。

夏野を乗せると、二羽の金翅《こんじ》は東へ飛んだ。

恵中州から南東へ流れゆく黒い雨雲の向こうに、奈切山の噴煙らしきものが見える。

「飛ばすぞ！　しっかりつかまってろ！」

「心得た！」

氷頭州《ひず》を出る前に佐吉と別れ、夏野と苑は一路、晃瑠へと飛ぶ。

目を閉じてじっと左目に気を集めると、北東から蒼太が駆けて来る様が「見える」。

『蒼太！　私も今ゆくぞ！』

返答はないが、蒼太もまた、己が晃瑠に向かっていることを「知っている」と夏野は確信していた。常なら斑鳩町《いかるがちょう》の近くに下りるところだが、此度《こたび》は一刻も早く御城《おしろ》へ向かうために北門の堀前《ほりまえ》・羽黒町《はぐろちょう》の外で落ち合う方がいいだろう。

「北門の方へ行ってくれ。平気だ。蒼太なら判る」

「ふん」

大きく翼をはためかせた苑の勢いが増す。

「——お前を迎えにゆく前に、残間山《ざんまざん》と久峩山の頂《いただき》で身投げする妖魔たちを見た。頂を目指して走って行くものたちも……このところの妖魔の自死も、噴火の先触れだったのではないか？」

「おそらく」

微かな舌打ちと共に、苑は二度、三度と、再び翼をはためかせて風に乗った。

晃瑠が近付くにつれ、蒼太の気配が強くなる。

遠目に西門が見えてきたところで、はっきり蒼太の念が届いた。

『「なつの」！』

『蒼太！』

互いに感応力で呼び合って、夏野たちは羽黒町の北の森の陰で会した。以前、鹿島《かしま》が鴉《あ》猿《ざる》から逃げ回っていた森である。

「蒼太！」

「なつの！」

駆け寄って来た蒼太はずぶ濡れだ。

夏野たちが着く前に雨雲のほとんどは海の方へ流れていたが、晃瑠を含め北の方では大分雨が降ったらしい。

「なつの……」

わななく蒼太の唇《くちびる》を見た瞬間、夏野は訃報《ふほう》を悟《さと》った。

「きょう、しんだ。いさも、いなもいも」

鷺沢《さぎさわ》殿が――！

「なんだと？」と、苑が問い返した矢先、突き上げるように地面が揺れた。

とっさに蒼太が伸ばした手をつかむと、びりっと、小さくも稲妻《いなずま》のごとき、青白い何かが身体を走って夏野は思わず膝《ひざ》をついた。

目眩《めまい》を覚えて両目を閉じると、子供の声が聞こえた。

――我々には、人の味方が必要だ――

耳を澄《す》ませて心眼を凝《こ》らす。すると、過去と思《おぼ》しき景色が見えてくる。

まだ十二、三歳の少年が、ムベレトへ語りかけている。

――お前の故郷の、あのツキという剣士を、私の片腕にしようと思う――

――妙案です。ツキならばうってつけでしょう――

その名には覚えがある。

建国の前に今の神里《かみさと》に住んでいて、のちに安良から初めて姓を賜《たまわ》り、神月《こうづき》家の祖となった剣士の名だ。

――私はツキと組んで、一つ目の都をここへ築く。国を興《おこ》し、人を護りながら都で人に理《ことわり》を教え、「その者」を見つけられぬか……はたまた育てられぬか、試みてみる。お前は引き続き、外で「その者」を探してくれ――

――御意――

「どういうことだ？」

目を開いて、夏野は蒼太を見つめた。

「あれはもしや、安良様か？」

こくりと蒼太が頷いた。

「とすると……」

『安良様とムベレトは、建国のずっと前から通じていたんだ。ムベレトは安良様に「並ならぬ力を持つ者」を探すよう命じられていた』

『それはつまり、ムベレトは初めからアルマスを騙《だま》した――』

再びこくりと頷いた蒼太が、膝を折ったままの夏野の頰を両手で包んだ。

そうして夏野の額に自分の額をそっと合わせる。

蒼太の生えかけの角《つの》の先が夏野の額に触れた。

山幽の角――

途端に無数の何かが、蒼太の角を通じて伝わってくる。

これは……記憶？

今から千七百七年前、安良が人として産声《うぶごえ》を上げてからの記憶が切れ切れに、過去見のごとくどっと頭になだれ込んできて夏野は呻《うめ》いた。

安良の記憶はあまりにも膨大《ぼうだい》で、目まぐるしく、今すぐ全てを解すことはとても叶わぬ。

だが、過去見への慣れや修業の賜物《たまもの》、そしておそらく蒼太の新たな力のおかげで、安良の意志は――長の願いは――しかと伝わった。

続いて夏野は、稲盛や伊紗の死に様を「見た」。

蒼太の絶望が大地を揺さぶり、そののちまもなく、恭一郎が息を引き取ったところも。

嗚咽《おえつ》はこらえたものの、涙は自《おの》ずと溢れ出た。

安良様――

あなたは……あなたの真の願いは……

額を離すと、蒼太は背負っていた八辻の剣を下ろして夏野に差し出した。

『これは「なつの」が持って行って』

『どうして私が？』

『「きょう」が言ったじゃないか。「これを、くろかわへ」って』

『そうだったな……』

涙を拭い、夏野は八辻の剣を受け取った。腰には祖父の形見を差しているため、蒼太がそうしていたように、夏野も背負うことにする。

『おれは久峩山に行く』

『久峩山に？』

『うん』と、一層顔を曇らせて蒼太は頷いた。『おれたちの予知では白玖山が先に噴火し、たけれど、実際には奈切山の方が先になった。奈切山の方が白玖山より晃瑠に――安良様やおれに近かったからだろう。奈切山につられて、次は白玖山と久峩山が噴火する。奈切山が先に噴火した分、久峩山の噴火は早くなる。もしかしたら白玖山より早く……だから、おれは久峩山に噴火を止めに行く』

此度の火付け役になったことへの自責の念が、痛いほど伝わってくる。

同時に、一回りも二回りも増した力が、蒼太の中で眩《まばゆ》いほどに輝いているのを夏野は認めた。

『だが、もしも……』

もしもの折には蒼太が一緒だと、ずっと考えてきた。

殊に、もしも時が戻るなら、はたまた妖魔が滅びるならば——

『平気だ』

自身と夏野に言い聞かせるように蒼太が言った。

『一人でも心配ない。それに久峩山にはアルマスがいる気がする。アルマスは力を貸してくれるかもしれない……』

「こら、お前たち！　いつまで内緒話を続けるつもりだ？　ここまで乗せて来てやったのだぞ。こそこそせず、私にも成りゆきを教えろ」

一喝《いっかつ》されて、夏野たちは揃《そろ》って苑を見上げた。

「すまぬ」

「こめん。その、おれを、くがやま、に、つえて、て」

「なんだと……？」

眉をひそめた苑へ、夏野が伝え直した。

「次は白玖山か久峩山が噴火する。どちらが噴火しても大ごとになる。私は白玖山の噴火を止めるべく安良様のもとへ赴《おもむ》くが、蒼太は久峩山へ向かう。噴火までそう時がないゆえ、すまぬが巣へ戻る前に、蒼太を久寝山まで乗せて行ってくれぬか？　ああ、伊紗は見事に仇討《あだう》ちを、鷺沢殿は蒼太との約束を果たされた。詳しくは蒼太から道中聞いてくれ」

蒼太と二人してまっすぐ見上げると、夏野たちを交互に見やって苑は苦笑を浮かべた。

「まったく、お前たちときたら……乗れ！」

「かたじけない」

「かたじけな」

「苦しゅうない。これは――いや、これも貸しだからな」

苑の背中に手をかけた蒼太が、反対側の小指を差し出した。

「なつの」

「うん？」

『おれ、アルマスがいなくても――一人でも、久寝山の噴火は必ず止める。「きょう」と約束したんだ。みんなを護るって』

――皆を頼んだぞ――

蒼太の角を通して、夏野も恭一郎の今際《いまわ》の際《きわ》の言葉を確かに聞いた。

小指を差し出して、蒼太の小指に絡める。

「私も、私がなすべきことを果たす。皆を」――お前を――「護るために」

「やくそく」

「うむ。約束だ」

きゅっと小指を結んで、夏野たちは笑みを交わした。

指を放した蒼太が苑の背中に乗ると、夏野は羽黒町へ向かって駆け出した。

背後で苑が羽ばたく音がした。

伊紗と鷺沢殿は逝ってしまったが……

これは今生の別れじゃない。

蒼太や苑とは、また会える――

そう信じて、夏野は振り返ることなく、前へ前へと風を切ってただ走った。

†

羽黒町の番所も北門も特別手形で難なく抜けたが、都内は騒然としている。

先ほどの地震で東側の防壁の一部が崩れたらしい。じきに七ツという時刻にもかかわらず、出都する者がいつもより多く列をなしている。

ざわめきの中、夏野は火宮《ひみや》大路を早々に東へ折れた。

大川《おおかわ》まで出ると、空いている舟を探しながら川沿いをゆく。

と、二町もゆかぬうちに、見覚えのある船頭が目に留まった。

「一二三《ひふみ》殿！」

「黒川様じゃねぇですか。こりゃ、えれぇ偶然だ。あっしは北門まで来るこた滅多《めった》にねぇんでさ」

偶然――だろうか？

訝りながらも夏野は微笑んだ。

「これぞ渡りに船だ。急いでいるのです。火宮堀川と五条《ごじょう》大路の角まで頼みます」

「へぇ。ですが、あの辺りはいつにも増して混んでいやすぜ。今日は安良様がご祈《き》禱《とう》なさるってんで、御城の周りは締め出された護衛役に囲まれていやすから」

「ご祈禱？」

「あっしは客から聞いたんですが、朝一番で制札場にもおふれが出たってんでさ」

一二三の客は御城詰めの台所役人で、安良は御城詰めの者には昨晩から祈禱について知らせていたという。

「近頃《ちかごろ》地震が多いんで、安良様はずっと噴火を案じていらしたそうで、今日はいちんち中ご祈禱してくださるとか……そんでご祈禱の邪魔にならねぇように、今日は朝から大老様と理《り》一《いち》位《い》様の他は誰も登城させず、本丸や清修寮《せいしゅうりょう》の者たちまでみぃんな宿下がりさしたってんでさ。こんなこたぁ国が始まって以来初めてだから、みんな浮足立っててよ。そしたら昼前に、奈切山が噴火したって知らせが回って、また一騒ぎになってまさ」

一二三が乗せた台所役人は羽黒町の出で、初めは祈禱が終わるまで盛《さか》り場や妓《ぎ》楼《ろう》で過ごそうとしていたところ、噴火の知らせを聞いて居ても立ってもいられなくなり、実家へ行くことにしたそうである。

「老《お》いた二親が心配だってんでね」

「そうですか……しかしこれも御上の御用ゆえ、なんとしてでもゆかねばなりません」

「四条と火宮の東側なら着けられるかと思いやす」

「飛ばしてください」

「合点《がってん》だ！」

夏野が座り込むや否や、一二三は勢いよく櫂《かい》を漕《こ》ぎ出した。

みるみる一条大橋が近付いた。一二三は川の東側へ向かうも火宮堀川には入らず、そのまま大川を下って行く。

「堀より大川の方が流れが速いんで、三条までは大川を行きやす」

「お、お任せします」

三条大橋の手前の三条堀川を東へ折れたところで、七ツの鐘を聞いた。更に三条堀川から火宮堀川を南へ折れると、遠目にも御堀沿いにずらりと並ぶ人垣が見える。

一二三は四条堀川の前で船足を落とし、南東の角に舟を着けた。

船賃に心付をたっぷり添えると、一二三が目を丸くする。

「こんなにいいんですかい？」

「ええ。本当に助かりました。よかったら、今日は早仕舞いをしたらどうですか？　今日くらいゆっくり休んで……」

誰か——大切な人と過ごしては？

「ははは。あっしは、やもめの一人暮らしでしてね……女房子は大分前に流行病《はやりやまい》で亡くしちまって、蒼太みてぇな隠し子もおりやせん。だもんで、家に帰っても誰もいねぇし、地震となりゃあ陸より舟の方が安全だし、何より俺ぁ舟の上が一等落ち着きやすんで」

「すみません。差し出がましいことを言いました」

「なんの。黒川様こそ、早くお務《つと》めを終えて、ゆっくりお休みになってくだせぇ」

「かたじけない」

一二三に礼を言って舟から降りると、夏野は堀沿いの道を避け、路地を回って五条大路の玄鳥堂《げんちょうどう》へ向かった。

今日も暖簾《のれん》は出ていないが、七ツ過ぎなら店を閉めていてもおかしくない。何より、御堀沿いの角店だけに、御城を見守る者たちで店の前もごった返している。

以前そうしたように、戸口にある鐘を二つ、間を置かずに三度鳴らした。

ほどなくして戸口の向こうに、ほんの微かにだが気配を感じた。

少し前の己なら気付かなかったやもしれぬ。だが、蒼太の角に触れたからか、この僅《わず》かな間にも気が一層研《と》ぎ澄《す》まされてきた夏野は、板戸の向こうの気配が玄鳥のものだとすぐさま「感じ取った」。

「玄鳥殿」

囁くように呼びかけると、気取られた玄鳥の動揺まで見えるようだ。

「黒川夏野と申します。こちらには皐月《さつき》に一度お伺いいたしました」

玄鳥の躊躇《ためら》いが伝わった。守り袋から割符代わりの手形を取り出すも、ぴっちり閉まった戸には差し込む隙間《すきま》もない。

「どうか開けてください。急ぎの用があるのです……」

左手がそっと鯉口《こいぐち》に触れていた。

頼む。

早く戸を開けてくれ。

私はなんとしてでも――あなたを斬《き》ってでも――ゆかねばならぬのだ――

玄鳥が口角を上げるのが「見えた」。

「今日は表が騒がしゅうございます。人目につきますゆえ、勝手口へ回ってくだされ」

山幽の言葉より幾分ましだが、吐息のごとき囁《ささや》き声で玄鳥が言った。

路地の勝手口へと回って再び名乗ると、手形を差し入れる前に戸がするりと開いた。

夏野が身を滑り込ませると、玄鳥はこれまたするりと戸を閉める。

「手形はここに」

手形を差し出すも、玄鳥は首を振って微笑《ほほえ》んだ。

「無用です。声を覚えておりまする。あなた様の気も……ただ前にいらした時より一段とお強くなられたようで、少々戸惑《とまど》いました。それから、大老様に抜かりはありませぬ。昨晩、もしかしたら夜のうちにもあなた様か鷺沢様、または再びお二人揃っていらっしゃるやもしれぬと、わざわざ遣いを寄越《よこ》してくださいました」

とっさに人見《ひとみ》や恭一郎が思い浮かんだが、玄鳥が言う「大老様」は一葉《かずは》のこと、「鷺沢様」は蒼太のことだと思い当たる。

玄鳥にいざなわれた囲炉裏《いろり》のある座敷で、夏野は祖父の形見の刀を外した。風呂敷《ふろしき》包みと共に己の刀は玄鳥に預けることにして、腰には恭一郎から託された八辻の剣を差す。

「それは一体なんですか？」

盲目の玄鳥が、眉をひそめて夏野の腰を見やった。

「鷺沢殿──蒼太の父上から預かった八辻の剣です」

「八辻九生《きゆうせい》の……空恐ろしい剣ですな。その剣が、あなた様を鍛《きた》えたのですな」

「ええ」

この剣と、鷺沢殿が。

鷺沢殿……

どうか私たちを見守ってくださいませ──

ふっと、恭一郎が笑んだ気がした。

と、蒼太の声が頭に届く。

『……「なつの」、聞こえる？』

こちらは幻聴ではない。

力を増した蒼太と額を合わせたからか、遠く離れているにもかかわらず、蒼太と「つながっている」』。

安堵《あんど》に夏野は思わず胸を押さえた。

『聞こえるぞ。蒼太も私の声が聞こえるか？』

『うん。もうすぐ久寝山に着く』

『私も今から登城する』

一人じゃない。

蒼太と鷺沢殿が一緒だ――

腰の八辻の剣に触れてから、夏野は隠道へ足を踏み入れた。

暗闇《くらやみ》を物ともせず隠道を進み、突き当たりの梯子を上る。

頭上の引き戸を開いて燕庵《つばめあん》の床から顔を出すと、有明行灯《ありあけあんどん》のみが灯《とも》る中、一葉がこちらを見ている。

だが、肝心《かんじん》の安良の姿は見当たらぬ。

「一葉様、お一人ですか？」

「黒川殿も？」

「ゆえあって、そう相成りました」

「そうですか……こちらへ。天守へ案内いたします」

「天守へ？」

「安良様は昨晩から夜通し燕庵でご祈禱されていましたが、奈切山の噴火ののち、天守へ移られました」

一葉や伊織が「祈禱」を知らされたのは、昨晩、下城してからだったという。一葉はすぐに御城へ戻ろうとしたが、遣いの者から「明日、夜が明けてからでよい」と告げられた。

そうして明け方、伊織《いおり》や馨《かおる》と登城した一葉は、安良の「勅命《ちょくめい》」を帯《お》び、御城から全ての者を締め出して「人払い」したそうである。

「護衛役や安由《あゆ》たちは大分渋りましたが、奈切山の噴火を知らせた颯《はやて》を受けて、安良様がご一喝され、昼九ツには皆、御堀前まで下がりました。昨晩、家で過ごす時をくださったのは大事の前の——もしもの折の——安良様のお心遣いでしょう」

お心遣い……には違いない。もしかしたらこの世の最後の夜に——家人と過ごす最後のひとときになるやもしれぬことへの。

だが、ご祈禱は……

一葉の案内で本丸をゆくも、人っ子一人見当たらぬ。

御城が築かれてからこのかた、一度もなかった光景だろう。逢魔時《おうまがとき》と相まって、夏野は束の間、己が夢を見ているような錯覚《さっかく》を覚えた。

だが、これは紛《まぎ》れもないうつつ——

逢魔時は大禍時《おおまがとき》でもある。

中奥から大奥を通り抜けて天守へ行くと、夏野たちを認めた伊織と馨が立ち上がった。

二人より早く、夏野は口を開いた。

「私一人で参りました。蒼太は久峩山へ、鷺沢殿は……お亡くなりになりました」

一葉が息を呑んだ。

眉《まゆ》をひそめた馨が口を開きかけたが、夏野は急ぎ続けた。一息に伝えねば、また涙してしまうと思ったからだ。

「伊紗を乗っ取った稲盛が玖那《くな》にいたのです。それで、朝のうちに玖那に寄った蒼太が稲盛に捕らわれてしまい……結句、鷺沢殿が符呪箋《ふじゅせん》を斬り、稲盛は――伊紗も――息絶えました。鷺沢殿はその前に併せて十四人もの剣士や西の衆、鴉猿を一人で討ち取られたのですが、斬り合いで受けた傷がもとで、伊紗の最期を看取ったのちに、お亡くなりに……私は昨日から兄の大事で葉双《はふたつ》にいたため、鷺沢殿をお助けすることも、ご臨終《りんじゅう》に立ち会うことも叶いませんでした。申し訳ございませぬ」

腰の八辻の剣を握り締めて、夏野は一葉を見つめた。

「大事の前ゆえ迷いましたが、やはりお伝えしておきたく……皆を護るべく、鷺沢殿は最期に蒼太と私にこの剣を託してくださいました。蒼太は私と共におります。私たちは二人とも、この大厄《たいやく》に最後まで抗《あらが》う所存です」

一葉は小さく唇を噛《か》んで涙をこらえ、それから夏野へ頷いた。

「……かたじけない。兄上と、そなたたちの志《こころざし》に私も倣《なら》おう」

馨を見張り役として階下に残し、一葉と伊織に続いて夏野は天守への階段を上った。

最上階である五層目まで上り詰めると、およそ九十坪の部屋の真ん中に、白装束に身を包んだ安良が座している。

「黒川が来たか……」

夏野と八辻の剣へ目をやって、安良は微かに――愉《たの》しげにつぶやいた。

一葉と伊織に倣って形ばかり平伏したものの、夏野はすぐに顔を上げ、許しを得ずに口を開いた。

「蒼太は久峩山へ向かいました。久峩山はなんとしてでも死守すると……私どもの見立てでは、白玖山の噴火はもはや避けられませぬ」

夏野を見つめて、安良は穏やかに応えた。

「その通りだ」

「恐れながら、安良様。今朝の奈切山の噴火もあなたが御自ら、蒼太の力を糧《かて》に起こされた。あなたのご祈禱は山を鎮《しず》めるためではなく、山を揺り起こすためのもの――」

伊織と一葉が眉をひそめて夏野を見やる。

「安良様……」

声が震えた。

「あなたは、人として生まれてこのかた、ずっと死を望んでいらした……」

ゆっくり口元に笑みを浮かべると、安良は繰り返した。

「その通りだ、黒川夏野」

†

――お前たちが信じようが信じまいが、安良の願いは一つしかない。やつは建国よりずっと昔から、この世をあるべき姿に――もと通りにすべく尽力《じんりょく》してきたのだ。この国のありとあらゆるものを――ムベレトやこの私をも利用して――

アルマスの勘は正しかった……

唇を噛んだ夏野と戸惑う一葉の傍らで、今度は伊織が口を開く。

「なれば……恐れながら安良様、今までに黒川や人見様、我々へお伝えになった事柄の内、何が真実で、何が虚偽《きょぎ》なのか、お聞かせ願いとうございます」

安良は地脈を通じて蒼太に記憶を明かした。安良の記憶は膨大で、夏野は切れ切れにしか解しておらぬが、今の己なら真偽を照らし合わせることができる気がした。

——何が嘘《うそ》で、何が本当なのか……私は知りたい——

再びよぎったアルマスの言葉が聞こえたかのごとく、安良は鷹揚《おうよう》に頷いた。

「よかろう。矢はとうに放たれたが、白玖山が噴火するまで今しばらくかかりそうだ。全《すべ》てを知りたいというお前たちの望みは、今尚《いまなお》、私の望みでもある」

夏野たちを見回して、安良は続けた。

「千と七百七年前、人として生まれ落ちた瞬間に私は絶望した。私は全ての記憶を失っていた。己がかつてこの世の全てを知っていたということを除いて……なんらかの、大きな過《あやま》ちが起きたと判じて、私は涙した」

生まれたての安良の恐怖が「思い出されて」、夏野は身をすくませた。

「人見や黒川に語ったことは概《おおむ》ね本当だ。転生を繰り返しながら、私は己がこの世に生まれてきた意義を探った。全知だった私が、この世に、あのように生まれ出たことがただの過ちだと思いたくなかった。人として生まれ、転生しているからには、人を愛し、護ることがその意義だろうと推察し、そのすべを探すようになった。だが、もと通りの、本来の自分に戻りたいという望みは常にあった」

何ゆえこのような過ちが——ひずみが——起きたのか。

どうすれば再び生まれ変わることなく、ただ天地に還《かえ》ることが——「もと通り」、この世の全てを知るものに戻ることができるのか、安良は探り続けた。

「自死の折には、何も新たな知識を得られなかったことはまことだ。人に生まれて百年余りを経《へ》てようやく有用な理を思い出し、理術の才を認めたことも。実は人は誰しも——否、生きとし生けるものは皆、多少なりとも理術の才を備えているのだ。理を知り、活《い》かす才を、知る知らぬにかかわらず……一旦そうした己の内なる才に気付いてからは、どの生でも大なり小なり理術を使うことができた。つまり、才を持たぬ生があったというのは虚偽といえようが、樋口《ひぐち》、お前のように理術に精通した生は僅かで、そこらの術師くずれにも及ばぬ生の方が多かった」

そう言って、安良は苦笑を浮かべてみせた。

「孝弘《たかひろ》に出会ったのは、建国の二百八十一年前だ。その四、五年前から山幽の集落では自死が相次いでいて、死への誘惑を恐れた孝弘は仲間のもとを離れ、人里をさまようようになっていた。あの頃の私は妖《あや》かしを見抜くすべを知らなかった。ゆえに、孝弘が山幽だと知ったのは、六十七年後、間に二度の転生を経てからだ」

ムベレトもまた、かつての世を求めていた。妖魔の誕生はなんらかの「過ち」で、この世は「間違っている」と考えていた。

　安良は人としての四百年余りの記憶をムベレトに伝え、次の生での再会を約束することで、己が転生を繰り返している証を立てようとした。

「私は孝弘に私を殺すよう頼んだ。一縷《いちる》の望みもかけていた。私と時を同じくして生まれた孝弘に殺されれば、とどめの死を迎えられるやもしれぬ、と。孝弘は『人殺し』を渋ったが、殺《や》らねばやつの正体を人里でばらすと私は脅《おど》した」

　悪びれずに安良は言ったが、夏野は思った。

　ムベレトは脅しに屈したのではなく、安良様に賭《か》けてみたくなったのではなかろうか。

　ムベレトに殺されて生まれ変わった安良は、五歳にして生前に示し合わせていた通りにムベレトにつなぎを取り、親元から攫《さら》ってもらった。この生での安良は、大きな理術の才に恵まれていた。ムベレトと共に人々を助けて回ることで、初めて人から「神」と呼ばれ、崇《あが》められ、ムベレトにも己が「神」であることを証明できた。

　安良は自分が人としての生を終え、天地に――自然に――還ることでこの世に「もと通り」、「太平の世」が訪れるとムベレトを諭《さと》し、ムベレトは助太刀《すけだち》を約束した。

「孝弘に出会ったのち、私は己はもしや本当は、かつての世を滅ぼすために――人を護るためではなく、廃すために、人に生まれ、転生しているのではないかと疑った。私と時を同じくして妖魔が――人よりはるかに強く、人に化《ば》けられる種まで生まれたことが、その証ではないか、とも。孝弘もまた、同じ疑いを抱いていた。山幽は人に、他の妖魔たちは似たような動物たちに取って代わるべく生まれたのではないか……と」

妖かしは人の後釜《あとがま》として生まれたのではないかと、夏野も考えたことがある。

殊《こと》に山幽は……

ムベレトのように人から山幽へ変化したと思しき者がいることや、恭一郎と奏枝《かなえ》が子をなしたことなどは、かつての安良の――神の――意志や迷いの現れやもしれなかった。

「――だが、孝弘には人への愛着があった。私も人へ情を覚えつつあった。ゆえに、孝弘が私の望みを解し、助太刀を約束してくれた礼に、私は己が人であるうちは人を護ると約束した」

安良が暮れかけた窓を見やるのへ、夏野は天守が図《はか》らずも、白玖山と久峩山の双方を望むべく建てられていることを知った。

「私が本来の私に戻るための――『とどめの死』への手がかりを得たのは、建国の十五年前、国史で私が『生まれた』とされている年だった。誰か……人か、妖かしか、この世の理に精通した『並ならぬ力を持つ者』に殺されねばならぬことを、私はその年の転生の狭間で知った」

安良様は人に「理術」と「剣」を授けたが、それらは人を「生かす」と同時に、ご自身を「殺す」ためでもあったのだ――

思わぬ成りゆきに言葉を失っている一葉へ目を移して、安良は続けた。

「二年後に再会した孝弘と、私は『その者』を探す旅に出た。そうして旅先で、お前の先祖であるツキという者に出会った。ツキはただの剣士で、『その者』でないことは明らかだったが、ツキには英気と人望があった」

　翌年から三年続いた大凶作で妖魔の襲撃が増え、人は激減した。このことを機に、安良は「その者」を見出《みいだ》すため、またムベレトとの約束を守るため、ツキを人里での右腕として国を興し、国皇《こくおう》の名乗りを上げた。

　前世を思い出すまでに、いくばくか時がかかるというのは嘘で、安良は転生する間のおよそ五十日も含めて、記憶が途切れたことがないという。

「でしたら」と、伊織が口を挟んだ。「首のその痣《あざ》が、前世の記憶を取り戻した折に浮かぶというお話も嘘だったのですね？」

　安良の首筋には国皇である証として、国土の形に似た痣がある。

「うむ」と、安良は事もなげに頷いた。「これを施《ほどこ》す術はそう難しくない。樋口、お前とてこれくらいの細工は朝飯前だろう。ゆえに、さほど才を持たぬ生でも容易《ようい》に施せた。痣はただの目印に過ぎぬ。記憶を語れば私が安良であることは明らかだ。だが、往々にして人には何か、目に見える証が有用だからな」

　国史で幾度か転生の時期にずれが見られるのは、死産や子殺し、生後まもなくの不慮の死からだそうである。

「生まれて数年は生き延びるために費《つい》やした。まずは身体の自由を得て、言葉を操れるようにならねばならぬ。身体が利《き》かぬうちに名乗りを上げて、いいように使われたり、攫われたり、果ては殺されたりしては敵わぬからな。親を見定める時も必要だった。二代目の二親がまさにろくでもない者たちでな……ツキのような豪族ではあったが、国皇の肉親にはふさわしくないと早々に見切りをつけて、自死も考えたほどだった」

しかし、二代目は理術の才には恵まれていたため自死は思い留《とど》まり、密《ひそ》かにつなぎをつけたムベレトと共に、向後の災いの芽を摘《つ》むつもりでこの豪族の力を削《そ》いだ。ついでに諸国を巡り、建国に対する豪族の意向や勢力を見て回ったことで名乗りが遅れた。

「では、西原《さいばら》が大老職にあった折に名乗りが遅かったことも――」

「主にやつを解職させるためであったが、鴉猿たちを阻《はば》むためでもあった。ちょうどその頃、従来の結界はやつらに破られるようになっていたゆえ、新たな結界や防護の術を会得するために自由な時が必要だったのだ」

首の痣を撫《な》でながら、安良は苦笑を漏らした。

「この痣は現人神《あらひとがみ》の印として建国の少し前から使い始めたが、国を築いてこのかた、痣を喜ぶ親ばかりではなかった」

国皇よりも我が子を望むあまり、痣を消そうと試みた親もいたという。そうでなくとも、痣を見て落胆を露《あら》わにした親の方が、快哉《かいさい》を叫んだ親より多かった。

「私はいまだ親になったことはないが、人を慈《いつく》しみ、その命を惜《お》しむ心は知っている。我が子を失った親たちには酷なことをした。殊に孝弘に私を攫われた二親は、恩賞も『国皇の肉親』という名誉も与えられずに、ただ『神隠し』として我が子を諦《あきら》めねばならなかったのだから」

西原家が神月家から大老職を奪う前――十二代目として生まれた折に、「大厄」を予知したことは真実だった。

「十五代目に生まれ変わった折に、大厄が噴火だと知ったことも真実だ。どの山が噴火するか判らなかったことも、人を護るために神社を造営し始めたことも……この頃はのちに白玖山の翁《おきな》となった者――樋口や黒川が白玖山で会したリエスという者が、『その者』ではないかと私は考えていたが、黒耀《こくよう》の誕生を聞いて、黒耀に期待をかけるようになった」

幼きアルマスが思い出されて、夏野は声を震わせた。

「……そうして、槙村は黒耀を騙して、『並ならぬ力を持つ者』にしたのですね？」

「そうだ。とはいえ、『妖魔狩り』は嘘であったが、孝弘が黒耀をのちの王に望んだ心に偽《いつわ》りはなかった。私の死後も今の世が続くなら、人に非《あら》ずとも人に最も似ている山幽が王にふさわしいと私も思った。ゆえに私たちは、黒耀にあえて真実を明かさずともよいと判じた。そうせずとも、黒耀の手でとどめの死が得られれば、全てが丸く収まる筈だった」

しかし念力と雷をもってアルマスに二度殺されるも、転生を止めることはできなかった。

「十八代目で黒耀に雷で殺されたのち、私は黒耀では力不足だと思い始めた。十九代目となって四十年ほどを経てから、術師の宮本薫《みやもとかおる》の名を耳にして期待を寄せたが、宮本は諸国を巡り歩いていて対面は叶わず、清修塾への誘いにも梨のつぶてだった。そうこうするうちに、私は二十代目となり、宮本は殺され、八辻が生まれ……二十代目として死した後の転生の狭間で、私は黒耀が『その者』ではないことをはっきり悟った。また、とどめの死を迎えるためには、再びの噴火の折に『その者』にふさわしき力ある剣に殺されねばならぬことも判った。『贄』という言葉は適切ではなかったが、私の死が噴火を鎮めることも真実だ。証は立てられぬが、私はそうと『知っている』」

燕庵で聞いた時よりも一代早く、安良は三つの条件を悟っていたことになる。

御前仕合は既に行われていたが、主に剣士たちのためだった。だが「その者」は剣士やもしれぬという期待から、この二百年余りは一層力を入れてきたという。

噴火が「時機」だと知った安良は、それまで噴火を止めるべく、「人を護るべく」造営してきた神社を使って、今度は噴火を起こすべく、「己を殺すべく」地脈を活かす理を探し始めた。

「後はお前たちも知っての通りだ。二十一代目で黒耀に懐剣で殺されたのち、懐剣では力不足であること、二十二代目にしてそののち打たれた八辻の最後の剣が『その剣』であることは判ったものの、『時機』となる噴火が白玖山の噴火であることは、昨年の神無月《かんなづき》に一笠《いちかさ》神社で黒川と蒼太の予知を聞くまで判らなかった。『その者』とて、つい先ほど知ったばかりだ」

夏野を見やって、安良が口角を上げる。

「一笠神社でお前たちの予知を聞いた時、私は蒼太かお前のどちらかが『その者』やもしれぬと希望を抱いた。そうでなくとも、お前たちとつながることで『その者』が判るやも、そうすることで、もしも私の過去や真の望みが伝わるならば、お前たちからも孝弘のごとき忠誠を得られるやもしれぬと願って二人の手を取った。結句、一笠神社では不首尾に終わったが、あの折に抱いた希望の灯火《ともしび》は日増しに大きくなっていった。皐月にお前と蒼太に燕庵で会した折、私は二度過去見を所望した。一度目の過去見で己のこれまでの死に様をなぞり、噴火以前の過去の記憶を浴びたことで、私はより多くのことを思い出した。束の間だがかつてのように、この世の全てと再びつながることができた。そうしてほんの僅かだが……未来を垣間見《かいまみ》た。私が二度目の過去見を持ちかけて、今日、お前と蒼太が羽黒町の外の森で会するまでの未来を『知った』。ただしその先は——お前たちが二人して来るか、はたまたどちらかが一人で来るかは判らぬままだった」

†

愕然《がくぜん》とした夏野の念が伝わった。

『安良様はご存じだった……』

蒼太は久峩山の頂にいた。

苑を見送ったのも束の間、一匹、また一匹と妖魔が火口へ飛び込む様を目の当たりにして、蒼太は立ち尽くしていた。

『うん。安良様は知っていた。おれが怪我《けが》することも、おれたちが「かくれが」に行くことも、「いさ」や「きょう」が死ぬことも——』

玖那村から晃瑠へ向かう間に——安良の地脈が開かれ、その記憶をなぞった時に——己は安良の思惑や「予知」を知ったが、夏野はまだ蒼太が分かち合った安良の記憶をうまく飲み込めていないのだろう。

おれもそうだ。

安良様の記憶は膨大で、今はとても全てを解す時がない……

安良の真の願いと予知を知った時は、蒼太も驚いた。

安良に怒りと恨みを覚えた。

でも——

†

怒りは火の粉のごとく、一瞬だけ爆《は》ぜて散った。

怨嗟《えんさ》よりも、そうせざるを得なかった——千七百年もの長い間、ひたすら死を望んできた安良の——神の——過去が夏野にはただやるせない。

黙り込んだ己の代わりに、今まで沈黙を守っていた一葉が声を震わせた。

「兄が死すことも、ご存じだったのですね……?」

「うむ」

「兄を見殺しに……」

「白玖山を再び噴火へ導くには、蒼太の絶望が——この私の長の絶望に勝るとも劣《おと》らぬ陰の念が必要だった」

安良を見つめ、一葉が言葉を絞り出す。

「私たちは……人は、あなたを神だと信じてきました」

「私を初めに『神』と呼んだのは、そう定めたのはお前たち『人』だ。ツキも人見も、私が神だと信じて疑わなかった」

「父は最期まであなたを信じていました。ただ、あなたは現人神でも――人のお姿をしていても、人のみの神ではないとも言っていた……」

「うむ。今は人の姿をしているが、かつての私は形を成していなかった。否、形など無用だったのだ。この世の全てを知るものなれば、私はこの世そのものだった。さすれば、私には人を――人のみを贔屓《ひいき》する理由がない。私にとっては一本の稲も、一羽の燕《つばめ》も、一匹の猫も、一人の人も、皆等しく一つの命だった。現人神として『生きる』ことが、私が人として生まれてきた意義やもしれぬと考えた時もあった。人へ情を抱いたことや、人を護るという約束を孝弘と交わした心に嘘はない。だが、私が人を護り続けてきた最大の理由は、『その者』が人である見込みを捨て切れなかったからだ。とどのつまりは己の――私利私欲のためだったといえる」

　夏野たちを見回した安良の目には相変わらず、若き見目姿とはちぐはぐな老練さがある。

「お前たちには不平があろうが、予知を知らせたところで、鷺沢の死が避けられたかどうか、今の私には知るすべがない。――嘘や隠し事、身勝手さは人から学んだ。西原や稲盛のような、自分の命や望みのために、他者を犠牲にすることを厭《いと》わぬ者たちから……ツキの子孫が、こうも長きにわたって私に忠義を尽くしてくれたことは奇跡に近い。だがこの千年の間には、神月家にも私欲のために他者を欺《あざむ》き、邪《よこしま》なことに手を染めた者がいた。こうした人の悪心は私の悪心でもあろう。人の愚《おろ》かさも、醜《みにく》さも……」

――あなたが「この世そのもの」――人がそう崇める「神」なれば。

今になって、燕庵での二度目の過去見は安良が「見せた」ものだと夏野は気付いた。

私と蒼太に国の成り立ちを見せることで、己が「神」だと、この世がいかに「間違っている」か知らしめようとなさったのだ……

そんなことをしなくても、私たちはあなたを信じていたのに。

今も尚――

「それでも」と、夏野は安良を見つめた。「私と蒼太は今も尚、あなたを神だと――この世そのものだと――疑っておりませぬ」

蒼太もまだ「安良様」と呼んでいることが、その証だと思われた。

「これは朗報……か？」

先ほど「その者」として現れた夏野を見た時のように、安良は愉しげに自問した。

「今しがたの一葉の言葉を借りれば、鷺沢を見殺しにすることで、怒りに任せた蒼太が私にとどめを刺しに来るだろうと推察していたのだが……どうしてなかなか、思うようにゆかぬものだな」

一葉が硬い顔のまま再び口を開いた。

「私が『その者』であれば、そうしたやもしれませぬ。たとえ避けられぬことであったとしても、私は兄のために抗いたかった。蒼太もきっと……蒼太をそのように追い詰めたこと、お恨みせずにいられませぬ」

落ち着きを取り戻すべく、一葉は小さく息をついた。

「……ですが、たとえ私欲からであれ、あなたが今まで我々人を護ってこられ、我々の望みを叶えてきてくださったことは揺るぎない事実。父はそのご恩返しに、此度の大事を無事に乗り越えた暁《あかつき》には、あなたが望むがままに――あなたの神としての望みを叶えて差し上げたいと願っておりました。私には、あなたを神だと判ずる知識も力もありませぬ。しかれどあなたが神だとして、西原や稲盛の悪心があなたの悪心でもあると仰るならば、我が父の良心はあなたの良心でもあると信じとうございます」

「うむ」

声に、目に、偽りなき追慕の情を滲《にじ》ませて安良は頷いた。

「ツキと出会ってこのかた、否、私が人として生まれてこのかた、人見ほど大老にふさわしい者はいなかった。人見ほどでなくとも、この長きにわたる人としての生には、人見のごとき善人が数多《あまた》いた。私欲から興した国ではあったが、政《まつりごと》は楽しかった。時に西原のような者を忌々《いまいま》しく思い、対して人見のような者を誇らしく、愛《いと》おしく思ってきた。ゆえに一葉、私も人の滅亡は望んでおらぬ。妖魔の滅亡も……私の死後、ひずみが正されたのちも、お前たちの世が――この今の世が続いていくことを願っている。本心だ」

此度の言葉も、夏野は「まこと」と判じた。

そう「感じた」。

——全てはやつの手のひらの上——

アルマスはそう言ったが——

と、新たな地震に天守が揺れて、夏野は身を硬くした。

窓の向こうから、いくつもの悲鳴が聞こえる。

皆一斉に北東の窓を見やるも、既に夜の帳《とばり》が下りかけていて、白玖山は遠く闇の彼方《かなた》だ。

「時は、あまり残されていないようですな」と、伊織。

「うむ。この地震は私が起こしたものではない。言ったろう？　矢はとうに放たれ、白玖山の噴火はもう免《まぬか》れぬ」

「……今もまだ、噴火を収めたのちの世がどうなるか判りませぬか？」

「判らぬ」

これも「まこと」だ。

口角を上げて、此度は自嘲《じちょう》のごとき笑みを安良は浮かべた。

「燕庵で蒼太が問うた」

——全てを知る者……だから神様なのですか？——

——どうだろう？——神の概念は人によって様々だ。私は全知であったが、その他のことはまだ判らぬ——

「今もまだ、私の答えはあの時と変わらぬ。私はかつて全てを知るものだった。この世の全ての過去と、現在と、未来までも……だが、今ここに在る私は、かつての私と比べて今尚あまりにも無知で、とどめの死を迎えたのちの世も思い出せぬままなのだ。ゆえに、時は戻らぬとも、妖魔は死なぬとも、私には約束できぬ」

そう言って安良はゆっくり立ち上がり、窓辺に寄った。

夕闇にも人影を認めた者がいたのだろう。御堀の向こうで声が上がった。

「安良様！」

「安良様だ！」

「安良様！」

外を覗《のぞ》かずとも、人々が安良へ手を合わせていることは容易に想像できた。

「安良様、どうか！」

「お護りください、安良様！」

「どうか、私どもをお救いください、安良様――」

御城の周りが崇敬と、すがりつくような祈りの念で満ちてゆく。

六ツの捨鐘が鳴り始めた。

安良が窓へ背を向けて、再び夏野の前へ戻って来た。

誘われるように、夏野たちも立ち上がる。

「黒川、私は今こそ積年の望みを叶えたい」

安良がまっすぐ己を見つめる。

「人の神である『安良』は死すが、『私』は滅びずにただ還る。天地に還って、等しく皆のものになる。失われるのはこの人の形だけだ」

鐘に負けじと、人々の安良を呼ぶ声が大きくなる。

祈りが強くなる。

六つ目の鐘が鳴り終えるも束の間、北の方から花火のごとき音が遠くに響いた。

「白玖山だ」

愉悦を滲ませて安良が微笑んだ。

「人と剣、そして時——ようやく三つ全てが揃った」

†

鯉口を切る手が震えた。

——「その時」には斬る——

そう覚悟していたにもかかわらず、八辻の剣を抜くまでにしばしかかった。

この剣が、私が、安良様にとどめの死をもたらす。

これが、本当に正しいことなのか？

私がなすべきことなのか？

もしも時が戻って、今「在《あ》る」この世がなくなるとしても……それが私という者が生まれ、今まで生きてきた——生かされてきた——意義なのか？

私が人も妖魔も——今この世に「在る」者たち皆の、命のふるいになる——

迷いを振り切るべく、夏野は剣を構えた。

もう幾度となく思い巡らせたことではないか。

この国が沈んでゆくのを、皆が命を落とすのを、ただ手をこまねいて見てはいられぬと。

いざという時には、人も妖魔も助かる見込みが最も高い道を選ぶと。

そして私はもう幾度となく、安良様が神である証を得てきた。

森羅万象に安良様を「感じ取って」きた。

その神が千七百年もの長きにわたって望んできたことなれば、これは「正しい」行いに違いない――筈……

一笠神社にて、安良と「つながった」時が思い出された。

白い世界と黒い世界。

喜びと悲しみ、幸福と不幸、希望と絶望など、相反するものが入り乱れ、やがて全てが等しくつながっていった。

――俺は刀を打つ時に白い世と黒い世を行き来する。おそらく、この世とあの世、生と死、是と非、善と悪、有と無――そういったものを様々な景色の中で行き来しているようなのだ――

八辻もまた、あの景色を見ていた。

安良様がこの世そのものなれば、八辻は安良様の一欠片《ひとかけら》……

この私も。

蒼太も。

他の生きとし生けるものも皆、全て等しくこの世の――安良様の一欠片――

静かに息を整えてから、夏野は八辻の剣の向こうの安良を見つめて問うた。

「安良様。あなたは本当に『もと通り』に還ることをお望みなのでしょうか……？」

「うん？」

「あなたは紛《まご》うかたなきこの世を――森羅万象を司る神。さすれば、あなたは何かゆえあって、ご自身でひずみを起こされ、人としてお生まれになったのでは……？」

夏野を見つめ返して、安良は微笑んだ。

「私も幾度となくそう思い巡らせた。これは『過ち』ではない、私が自ら望んでひずみを起こしたのではないか――と。となれば、私が人に生まれた意義も、とどめの死を迎えるために何ゆえこのようにまだるっこい手立てを選んだのかも、もとに戻れば自ずと思い出すに違いない。私が『人』として『この世』に生まれた――そう望んだ事由はなんだったのか？　人を愛するためか？　廃するためか？　生や死を身をもって知るためか？　なんなら『知らぬ』ということや、その恐怖を知るためだったということもありうる。はたまた未知なるものを『探り』、『知る』喜びを知るためか……なんにせよ、命懸けのお前たちのためにも、つまらぬ気晴らしや退屈しのぎでなかったことを祈るばかりだ」

それなら時が戻るとは――すっかりもとの木阿弥《もくあみ》に戻るとは考え難い――

ムベレトも、今は時を戻したいと望んでいない。

妖魔の死も望んでいない。

私も蒼太も――

再びの地震で足元が揺れた。

先ほどの地震よりも大きな揺れだ。

白玖山から百里は離れているというのに――

森の山幽たちを案じて、夏野は眉根を寄せた。

あの者たちは皆、「望み通り」に死を迎えたのだろうか？

イシュナも……

「虚空」の山幽たちと共に、様々な妖魔たちが自死した知らせが思い出されたが、すぐに人々の悲鳴がかき消した。

国民の中にも、死を望んでいる者がいることだろう。

生きてゆく道や意義が見出せず、死に安らぎを求め、この機にいっそ死してもいいと、なんなら国が滅んでも構わぬと考えている者たちが。

だが、多くの者は生きたいと願っている。

安良様でさえ――

「まだ迷うておるのか？」

空合《そらあい》を語るがごとく、安良の声は穏やかだ。

「……いいえ。あなたが人としての死を望むのは、神として生きるため。あなたの望むとどめの死を叶えても尚、時は戻らず、妖魔も死なず、この国が滅びることもない――」

詞《ことば》を紡ぐつもりで夏野は応えた。

己の意志を、心願を、具象化すべく言葉から詞へと変えてゆく。

一笠神社で安良は問うた。

――お前にはなんぞないのか？　その身を――命を――賭《と》しても構わぬ望みは？――

久峩山でアルマスも問うた。

――黒川夏野。安良のように、ただ一つの願いを叶えるために、全てを投げ出す覚悟がお前にあるか？――

私の命は、私という理は、森羅万象の内、大海の一滴、砂一粒にも満たぬが……

それでも皆とつながっている。

皆の祈りを伝えることはできる。

ふっ、と安良が笑みを漏らした。

「それがお前の信じる道か？」

「はい」

「よかろう。約束はできぬが、この大役のせめてもの礼に、お前の望みが叶うよう、私も共に祈ろうではないか」

顎をしゃくって、安良が伊織と一葉を下がらせる。

それから「ここへ」と、胸へ手をやった。

「黒川夏野、いざ神を弑《しい》して、この世を救え」

「……ご覚悟を」

八辻の剣を構え直すと、自然と詞が頭に浮かんだ。

「万理の由縁《ゆえ》を以《もっ》て禍事罪穢《まがことつみけがれ》を祓《はら》う哉《なり》……」

　此《こ》の者の桎梏《しっこく》たる千歳《ちとせ》の輪廻《りんね》を
　未知なる向後へ征《ゆ》く時も
　如何《いか》なる命も在りしまま
　天地《あめつち》の理を以て解き放つ哉

「此の者の名は――」

人の言葉なれば「神」。

山幽の言葉なればおそらく「セレニア」。

だが、安良様の真の名は――

『本当の名は――』

蒼太が己と共に安良の記憶をたどり、刹那《せつな》に一つの見知らぬ、だが眩いばかりに輝く言葉を探り当てる。

「名は……」

諸手《もろて》で踏み込み、安良の胸を突く。

八辻の剣はするりと難なく吸い込まれ、まっすぐその心臓を貫いた。

剣先から「死」が伝わった。

最期の鼓動と共に、間延びした時に引きずり込まれるような恐怖を覚えて、夏野は柄《つか》を握ったまま身をすくませる。

漆黒の闇が訪れた。

次に月白の光が闇を切り裂き、全てを真っ白にした。

†

これが死か——？

闇は消え去ったというのに、己の手元さえ見えぬ。

柄の感触はあれども、それだけだ。

それさえうつつの残痕かと思い巡らせた矢先、蒼太の声が頭に響いた。

『……「なつの」？』

「蒼太！」

声を上げた途端、うつつの景色が戻った。

くずおれかけた安良の亡骸《なきがら》を、伊織と一葉が支えている。

安良の胸と背中に手拭いを当て、血が噴き出さぬようにしてから伊織が夏野を見た。

「黒川、剣を引け」

剣を抜くと、伊織たちは亡骸を座らせる。
『「なつの」？　聞こえる？　「なつの」？』
『聞こえている。蒼太、無事なのだな？』
『うん……』
力が抜けて、剣を取り落としそうになる。
「蒼太も無事です」
「それは重畳《ちょうじょう》」
伊織と一葉の声が重なった。
時は戻らず、妖魔も死なず、国も滅びぬ――
三人三様に安堵の溜息《ためいき》を漏らしたのも束の間。
再び大きな地震が晃瑠を襲った。
天守は国で一番高い建物だ。
五層目の揺れは地上のそれよりずっと大きく、夏野たちは一斉に床に身を伏せた。
悲鳴が聞こえた。
防壁がまた少し崩れ落ちたようで、地響きに悲鳴が続く。
遠くで、またしても花火のごとき音がした。
緊迫した声で蒼太が伝える。
『……日見山《ひみやま》だ。日見山も噴火した』

「蒼太が言うには、日見山も噴火したそうです」

伊織が眉根を寄せた。

「一朝一夕には収まらぬのか？　それとも白玖山は鎮められても、他の山々は止められぬのか……？」

となれば、やはり自分たちの予知がまことにならぬだろうか？

大地が割れて、この国は沈むのではないか？

「そんな……」

「兎《と》にも角《かく》にも、我々はなすべきことをなす。最善を尽くすのみだ。黒川、おぬしは蒼太と共にいろ。一葉様、私どもはもはや、久峩山が噴火せぬよう祈る他ありませぬ」

伊織の傍らで一葉が頷く。

亡骸は二人に任せて、夏野は八辻の剣を鞘に仕舞い、窓の向こうを見つめた。

夕闇に包まれた久峩山は微かな影を残すばかりだ。

だが更に目と気を凝らすと、蒼太が窺《うかが》う火口が見えてきた。

†

アルマスがいる――

久峩山の火口は直径が八町ほどもある。

苑には晃瑠に近い東側に降ろしてもらったが、安良の死をやり過ごしたのち、蒼太は北回りに歩き出した。

久寝山に着いてすぐに噴火の気配を感じたものの、白玖山の噴火の方が早かった。

夏野と安良の真名を探り当てたのち、蒼太はただ身を硬くして安良の死を「見届けた」。

この世が——己が——まだ「在る」ことに安堵したのもほんのひととき、今度は日見山が噴火した。

久寝山も噴火の気配がますます強まる。と同時に、アルマスの気が伝わった。

アルマスのもとへ向かう間も、また一匹、火口を覗いていた蜴鬼《やくき》が身を投げた。

自死する妖魔たちは蒼太の方を見向きもしない。ただ取り憑《つ》かれたように、あるものはまっしぐらに、あるものは火口をしばし覗き込んでから身を投げる。

この世も妖魔も安良と共に「死す」ことはなかったが、死を望むことは——そう望むものは止められぬようだ。

北側の、故郷の森に近い火口にアルマスはいた。

じっと足元を——火口の闇を見つめている。

『アルマス！』

己とムベレトの呼び声が重なった。

森へ続く道をムベレトが駆け上がって来る。

驚き顔の二人が口々に問う。

『どうしてお前がここにいる？　安良様は？』

『そうとも蒼太、何ゆえここに？　白玖山は噴火したようだぞ？　それともお前も身投げに来たのか？』

『安良様はもう望みを叶えた。「なつの」が安良様に、とどめの死をもたらした』

『黒川が――』

『……「きょう」も死んだ。奈切山の噴火の前に。「いなもり」も「いさ」も。「いさ」は「いなもり」に乗っ取られたけど、娘の仇《かたき》はちゃんと討った』

言葉を失ったムベレトを見つめると、安良の記憶が頭をよぎった。

いまや故人となった二十五代安良が、燕庵でムベレトと対面している。

――「その時」への道は整った。共に人外の私がお前に言うのもなんだが、人事は尽くした。あとは天命を待つだけだ。ムベレト、お前の長きにわたる忠心、大儀であった。あとはお前が思うままに生きるがよい――

――私が思うままに……――

――委細は教えられぬが、時は月と共に満ちる。アルマスはこのところ、満月には久峩山をそぞろ歩いているようだぞ――

のちに、隠れ家でムベレトはつぶやいた。

――月が満ちるまで、あと四日か……――

『ムベレトは「その時」が今日だと知っていた』

アルマスに聞かせるために蒼太は言った。

『だが私は、伊紗が稲盛に乗っ取られることや――鷺沢が死すことは知らなかった』

『うん、判ってる。ムベレトはアルマスのためにここへ来たんだろう？　もしもの時はアルマスと一緒にいるために』

ムベレトを見やったアルマスへ、蒼太は続けた。

『アルマス、力を貸して欲しい』

『なんだと？』

『おれは噴火を止めにここへ来た。安良様が死んでも、時は戻らなかった。おれたちも死ななかった。この世はまだここにある。でも、このままだと久峩山も噴火する』

「ははっ」と、アルマスが声を上げた。『それすなわち、やはりこの世は安良と共に滅びる運命《さだめ》なのではないか？　安良は食わせ者だ。「しかとは判らぬ」などと大法螺《おおぼら》を吹いて、最期までお前たちを愚弄《ぐろう》したのだ』

それは違う――

安良の記憶に触れた蒼太は、安良が本当に「知らなかった」ことを知っている。

だが、安良を端《はな》から疑っているアルマスには通じまい。

『だからなんだ』と、代わりに言い返す。『これが運命かどうか、おれには判らない。判らないから、おれには運命なんてないのと同じなんだ』

――予知が全て当たるとは限らん――と、伊織は言った。

おれには運命も予知のようなものだ。それなら、運命だって予知のごとく、時に揺らぐことがあってもいいじゃないか――

『「きょう」はおれを護って死んだ。命懸けでおれを護ってくれた。おれに生きてて欲しいと望んだ。おれはまだ死にたくない。生きたい。みんなを助けたい。死ぬのは安良様だけでいい。アルマスは——あなたは本当に死にたいのか？』

『……判らぬ』

『なら、生きてみればいい。安良様のように、心から死を望むようになるまで生きてみればいい。そうしていつか、どうしても死にたくなったら、おれが殺してやる』

「ふん……」

蒼太へ鼻を鳴らして、アルマスはムベレトを見上げた。

『これからこの世は変わるのか？　無用の争いのない、太平の世に？』

『……判らぬ』

つい先ほどの自分と同じ台詞をつぶやいたムベレトへ、アルマスがくすりとした。

『そうだな。まずは生き延びてみねば判らぬな』

蒼太へ向き直り、アルマスが手を差し伸べる。

つないだ瞬間はひんやりしたものの、すぐに気が伝わって熱を持った。

二人して火口の縁で膝と両手をついて、火口を覗き込む。

漆黒の闇の底から熱風と噴煙が吹き上げて来る。

『噴火を止める理なぞ、私は知らぬぞ』

『「いおり」は言ってた。大切なのは「揺るがぬ意志」だって』

『ふん』
『……鎮まれ』
『……鎮まれ』
己の念をアルマスが繰り返したのち、蒼太は目を閉じた。
振り向かずとも、アルマスもまた目を閉じたことが「伝わった」。
鎮まれ。
鎮まれ。
噴火するな――
しかれど熱風は勢いを増し、地鳴りも近付いて来る。
意志が足りぬのか。
力が足りぬのか。
アルマスの台詞ではないが、蒼太も理どころか噴火の成り立ちさえよく知らぬ。
熱を冷ますべく北風や雨雪を思い浮かべてみるも、微塵《みじん》も収まる兆《きざ》しが見えぬ。
どうすればいい――？
ぎゅっと両手に力を込めると、左目を通じて夏野の姿が「見えた」。
八辻の剣を前にして座り込み、一心に祈っている。
これ以上、罪なき命が失われぬように。
皆が幸せに、穏やかに暮らせるように。

太平の世が訪れるように――

恭一郎の声が思い出された。

――俺は幸せだった――

おれも幸せだった……

カシュタを殺《あや》め、森を追放されてしばらくは一人でつらい時を過ごした。

だが、この世に生を受けた時は皆に祝福された。

常春の森で、皆に大事に育てられた。

寝転んだ地と、見上げた天と。

いつだって天地とつながっていた……

それから「きょう」。

ちっとも父親らしくなかったけれど、本当の親の分も大事にしてくれた。

愛してくれた。

恭一郎との日々が次々と思い出される中、つないだ手を通じてアルマスの想い出も伝わってくる。

アルマスも皆の祝福と共に生まれ、皆の慈愛と共に育った。

アルマスもまた、蒼太のお気に入りの場所でよくうたた寝をしていた。

目を輝かせて、ムベレトから「外の世界」を学んだ。

ムベレトと未来を語った。

ムベレトを愛し、ムベレトから愛された――

そうとも。

ムベレトはアルマスを騙したけれど――アルマスが望んだ形ではなかったかもしれないけれど――紛れもなくアルマスを愛してきた……

地鳴りと共に微かに大地が揺れ始めたが、吹き上げて来る風は心持ち弱まった。

もっと。

もっと。

力が欲しい。

今こそ、みんなを護るために。

「きょう」との約束を守るために。

――常人に見えぬ力――しかも命を奪えるほどの力を得るということは、それに見合った使命を負うということだ――

これがおれの「しめい」なんだろうか？

いつかの伊織の言葉を思い出したが、蒼太は小さく頭を振った。

違う。

これは「しめい」じゃない。

おれがそうしたいだけ。

おれがそう願っているだけ。

己の祈りに、夏野とアルマスの祈りが加わって力に変わる。

天地の境目に蒼太たちはいた。

手をつないだ己とアルマスを結界のごとき力が包み込み、少しずつ火口を、山そのものを封じるべく広がっていく。

火口で拮抗《きっこう》していた力は、やがて少しずつ噴火を抑え始めた。

もう少し。

あと、もう一踏ん張り……

と、一際大きく大地が揺れた。

腰を浮かせた蒼太とアルマスは、とっさに手を放して火口から身を引いた。

巨大な力に突き上げられて、火口の縁《へり》が崩れゆく。

火口を覗いていた何匹かの妖魔を闇に連れてゆく。

蒼太とアルマスの間に地割れが走った。

揺らいだ力を、再び噴火が押し上げる。

這《は》いつくばって蒼太は祈った。

頼む。

鎮まってくれ。

――　様！

図らずも安良の真名を呼びながら念を放つと、同時に背後のムベレトも叫んだ。

『アルマス！』

†

足を忍ばせ、細心の注意を払って、鴉猿のケジャは久峩山の頂に近付いた。

六日前の夜半、間瀬《ませ》州の西側にいたケジャのところへ、テナンが訪ねて来た。

テナンはここしばらく人を絶やそうとする一派と共に術師の稲盛についているが、ケジャとは古い友だった。

——黒耀の正体は、槙村がその昔連れていた黒髪の小娘だ——と、テナンは言った。

稲盛を探っていた「槙村」が、山幽ではないかとテナンに教えたのはケジャである。

ケジャは二百年ほど前に、槙村が黒髪の山幽の少女と共にいるところを見かけたことがあり、今もって変わらぬその見目姿から槙村を山幽だと推し当てたのだ。

テナン曰《いわ》く、黒耀もまた、あれから変わらぬ少女の姿をしているという。

テナンは妻を、ケジャは息子を、黒耀に殺されている。

昨年から黒耀はどうやら稲盛に目をかけているようで、テナンは稲盛の伴をしながら黒耀を討つ機会を狙《ねら》っていた。此度は稲盛が取り込んだ山幽の女から、その正体が知れたそうである。

これまたテナンから、稲盛が三年前に襲った山幽の森が黒耀の古巣であることを知ったケジャは、ここ五日間、この久峩山の、山幽の森があった辺りを見張っていた。

そうして今日ようやく、山頂を目指してゆく黒耀を見つけたのだ。

火口に身投げするべく山頂へ向かう妖魔たちに交じって、ケジャは黒耀の後をつけた。

ここ二月ほど妖魔の自死が相次いでいる。かくいうケジャも、この五日間は身投げへの衝動を抑えるのに苦労した。しかしながら、常なら容易に気取られただろうに、この死への願望がうまく己の殺気を隠してくれているようだ。

今日こそ、積年の恨みを晴らしてくれる――

息子のカランは、四歳にもならぬうちに殺された。人より早熟とはいえ、まだ小さな子供だった。ほんのしばし群れからはぐれた矢先に、黒い影――黒耀――に攫われ、渓谷《けいこく》に投げ落とされたのだ。

カランの亡骸を見た妻のテレンは狂乱ののち塞ぎ込むようになり、ほどなくして同じ渓谷へ身を投げた。

妻子の死後しばらく、ケジャは群れを渡り歩いて黒耀を探した。一つの群れに留まらなかったのは、数々の目撃談から黒耀は小柄な鴉猿だと思われていたからだ。仲間の中にいるやもしれぬという見込みを捨て切れず、疑いの目を向けるうちにいつしか仲間に疎《うと》まれ、テナンの他数匹を残して交流が絶え、もう何十年も一人暮らしをしてきた。

それが、あの小娘だったとは――

頂にたどり着いた黒耀は、ちらりと奈切山の方を見やったのち、火口の縁に立った。

ケジャが半町ほど手前の岩で足を止めて躊躇ったのは、久峩山はもともと中腹より上には樹林がなく、これより先に身を隠せるような場がないからだ。気取られたが最後、己が半町を駆け抜ける間に黒耀は得意の雷を落とすだろう。

じりじりと機を窺ううちに、遠目にも白玖山と判る大噴火が起きた。

ほどなくして黒耀よりやや小さな少年と槙村が現れ、ケジャを失望させた。黒耀一人でも無理があるのに、加えて二人を相手にするのは難しい。

だが、機は訪れた。

黒耀と少年が手に手を取ってひざまずき、火口を覗き込んでしばらくして、突き上げるような地震が起きた。

腰を浮かせた黒耀がよろけて、地割れが黒耀を少年と槙村から離した。

今だ！

カラン、お前を失って三百年余り——やっとこの時がきた。

もとより刺し違える覚悟はある。

黒耀に突進すべく、ケジャは岩陰から躍り出た。

†

『アルマス！』

ムベレトの叫び声と、何かの殺気に蒼太は飛び起きた。

『息子の仇だ！』

鴉猿が叫びながらアルマスに飛びかかるのへ、傍らのムベレトが地を蹴った。

地割れを飛び越え、アルマスを押しのける。

アルマスへ伸ばされた鴉猿の手が、代わりにムベレトを火口へ押しやった。

アルマスが振り向いた時には、ムベレトは既に鴉猿と共に宙にいた。

『ムベレト！』

落ちゆくムベレトの口元には、恭一郎の最期に似た笑みが浮かんでいた。

『アルマス、お前が無事でよかった』

『ムベレト！　どうして⁉』

『人々に希望を与えるのも神の役目だと、お前は言ったな』

二人して火口を覗くも、ムベレトはもう闇の向こうだ。

『しからば、お前もまた私の神だった。生まれてからずっと――今この時でさえ、お前は私の希望だ、アルマス……』

『ムベレト！』

己とアルマスのみならず、夏野の叫びも重なった。

斎佳で夏野にそうしたように、ムベレトを力で包み込むべく、アルマスと二人で一心に念を放つ。

手を――力を――差し伸べる。

だがムベレトには届かなかった。

†

『ムベレト！』

アルマスの悲痛な叫び声が、今一度夏野の耳に届いた。

ムベレトには届かなかったが、蒼太とアルマスの渾身《こんしん》の念は結句、噴火を封じた。

蒼太を介して、久峩山が鎮まってゆく様が伝わってくる。

振り向くと、伊織と一葉もこちらを見ていた。

「久峩山は鎮まりつつあります。蒼太と黒耀が、力を合わせて噴火を食い止めました」

「さようか。こちらも支度は整った」

座した安良の亡骸の胸には懐剣が深々と突き刺さっていて、その柄は安良の手に握られている。「もしもの折」には自死に見せかけるよう、伊織たちは命じられていた。

「ゆこう。馨が待っている」

「はい」

八辻の剣を手にして夏野は立ち上がった。

東の窓の向こうが仄《ほの》かに明るい。

昇りつつある望月が、欠けた防壁の影を夜の帳に浮かび上がらせていた。

第十章 Chapter 10

あのあと――

一葉たちが天守を出てまもなく余震が晃瑠を襲い、天守の屋根が崩れ落ちた。

御堀《おほり》の外で安良を案じる人々の悲鳴を聞きながら、馨を交えて事の次第とこれからの手筈《てはず》を話し合うと、一葉と伊織はまず、ここにいる筈のない夏野を城外へ出すことにした。

更なる余震があるやもしれぬ中、隠道を使わせるには不安があったが、夏野はどこか無事を確信しているようだった。また、一刻も早く皆を――親しい者のみならず、市中で罹《り》災《さい》した者たちを――助けに行きたいと言われて、一葉は頷《うなず》くしかなかった。

夏野が確信していた通り――はたまたそれも天意なのか――防壁や天守が崩れたにもかかわらず隠道に支障はなかった。

伊織と共に燕庵から夏野を送り出すと、一葉は引き続き天守を見守る馨のもとへ、伊織は神月家に一番近い、御城の南側の恵幸門《えこうもん》へ向かった。

要人たちと護衛役、安由、理術師《りじゅつし》たちが次々恵幸門から御城へ戻り、皆の前で安良の死が明らかになった。

五ツにもならぬ時刻だったこともあり、「安良様崩御」の知らせは、常なら町木戸が閉まる四ツまでに晃瑠中に知れ渡った。

御城の皆がまんじりともせず向後のことを話し合うのへ、市中の皆は夜通し罹災者の救助に尽力した。

翌朝、一葉は制札場へおふれを出した。

《安良様が渾身《こんしん》の祈禱《きとう》の末に己《おの》が身を「贄《にえ》」として捧《ささ》げたことで、山々が鎮《しず》まり、我々国民は国を失うという大厄を免れたのだ》——と。

大老になってちょうど一月《ひとつき》。

国民に初めてついた嘘《うそ》だった。

†

あの夜、隠道から玄鳥堂へ戻った夏野は、ぞくぞくと御城へ集まる人々とは反対に東へ向かい、戸越《とごし》家の次郎《じろう》とまつの無事を確かめた。

続けて志伊神社の樋口家へ赴いて、小夜に伊織の無事と安良の崩御を伝えると、防壁が崩れた娑名女町《さなめちょう》へ向かった。

道中、地震で倒壊した家屋をいくつも見た。

力仕事は男たちに任せ、夏野は主に騒ぎに乗じた悪人——火事場泥棒《どろぼう》や強姦魔《ごうかんま》などに目を配った。斎佳で洪水が起きたのち、そういった悪人たちが跋扈《ばっこ》したと聞いたからだ。

噴火の前夜を家で過ごせたことを、一葉は安良の「お心遣い」だと言った。

安良が国を興し、現人神《あらひとがみ》となった事由は、己にとどめの死を与える者を探す、または育てるという私欲からだったが、「人を慈しみ、その命を惜しむ心は知っている」と言った言葉に嘘はなかった。

安良にとっては地脈の小手調べだったやもしれぬが、この二月の間、幾度《こたび》も地震があったおかげで、奈切山から神里にかけて、昨年の噴火で罹災した人里は此度の噴火に備えていた。ゆえに噴火は昨年より大きかったにもかかわらず、怪我人《けがにん》や死者は少なかった。晃瑠では朝のおふれに加え、奈切山の噴火を知った都人のほとんどが、日暮れには夕餉《ゆうげ》もそっちのけで、安良と共に祈るべく外に出て御城に手を合わせていた。よって倒壊した家屋の下敷きになった者や、火事を出した者は極僅《ごくわず》かだった。

四都の中では、防壁が倒壊した晃瑠が一番被害を被った。だが、蒼太をずぶ濡《ぬ》れにした通り雨が晃瑠も充分湿らせていたため、いくつか起きた火事は全て小火《ぼや》で済んだ。

安良が意図して仕組んだことではなかろう。

ただ、こういった成りゆきに、夏野はどこか安良の人への情を感じた。

翌日になって、夏野たちは残間山も噴火していたことを知った。

久峩山は蒼太とアルマスが抑え込んだものの、残間山までは力が及ばなかったらしい。ただし颯《はやて》で知らされた話によると、残間山の噴火は白玖山や奈切山、日見山と比べてずっと小さく、それゆえに晃瑠まで音や地震が届かなかったようである。

都師と理術師が防壁の修復に奔走し、伊織と一葉は国葬の支度に追われた。

安良の崩御は、三日後には国中の人里に伝わった。

国葬への参列を望む者がぞくぞくと晃瑠に押し寄せて、五日後には入都を規制せざるを得なくなり、入都できぬ人々が堀前の四町に溢れた。

そんな中、野々宮が駿太郎を連れて晃瑠へやって来た。

恭一郎の遺骨を携えて。

駿太郎は母屋の客間に控えさせて、野々宮、伊織、馨、夏野の四人は樋口家の離れで集った。

安良崩御の翌朝に伊織から颯を受け取った野々宮は、その日のうちに駿太郎と神里を発《た》ち、夕刻には玖那村に着いた。野々宮は村長に身分を明かし、翌日、恭一郎の亡骸《なきがら》を土に還《かえ》して骨とした。

「屋敷を検分する間もなく地震に見舞われたからな。俺《おれ》が着いた時も、鷺沢の亡骸の他《ほか》は皆ほったらかしだった」

特別手形から身元が知れて、恭一郎の亡骸は村長の家に運ばれていた。村人が恭一郎の亡骸を真っ先に探ったのは、蒼太が恭一郎の名と共に「おれの、ちち」だと言い残して行ったからだった。

「たった一人で手練《てだ》れの剣士を十人、西の衆を三人、鴉猿を一匹斬《き》ったのだからな……大した男だ、鷺沢は。実に惜しい者を亡くした」

「ええ」と、夏野は短く応《こた》えた。

「俺が着いた時も村はまだ上を下への大騒ぎだったが、鷺沢のことは茶屋の女将《おかみ》や薬屋の店主があれこれ尽力してくれた」

「そうですか」

「女将はご子息と奥方——蒼太やおぬしを案じていたぞ」

「奥方などと……女将さんが早合点しただけです。鷺沢殿とは、そのようなことは一切ありませんでした」

結句、接吻《せっぷん》さえ叶《かな》わなかった——

小さく首を振ると、恭一郎を失った悲しみがこみ上げる。

「蒼太はまだ戻って来ないのだな？」

「はい。しばらくは黒耀と共に、隠れ家で暮らすそうです」

久峩山の噴火を止めて以来、アルマスは抜け殻《がら》のようになっているらしい。

ムベレトはアルマスを庇《かば》って、鴉猿と火口に落ちて死した。襲いかかった鴉猿の言葉から察するに、アルマスは過去にあの鴉猿の息子を殺したようだ。つまりアルマスは、己の所業ゆえにムベレトを死なせたことになる。

蒼太はそんなアルマスをまずはかつての故郷の森へ、そののち様子を見に来た苑に乗せてもらって、那岐州の隠れ家へ連れて行った。

「ならば、蒼太は今しばらく『行方《ゆくえ》知れず』としておくか……」と、伊織。

恭一郎の遺骨はひとまず、都内の清見《きよみ》墓苑の鷺沢家の墓に納められることになった。土地が限られているため、都内に墓苑はいくつもない。四年前に子攫《こさら》いがあった清見墓苑に、人見が夕《ゆう》のために鷺沢家の墓を建てていたことを、夏野は此度初めて知った。

鷺沢殿は、奏枝殿と共に眠りたいのでは？

あのとねりこの木のもとで……

だが、恭一郎の遺骨からはなんの気配も感じ取れなかった。

安良の「御神体」のごとく、恭一郎がまだこの世に「在《あ》る」ことを期待していた夏野はいささか落胆したが、これもまた安良が神である証《あかし》といえよう。とどめの死を迎えたにもかかわらず、神社の「御神体」には、いまだ消えることなく安良の気が宿っている。

蒼太が帰って来たら相談しよう。

なんなら私たちの手で、人知れずこっそり事を済ませてもいい。

その昔、ムベレトが八辻の遺骨を桂《かつら》殿のもとへ運んだように……

伊織たちの話が政《まつりごと》へと移るのへ、夏野は一足先に暇《いとま》を告げて、母屋で待っていた駿太郎のところへ行った。

「鷺沢様のこと……心よりお悔やみ申し上げまする」

「お心遣い、痛み入る」

弔慰《ちょうい》を述べた駿太郎へ、夏野はおどけてみせた。

「結句、色仕掛けは不首尾に終わってしまった。お駿がせっかく手ほどきしてくれたのに、不甲斐《ふがい》ない弟子で申し訳ない」

無理やり笑顔を作ったものの、みるみる溢《あふ》れた涙が頬《ほお》を伝った。

蒼太の前で涙してこのかた、五日間ずっと気を張っていた。

涙をこらえていた。

しゃくり上げる己の肩に触れ、駿太郎がそっと抱きしめた。

†

安良の国葬は崩御から半月後の、文月末日に執《と》り行われた。

人見の死からほんの二月ほどの不幸を人々は嘆いた。

国葬には葉双から戻った由岐彦《ゆきひこ》も、州司代として参列した。

夏野が晃瑠へ発った後、由岐彦は災厄に用心するよう葉双中の番屋に遣いを出したそうである。

「夏野殿の言葉を思い出して、またしても、きね殿の名を使わせてもらった」

――懐かしの雨引のおきねばあさんが夢枕に立ってな。このところの地震といい、どうも気になる。用心に越したことはない。皆にもそう伝えてくれ――

この「おふれ」が功を奏したのか、日見山の噴火にも葉双の人々は落ち着いていた。

また、日見山の噴火やのちの地震を経てからは、多くの者が久峩山が噴火せぬよう表に出て祈ったそうで、後日安良の祈禱の話を伝え聞いて、安良と共に国の無事を祈ったこと、そうできたことを、皆、由岐彦に感謝しているそうである。

「夏野殿のおかげだ」

「いえ、由岐彦殿――それから、おきねばあさんのおかげです」

義忠《よしただ》の回復には今しばらくかかりそうだが、山村《やまむら》に脅されて毒を仕込んだ千花《ちか》は、義忠の温情で死罪は免れた。それでも傷害罪で中追放――財産没収の上、葉双より十里四方からの追放――を一度は言い渡されるも、身一つしか持たぬ上、まだ十二歳であることが斟《しん》酌《しゃく》されて、追放刑は取り消され、義忠の向後の薬礼を担うことで落着したそうである。

「山村の方は無論死罪になった。だがやつは、打首になる前に気になることを口にした」

九年前に由岐彦が内々に葬《ほうむ》った二人の用人、山村徳之進《とくのしん》と溝口求馬《みぞぐちきゅうま》の死を、山村がどうして知ったのか問うたところ、山村は竜治《りゅうじ》という男から聞いたと白状したという。

「竜治ですって？」と、夏野は思わず声を高くした。「西の衆には竜虎――竜治と虎治《とらじ》という二人組がいます」

「夏野殿も竜虎を知っていたか。山村は竜治の話を鵜《う》呑《の》みにして慶介《けいすけ》様や義忠を恨んでいたが、やつの言い分から推察するに、どうやら西原は慶介様と確執があったようだ。おそらく徳之進や求馬をそそのかしたのも西原だろう。何故《なぜ》なら、螢太朗《けいたろう》を攫って亡き者にしたのは竜治だった。これは竜治が山村に直《じか》に告げたことだ。二人の用人の義憤に同情して手を貸した、と言ったそうだ。徳之進と求馬は下手人は自分たちが始末したと言っていたが、とんだ嘘だった」

由岐彦は二人の嘘を見抜けなかったことを悔いているようだったが、竜治が螢太朗を殺した下手人ならば、夏野は図らずも己が手で仇討《あだう》ちを果たしたことになる。

しかしながら、由岐彦にそのことを打ち明けることはできぬ。

今はまだ――

――嘘や隠し事、身勝手さは人から学んだ――と、安良は言った。

だが、この世の全てを知り、司るのが神ならば、そもそも人をそのような生き物としたのは神――安良――であり、むしろ人は安良の――神の――身勝手さを映しているだけではなかろうか。

葉月《はづき》も九日目になってから、夏野は晃瑠の外で苑と会した。

天守にて「如何《いか》なる命も在りしまま」にと祈ったものの、苑曰く、一連の噴火が収まったのちもしばらく妖魔の自死が相次いだ。

土鎌《つちがま》も共殺しを続けて、殊《こと》に海辺には野々宮が目撃したような黒い塊がいくつも見られたそうである。

「羽無《はなし》が群れで海に入って行くところも見た」と、苑。「ろくに泳げぬくせに、後から後から迷いなくどんどん沖へ向かって行った。羽無といい、五兎《ごと》といい、小さい妖魔はこのところまったく見ていない」

金翅《こんじ》や鴉猿にはほとんど自死がなかったものの、仄魅《しきみ》は五大霊山への身投げがいくつか目撃されていた。

白玖山の樹林は粗方《あらかた》、溶岩流か火砕流に呑み込まれた。

苑たちが見た限りでは麓の方に木々が少し残っているのみゆえに、森にいた山幽は跡形もなく死したと思われる。

蒼太も、噴火した山々にあった森はもちろんのこと、妖魔の自死が続いていると聞いて、他の土地の森も案じている。しかしながら、アルマスを一人で置いてはゆけぬと――アルマスこそ、ふとした隙《すき》に自害しそうで――今は隠れ家を離れられずにいた。

――だが、こうしてつながっているゆえ、安心だ――

――うん。おれも「なつの」とつながっているから心強い――

羽黒町の外で別れて以来、蒼太とは直に顔を合わせていないが、日に幾度かは念で言葉を交わしている。

地震に噴火、安良の崩御と、人里の混乱に乗じたように、五日前、能取《のとり》州の倉田村《くらたむら》が鴉猿の襲撃に遭っていた。

伊織から聞いたばかりのその話を、夏野は苑にも伝えた。

「火番は鴉猿たちの後から狗鬼が数匹入って来るところも見て、万事休すと思ったそうだ。だが、狗鬼たちは人には見向きもせず、鴉猿たちのみを追い回し、村から追い出して、結句、犠牲は十人足らずにとどまった」

しかも、死者の一人は至術師《しじゅつし》の増岡晶一《ますおかしょういち》だった。結界を破るのに自分の血を使ったようで、増岡は見るも無惨に痩《や》せこけていたという。

「西原は、増岡は鴉猿たちを止めようとしたと言い張っているが、ずっとやつらに捕らわれていて、いいように使われていたのだろうな」

「我らも人助けをしておるぞ。殊にルォートは、近頃は街道まで出張って目を光らせている。おとといも、人を付け狙《ねら》っていた鴉猿を仕留めてやったと自慢していた」

「かたじけない」

金翅たちの人嫌いは変わらぬが、ブラウという仲間の仇《かたき》だった稲盛を討った恭一郎には、皆、恩義を感じているらしい。

「蒼太の父親だしな。蒼太を王に望む我らの気持ちは変わらぬ。蒼太が久峩山の噴火を止めてくれたおかげで、残間山は大きな噴火を免れたのだろう。残間山が白玖山のごとく噴火していたら、仲間にも死者が出たやもしれん」

あの日、苑が巣に戻る道中、残間山ではまた金翅と鴉猿が小競り合いを始めたところだった。苑が山を離れるように忠告したにもかかわらず、噴火するまで鴉猿を追い回していた仲間がいたそうである。

「黒耀はここしばらく大人しくしているようだが、またいつ何時、滅多《めった》やたらな殺しを始めるやもしれぬからな。その時は蒼太の出番だ」

苑は己が隠れ家へ運んだアルマスが黒耀だとは、いまだ知らぬ。

あの鴉猿はどうやって、アルマスが黒耀だと知ったのか……

「息子の仇」を討たんと、あの鴉猿は相打ちを覚悟の上で、アルマスを火口へ突き落とそうとした。

――なんなら思いもかけぬ仇討ちや闇討《やみう》ち、この世の滅亡を夢見て、一月も二月も過ごすことがある――

水無月《みなづき》に久寝山で会したアルマスはそう言った。

あれもまた、願望が言霊《ことだま》から詞となったのではないかと、夏野は思い巡らせた。

結句、ムベレトが身代わりとなったが……

苑と会した三日後、夏野は滝勇次《たきゆうじ》の案内で、再び千成《せんなり》の屋敷で赤虎《あかとら》と対面した。ついでの折に、石榴屋《ざくろや》に言伝《ことづて》を頼んでおいたのだ。

委細は明かせぬと前置きした上で、夏野は赤虎に、ムベレトが死したことを伝えた。

「子供を庇って、身代わりとなったのです」

「子供？　やつには子供がいたのか？」

「あ、いえ、槙村の子ではなく……ですが槙村は、その子供のことを、ずっと大事にしていました」

「……そういう子がいたから、俺のことも助けてくれたのかもしれねぇな。――ちっ。安良様の崩御よりも、槙村が逝っちまったことの方がなんだかこたえるぜ。やつは俺の命の恩人だからよ。俺には安良様よりも、やつの方が神様みてぇなもんだった……」

まったくだ、と夏野は内心つぶやいた。

ムベレトを助けようとして、アルマスと蒼太は渾身の念を放ち、結句、久寝山は鎮まった。さすればムベレトこそが、この国を救った「神」といえないこともない。

死傷者はそうでもなかったが、家屋や田畑の被害は多々あった。殊に火山脈沿いの、室生州府・美山《みやま》、那岐州府・神里、空木村、恵中州鳴子村などでは家屋の倒壊や地割れがひどく、復旧には時がかかりそうである。

安良が命懸けで大厄から皆を救ったこと、西方である倉田村が襲撃を受けたこと、人見の国葬に続いて安良の国葬でも若き一葉の振る舞いが評判になったことで、西原についた一都六州の人心も安良に戻りつつあるようだ。

安良様は金翅と通じていた――と、噂《うわさ》が立ったのはそんな矢先だ。

おそらく虎治が西原に告げたのだろう。金翅が、鳴子村の子供を四人も含む一家八人を皆殺しにしたという空言《そらごと》が蒸し返された。昨今、東都の東の斑鳩町の者が金翅をよく見かけていたこともあり――これも西原の差金《さしがね》だろうが――読売まで出回った。

しかしながら、噂はほんのひとときで立ち消えた。

噴火よりこのかた、国葬や人里の立て直しで旅人が増えていた。旅人の中には鴉猿に襲われた者や金翅に助けられた者が幾人もいて、各地で鴉猿は「敵」、金翅は「味方」だと評され始めた。

そうして自ずと西原への猜疑《さいぎ》心《しん》と、安良への信仰が増してきた長月《ながつき》四日、貴沙の東門に至術師の小林隆史《こばやしたかし》が現れた。

玖那村の屋敷で斬り合いが始まった時、小林は奥の座敷に臥《ふ》せっていたそうである。稲盛が伊紗を乗っ取り、小林の身体を出て行ってから、山幽のサスナとの不和が急速に進んでいたのだ。小林は同じく斬り合いに恐れをなした元理術師の田辺明博《たなべあきひろ》と共に、早々に座《ざ》敷牢《しきろう》がある地下へ隠れた。

田辺と身を寄せ合い、しばらく耳をそばだてていたものの、やがて気を読むことが得意な田辺が稲盛の気が途絶えたことを悟った。

地下に座敷牢のみならず、裏の涸《か》れ井戸に通じる隠道があることは、屋敷を買い取った時に教えられていた。隠道はもう何年も使われていないようだったが、噴火による地震が起きて、生き埋めを恐れた二人は兎《と》にも角にも隠道から外へ逃げ出した。

村人の目を避けて玖那村を出ると、小林は不調を押して空木村へ向かったが、田辺が旅慣れぬこともあって思うように足が進まず、空木村に着く前に白玖山の噴火が起きた。

地割れが起きて二人は足をすくわれた。小林がとっさに割れ目から逃れることができたのは、山幽のサスナの体力のおかげだろう。地割れに落ちた田辺はしばらく生きていたようだ。だが、次の地震で呑まれて息絶えたようである。

小林は貴沙に着いた時には、半《なか》ば気が触れていた。

一月半余り、どこをどうさまよっていたかもうろ覚えだったが、その懐には訴状があった。正気を失う前にしたためていたものらしい。訴状には鹿島が暴露したことが事細かに記されていただけでなく、鳴子村の一家を殺したのが鴉猿であること、稲盛が金翅の仕業に見せかけたこと、己も稲盛に命じられて同行していたことも書かれていた。

小林は貴沙に着いたその日の夕刻に清修寮の寮頭に対面し、記憶の限りを明かしたのちに狂い死にした。鹿島同様、突如引きつけを起こし、のたうち回った末に息絶えたと夏野たちは聞いた。ただし、取り込んだのが山幽だったがゆえに、鹿島のような大きな変化は見られなかったそうである。

貴沙の閣老の館山《たてやま》はすぐさま訴状を写し、原書を大老の意向を仰ぐべく晃瑠に届けさせた。夏野は訴状を直に読んでいないものの、伊織曰く、稲盛が玖那村にて「前大老の孫を攫い」、その「父親」に討たれたことは書かれていたが、蒼太や黒耀――アルマス――の正体には一切触れていなかった。

「小林も鹿島と同じく、死に際に安良様の慈悲を乞おうとしたのだろう」と、馨。「末期の善行と罪滅ぼしに西原や稲盛の悪行を記すのに夢中で、蒼太たちのことは忘れておったのではないか?」

慈悲云々はもとは伊織の推察であり、夏野も考えを同じくしている。だが、此度は罪滅ぼしとは別に、鹿島も小林も最期まであがかずにはいられずに、なんらかの――自分たちが「生きた証」を残そうとしたようにも思えた。

蒼太やアルマスのことが書かれていなかったのは、小林の中にいたサスナの最後の抵抗、もしくは良心だったやもしれぬ――とも。

小林の死に様や訴状については、時を置かずして西原にも伝わった。どうやら貴沙の御屋敷には内通者がいたらしく、小林が公衆の面前ではなく清修寮で死したのをいいことに、西原は一連の悪評と共に、全ては一葉や伊織の謀《はかりごと》だと――安良亡き今、目の上のたんこぶである自分を貶《おとし》めようとしていると申し立てた。

「む……それでどうするのだ？　西原を叩《たた》くなら人心がこちらにある今のうちだろう？」

「まあな」と、伊織。「だが訴状も謀だと言われては、水掛け論は免れぬ」

「だからなんだ？　また捨て置くつもりか？」

「表向きはな。そう怒るな、馨」

「怒ってはおらん。案じておるのだ」

「なら、そう案ずるな。俺も一葉様もただ手をこまねいてはおらぬ。お前が言った通り人心はこちらにある。斎佳の清修寮と西方六州には既に密使を送った。やつがこれまでもてあそんできた噂話を、此度は我々が安由たちを使って仕込んでおるところだ。ただし噂は噂でも流言ではないぞ。こちらは真実なれば、やつが詰むまでそうかかるまい」

そう言って不敵に笑んだ伊織の予言は、ほどなくして現実となった。

西原が斎佳の市中で襲われ、殺されたのだ。

†

長月十五日、西原が天井町《あまいちよう》の料亭・酉井屋《とりいや》へ足を運んだ時の出来事だった。暖簾《のれん》をくぐる直前に店先で喧嘩が起きて、護衛役がそちらに気を取られた隙に、店先にいた女二人と、通りすがりの唐辛子売りが一斉に西原に襲いかかったという。

女の一人は護衛役に斬られてその場で息を引き取り、今一人の女と唐辛子売りの男は周りの者に取り押さえられた。

西原暗殺から五日後の夕刻、下城して来た伊織と馨に誘われ、夏野は樋口家へ向かった。

暗殺を知らせた颯を受けて以来、伊織は再び多忙を極めて御城に詰めており、帰宅も三日ぶりだった。

離れに集うと、小夜が酒を運んで来た。

「その方が落ち着きますから」と、臨月を迎えても小夜は家事をこなしているが、夏野はついはらはらしてしまう。

馨が真っ先に酒に手を伸ばした。

「祝い酒だ」

「さようで……」

西原の死を喜ぶ気持ちは夏野にもあった。だが、たとえ敵でも、死を願うことそのものは己にはやはり厭《いと》わしい。

「西原の不幸にではないぞ。いや、ざっくばらんに言えばやつの訃報は喜ばしい。だがそれよりも、俺の御役御免はもっと喜ばしい」

「御役御免？」

「そうとも」と、満面の笑みで馨は大きく頷いた。「ようやく東方の結界の増補が終わったそうでな。護衛役を務めていたうちの道場の者も皆戻って来た。稲盛も西原もいなくなったのだから、理一位が狙われることもそうなかろう。よって、用心棒は他の者に任せてもよいと樋口様が仰ったのだ。なぁ、樋口様？」

「毎日毎日、行きも帰りもこぼされて、うんざりしていたからだ」

これからは伊織の護衛役は、柿崎道場の門人を幾人か借り受けて当番制とし、当番の者は馨の小屋を使うことにするらしい。

「馨には、この離れへ移ってもらう」

「妙案です」

頷いたものの、心寂しさは否めなかった。

恭一郎たちの持ち物は驚くほど少なく、蒼太の掻巻《かいまき》も隠れ家に置いたままだ。数枚の大小の着物や二つ並んだ湯桶《ゆおけ》くらいしか、二人がここで暮らしていた証はもう見られない。

噴火や安良崩御のあれこれで、都内の妖魔狩りは宙に浮いたままになっている。しかしたとえ話が流れたとしても、蒼太がこれより先、都で暮らすことはないだろう。そろそろ守り袋では成長を誤魔化《ごまか》せなくなっている。

恭一郎の形見でもある八辻の剣は、いまだ夏野の手元にあった。

安良の国葬ののち、ささやかながら恭一郎の葬儀も執り行われた。葬儀の折に、夏野は一葉へ八辻の剣を渡そうとした。けれども一葉は、「それは兄上が、蒼太と黒川殿に託したものですので」と言い張って、受け取らなかったのだ。

酒を一口含んでから、伊織が再び口を開いた。

「ところで、西原暗殺の下手人が判った。斬られて亡くなった女の名は松山幸《まつやまさち》といい、竹中村《たけなかむら》――昨年村人のほとんどが死した能取の村の者で、今一人の女の名は加藤《かとう》きの――住まいは斎佳らしいが青海村《おうみむら》の出だ。二人とも村に住んでいた親兄弟と親類を皆、松山に至っては夫と三人の子供も含めて亡くしていた」

黒桧《くろべ》州青海村は竹中村より被害がひどく、村人は一人残らず殺されている。

「唐辛子売りの名は中谷優作《なかたにゆうさく》といって、鳴子村で柴田多紀《しばたたき》を殺した者だった」

「柴田殿を？」

問い返してすぐ、夏野は思い出した。

三年前、佐吉を育てていた術師・柴田多紀は「妖魔に通じていた」として、襲撃を受けた那岐州小野沢村《おのさわむら》の遺族に逆恨みされた。

多紀は結句、匕首《あいくち》と手斧《ておの》によって惨殺されたが、三人の下手人の内、中心となった下山《しもやま》という男は死罪、一人は自害、最後の一人は逃げたままだった。中谷は下山と同じく、小野沢村の襲撃で妻子を失っていた。

「中谷は下山が柴田にとどめを刺すところを見て我に返り、己の所業が怖くなって逃げ出した。そののち、襲撃に遭った人里を訪ねるうちに、襲撃が西原や術師の謀だと気付いたそうだ。中谷はそれからずっと悔いてきたらしい。証もないのに、ただ恨みと悲しみを晴らすべく下山の口車に乗って、あのように柴田を殺《あや》めたことを……ゆえに大番所で柴田殺しを自訴したのち、牢屋で隠し持っていた毒で自害した」

「自害……」

「もとより西原暗殺は妻子の仇討ち、柴田には己が死んで詫びると決めていたとか。毒を都合したのは鷹目《たかめ》の重十《しげじゅう》だ。此度の暗殺は、重十と貴一《きいち》が手配した」

一昨年まで西の衆だった貴一は、妻の紗枝《さえ》が理一位暗殺を強いられ、己や子供たちまで殺されそうになったため、西原を見限って今は安由として働いている。

貴一は西の衆を探る傍ら、仇討ちの機会を窺《うかが》ってきた。重十とは手形を手配してもらった時からつなぎを取っていて、同じく西原を仇と恨む者たちを探し出し、此度の暗殺を企てたそうである。

「西原を酉井屋に呼び出したのも重十だったそうだ。稲盛の名を騙《かた》ってな」

至術師の「稲盛文三郎」は表向き、行方知れずとなっている。

貴一や重十は稲盛のことを詳しく知らなかったが、読売や伝え聞いた鹿島や小林の最期の暴露から、稲盛の名で呼び出せば、西原は応じるだろうと踏んだ。貴一は自らも西原へ一太刀浴びせたかったが、顔を知られているがゆえに皆に止められたという。

「貴一はどうなりますか？」

「お咎《とが》めなしだ。人見様はお亡くなりになる前、貴一を安由として召し抱えた時に、仇討ちを許していた。ただし、時機を逃さぬためには致し方なかったとはいえ、此度の暗殺は性急で、安由の頭も知らされぬうちに事が運んだ。重十にも借りを作ったことになるゆえ、貴一は昨晩、頭と一葉様からこってり叱《しか》られた」

貴一は西原の死を見届けてすぐさま斎佳を発ち、自ら事の次第を頭に知らせるべく四日で晃瑠までやって来たそうである。

貴一の無事は、その子供の貴也《たかや》や奈枝《なえ》の無事でもある。まさかとは思ったが、「お咎めなし」と聞いて夏野は胸を撫で下ろした。

西原亡き今、大番所では小林の訴状も鑑《かんが》みつつ、一人生き残った下手人の加藤の沙汰《さた》をじっくり吟味《ぎんみ》するようだ。

誇らしげな顔をして、馨が口を挟んだ。

「ついでに、新太《しんた》夫婦も仇討ちを果たしたぞ」

「仇討ち――というと、もしや虎治を？」

新太とその妻の純代《すみよ》も、貴一同様、元西の衆だ。新太の息子の慎吾《しんご》は卯月《うづき》に竜虎に殺され、新太と純代も危うく殺されかけた。

伊織に諭され、安由の仙助《せんすけ》の手引で維那へ向かった二人は、ここしばらく貴一のもとで働いていて、西原の死を知って斎佳へ戻って来た虎治を二人がかりで仕留めたという。

「お前が佐吉に頼んで石榴屋に託した竜治の武器は、伊織から安由の頭へ、頭から貴一へ、貴一から新太へと渡っていてな。新太は仇討ちに竜治の武器を用いることで、しばしだが虎治を惑《まど》わせた。さもなくば、二人がかりでも手練れの虎治を討ち取ることは難しかっただろうと、貴一は言っていたそうだ」

西原も竜虎も亡き者となった今、新太夫婦は貴一のごとく、これからは神月家に仕えたいと願い出て、近々一葉と盃《さかずき》を交わすらしい。

「貴一を通して新太たちから、竜治を討ち取った黒川によくよく礼を伝えて欲しいという言伝を預かったが――」

伊織が言うのへ、夏野は首を振った。

「礼など……私は我が身を護っただけでございますから」

そしていくらやむを得ぬことだったとしても、己が命を奪った事実は変わらず、澱《おり》のごとくずっと――蒼太の言葉を借りれば――「背負っていく」ことになるのだろう。

安良様も、ずっと背負っていらした。

計り知れない数の命を――これまでも、これからも、ずっと背負ってゆかれる……

安良は言った。

――私にとっては一本の稲も、一羽の燕《つばめ》も、一匹の猫も、一人の人も、皆等しく一つの命だった――

己は人ゆえに、人や人に近しい動物の命に重きを置いてきた。だが、安良の言葉通り全ての命が等しいならば、人を始めとする動物は、ただ生きているだけで――食べていくだけで――皆、多くの命を「殺し」、「背負っている」ことになる。

黙り込んだ夏野へ、馨が杯を差し出した。

「まあ飲め」

「私は――」

「今日くらい、一杯付き合え」

「では、一杯ご相伴いたします」

夏野が杯を受け取るや否や、足音が近付いて来た。

引き戸の向こうから、伊織の父親の高斎《こうさい》が硬い声で呼ぶ。

「一大事だ、伊織」

「一大事？」

下座にいた夏野が戸を開くと、眉をひそめた高斎が立っている。

まさか、また誰かお亡くなりに――？

人見の危篤《きとく》や訃報を思い出した夏野が身を硬くするも束の間、高斎が厳《おごそ》かに告げた。

「小夜が産気づいた」

はっとした伊織の隣りで、馨が笑い出した。

「はははは、そりゃ一大事だ」

「笑いごとではないぞ、馨」

「そうですぞ、真木殿」

親子揃って険しい顔でたしなめると、連れ立って母屋へ走って行く。

「あははは、あんな顔の伊織は滅多に拝めぬ」

「真木殿、本当に笑いごとではありませぬ。お産は命懸けですよ」

「うむ。だが、あの伊織とあの小夜殿の子だぞ。きっとうまいこと生まれてくるに違いない。このところ訃報が続いたからな。死にゆく者もいれば、生まれてくる者もいる――それが世の習いだろう？　いやはや実に喜ばしい。どのみち、俺たちには祈ることしかできんのだ。さ、黒川、一杯やろう」

「真木殿……」

相槌《あいづち》に困りつつも、夏野はとりあえず杯を差し出した。

†

馨の「予言」通り、伊織と小夜の赤子は無事にこの世に生まれた。

安産で、破水から出産まで三刻ほどという早さだった。

暮れまでの三月は飛ぶように過ぎた。

天守はまだ修復中だが、防壁はもと通りになった。

西方一都六州の民人は「安良国」へ戻ることを望んでいるが、亡き西原や西原家の処遇でさえまだまとまっておらず、東方は静観している。

ただ、人見の生前の約束を守るべく、斎佳の清修寮にも新しい結界の理が伝授されたことで、一都六州の結界は増補されつつあった。

夏野は時に伊織の護衛役を担う傍ら、主に剣術の稽古に勤《いそ》しみ、大晦日《おおみそか》を前にして七段に昇段した。

年明けて、四日の五ツ半という時刻に、夏野は樋口家を訪ねた。

年賀は、みよし屋の大福だ。

「ありがとうございます。蒼太が悔しがりますね」と、小夜がくすりとする。

蒼太はいまだ隠れ家にいて、夏野は結句、白玖山の噴火の前に会ったきりだ。

苑や佐吉と隠れ家を訪ねようかとも考えたが、傷心のアルマスを慮《おもんぱか》って控えている。

三箇日の間は樋口家への訪問は遠慮していたのだが、伊織は早くも昨日から登城していて留守だった。

伊織と小夜の子供は男児で、「肇《はじめ》」と名付けられた。

霜降《そうこう》に生まれた肇は、紅葉の訪れと共に、樋口理一位の第一子として国中に大きな喜びをもたらした。

早くも首が座ってきて、小夜の腕の中から夏野を見て微笑《ほほえ》む。

「ふふ、肇は夏野様がいるとご機嫌ね」

小夜の台詞《せりふ》には少々世辞が交じっている。というのも、肇はほとんど人見知りすることがなく、強面《こわもて》の馨が抱っこしてもにこにこしているからだ。

祖母となった恵那曰く「ちゃんと人を見ている」らしく、「いけ好かない」者には泣いて手がつけられぬそうだが、夏野はまだそんな肇を見たことがない。眠い時や腹が空《す》いた時、おしめが汚れた時には相応に泣いて訴えるものの、そんな泣き顔も泣き声も、夏野や馨には愛《いと》おしい。

この子なら、ありのままの蒼太を見ても怖がらぬだろう――

夏野が肇に微笑み返すと、小夜も顔をほころばせる。

「そうそう、昨日、真琴《まこと》様から賀状が届いたのですが、ご懐妊されたそうです」

「それはめでたい！」

「ほんに……」

夏野たちが斎佳を訪れた折に身籠《みごも》っていた木下《きのした》真琴は、一昨年の如月《きさらぎ》にやはり男児を産んでいた。初めての子育てにてんてこ舞いのところへ斎佳の自治や安良崩御などが重なって、しばらくやり取りが途絶えていたが、肇が誕生した時には祝辞と祝儀がしっかり届けられた。

「ただ、二人目の懐妊は喜ばしいけれど、これでまた晃瑠行きが遠のく——とぼやいていらっしゃいました。晃瑠への旅が、もう一昔も二昔も前のことのようです、東都は随分様変わりしたでしょうね——と」

「ははは、一昔なんて大げさな」

「でも私とて、斎佳への旅は遠い昔のことのようです。ほんのおととし——いえ、三年前のことだというのに」

「言われてみれば……随分、いろんなことがありましたからね」

「ええ……」

様々な想い出を胸に小夜と頷き合うと、夏野は肇に語りかけた。

「これからこの世はどうなるのだろうな、肇殿？　皆やそなた、これから生まれてくる者のためにも、無用の争いのない、太平の世が訪れるとよいのだが——」

肇はまだ言葉を知らぬ。

だが、夏野と小夜を交互に見やったのち、目を細めて満面の笑みを浮かべた。

†

そうして……五十年の歳月が流れた。

終章
Epilogue

部屋に忍び込んで来た気配を感じて、夏野はゆっくり目蓋《まぶた》を開いた。

夜八ツ——俗に丑《うし》三ツ時と呼ばれる時刻を過ぎた頃《ころ》と思われる。

「きっと来てくれると思っていた……」

「遅くなってごめん。でも、間に合ってよかった」

「まったくだ。……橡子《しょうこ》はどうした？」

「町外れで待っている。俺が夏野と水入らずで過ごせるように」

七日前、夏野は稽古《けいこ》中にふいに癪《しゃく》を起こして倒れた。それから床《とこ》に臥《ふ》すようになり、昨日はもう身体《からだ》を起こすこともできなくなっていた。

そうでなくともここ半年ほど衰《おとろ》えを感じていたが、蒼太の目のおかげで、有明行灯《ありあけあんどん》のみの薄闇《うすやみ》の中でも、蒼太のありのままの——十歳の少年の顔は見て取れた。

「久しぶりだな。十年——いや、十一年ぶりか」

「うん。夏野が還暦で隠居した時に会ったきりだ」

直《じか》に顔を合わせるのは十一年ぶりでも、蒼太とはずっとつながっていて、しかと念じることでいつでも言葉を交わすことができた。

「水入らず、還暦、隠居……ふふ、もうすっかり言葉が達者《たつしや》になったな」

「そりゃ、五十年もすれば人語にも慣れる」

ふと足音が近付いて来て、夏野たちは口をつぐんだ。

「お祖母《ばあ》様？」

「なんだい？」

襖《ふすま》がそろりと開いて、孫の美冬《みふゆ》が顔を覗《のぞ》かせる。

「声がしたみたいだったから……」

「……夢を見ていた。寝言が漏れたんだろう。お前はお手水《ちようず》かい？」

「ええ。お休みの邪魔をしてごめんなさい。でも、何かあったらすぐに呼んでね。お布団は足りているかしら？　今宵《こよい》はなんだか冷えているから心配よ」

昨日は秋分で、前日までと比べて、まさに秋らしく一息に涼しくなった。

「ありがとう。私は大丈夫だから、お前も暖かくしてゆっくりお休み」

「お休みなさい」

襖が閉まると、夏野は部屋の闇に身を隠していた蒼太と笑みを交わした。

『孫の美冬だ』と、今度は感応力で言った。

『夏野に少し似ている』

『剣はからきしだが、弓はもう五段の腕前だ』

あれから——

蒼太は結句「行方知れず《ゆくえ》」のままで、いまやその名を思い出す者もまずいまい。

一〇八六年の安良崩御から六年余り、夏野は晃瑠で伊織の護衛役を務めつつ、時に苑たちの助けを借りて国中を——殊《こと》に僻地《へきち》の人里を——見て回り、人々や妖魔《ようま》の様子を伊織や一葉に伝えた。

剣の腕前はますます冴《さ》えて、一〇九二年の秋口には九段に昇段し、馨と遜色《そんしょく》なく打ち合うようになった。今一人の師範の三枝《さえぐさ》の隠居を機に柿崎に師範役を打診されるも、夏野は断り、ほどなくして由岐彦の三度目の妻問いを諾《だく》した。

夏野は二十七歳、由岐彦は三十九歳になっていた。

年越しを待たずに祝言《しゅうげん》を挙げる運びとなったが、その前に由岐彦は弟にして使役《つかいやく》だった実岐彦《みきひこ》に家督《かとく》を譲り、実岐彦を州司代とした。というのも、毒に侵された義忠はあれより本復することなく、寝込むことが増えていたからだ。そんな義忠を傍《そば》で支えるべく、由岐彦は帰郷と黒川家への婿《むこ》入りを決めたのだった。

恭一郎の死後も、恋心は長らく燻《くすぶ》っていた。だが、伊織や一葉のもとで政《まつりごと》に携《たずさ》わるうちにいつしか、人見のごとく良き政のために奔走する由岐彦と、残りの人生を共にしたいと願うようになった。

——のちに続く者を育てる——

——俺《おれ》たちの死後も人は生まれ、育っていくのだ——

いつかの野々宮の台詞《せりふ》ではないが、夏野も由岐彦も国が――人という種が――この先も長く続くよう望んでいた。

由岐彦と夫婦《めおと》になると決めた折、夏野は伊織と一葉に願い出て、全《すべ》てを由岐彦に明かす許しを得た。

夫婦になると――最期《さいご》まで添い遂げると決めたからには、隠し事を持ちたくなかった。

由岐彦の妻問いを諾したことを蒼太にはなかなか切り出せなかったが、いつまでも隠してはおけぬと意を決して伝えてみると、蒼太は思いの外《ほか》喜び、祝福してくれた。

葉双での祝言の前夜、夏野は安良の崩御以来初めて、六年ぶりに蒼太と顔を合わせた。

『……あれは実は、お前の心遣いだったのだろう？　お前を目の当たりにするとどうしても鷺沢殿が思い出されるから、私が心を決めるまで顔を見せずにいてくれたのだろう？』

『心遣いだなんて、そんな大層なものじゃない。あの頃は、俺もまだなんだかつらかった。日に何度も恭《きょう》を思い出して、うじうじしてた。アルマスのこともあったし……』

久峩山の噴火を止めるために――ムベレトを救うために――アルマスは力を使い果たしてしまったらしい。巨大な念力を始め、それまでに覚えた術――雷《いかずち》を操ったり、心臓を握り潰《つぶ》したり、他者の力を取り上げたりといった難しい術から、声音を変えたり、闇に身を隠したりという易しい術まで一切使えなくなったそうである。今のアルマスには山幽《さんゆう》特有の少しばかりの念力と、日に百里を駆けるといわれている脚力、感応力があるのみだ。

ムベレトの死に加え、力を失ったことが追い打ちとなって、アルマスは長らく落ち着かなかった。うつろな目をして幾日も飲み食いを拒んだり、自死への衝動に駆られてはかろうじて思いとどまったりという日々が何年も続いた。

のちに判《わか》ったことだが、アルマスはムベレトの嘘《うそ》を――実は、己が生まれる前からムベレトが安良と通じていたことを――噴火の前に知っていた。その昔、人里の結界を越えるためにムベレトがアルマスに与えた小道具には、ムベレト曰《いわ》く「術師の血」が使われていた。ムベレトと決別したのちも使い続けていたそれは、安良が自身の血を用いて作ったことを、アルマスは新しい結界が「死した術師の血」では越えられぬと知って悟った。

それでもアルマスは、共に見届けようと言ったムベレトの言葉を信じて、死の誘惑に抗《あらが》いながら、あの日、久峩山の火口に立っていたのだ。

アルマスを襲った鴉猿はケジャといい、噴火より更に三百年余り前、鴉猿の「黒耀」に幼子を殺されていたことも判明した。ケジャに黒耀がアルマスだと教えたのは、おそらく稲盛と共にいたテナンという鴉猿で、テナンも妻を黒耀に――こちらはアルマスに――殺されていたようだ。

これもまた背負った「命」なのだろう。己の所業が巡り巡ってムベレトの命を奪ったことが――ムベレトを救えなかったことが――アルマスを一層、今もって苦しめている。蒼太はそんなアルマスにずっと寄り添っていて、祝言の前に夏野と顔を合わせた時も、早々にアルマスのもとへ戻って行った。

アルマスとは裏腹に、蒼太の力はあれからも少しずつ増していた。また、人里離れて暮らす間に、噴火の折に明かされた安良の千七百年余りの記憶をじっくりたどり、より多くの理《ことわり》を学んで、術を物にしてきた。変化の術もとっくに会得していて、十一年前には二十《はた》歳《ち》前後の「大人」になった姿を見せてくれた。

『でも、今日はいつものままがいいと思って』

『うむ。今日はいつものお前の方がよい』

『近頃やっと、アルマスを大人に変える術も会得したよ。これで人里を訪ねやすくなる』

『人里というよりも、菓子屋を訪ねやすくなる、だろう？』

『まあね。菓子を作り出す理はまだ知らないからな』

口角を上げた蒼太は、相も変わらず無類の甘い物好きだ。

――剣術だろうが学問だろうが、そなたの好きにして構わない――

初めての妻問いでそう言った由岐彦は、全てを明かしたのちもその約束を守ってくれた。夏野は葉双で剣術や理術の修業を続ける傍《かたわ》ら、伊織や一葉から頼まれた「政務」にもできうる限り駆けつけた。

祝言を挙げた翌年、夏野は懐妊した。

だが、臨月を待たずに赤子は流れてしまった。

再び懐妊したのは二年後で、次の年に無事に長男の晴彦《はるひこ》を出産した。更に二年後には次男の晃彦《あきひこ》も生まれたが、その三年後には晴彦が六歳で流行病《はやりやまい》に死した。

――逆縁は敵《かな》わんからな――と、恭一郎は言っていた。

流産も逆縁も夏野を打ちのめしたが、それでも時は過ぎていった。

次男の晃彦は無事に成人し、嫁と一姫二太郎に恵まれた。長女の美冬は今十七歳、長男の時彦《ときひこ》ももう十二歳だ。

晴彦を亡くした四年後、祖父の弥一《やいち》から黒川道場を引き継いだ岡田琢己《おかだたくみ》が亡くなり、夏野は四十路《よそじ》にして安良国初の女道場主として国史に名を刻んだ。還暦を迎えて道場主の座は晃彦に譲ったものの、七日前に癪で倒れるまで毎日、剣の稽古を欠かさなかった。

義忠は五十路《いそじ》を過ぎた頃から更に衰え、五十五歳で亡くなった。跡を継いだ義和《よしかず》は当時はまだ二十三歳の若輩者《じゃくはいもの》で、由岐彦はそんな義和の右腕として八十三歳まで――昨年、眠ったまま急逝《きゅうせい》した前日まで――御屋敷に勤めていた。

『あの人は……由岐彦殿は亡くなる数日前に、お前の様子を問うた。お前を案じ、お前に会いたがっていた。だがまあ、急なことで残念だったが、八十三なら大往生だ。最期まで私にはもったいない人だった』

『由岐彦は果報者だった』と、蒼太はくすりとした。『ずっと想《おも》いを懸けていた――大老にも所望された姫を射止めただけでなく、故郷で跡継ぎや孫に恵まれた。大病も大怪我《おおけが》もなく、最期まで最愛の妻と共に暮らして、その傍らで息を引き取ったのだから』

由岐彦から三度目の妻問いを受ける少し前に、夏野は一葉にそれとなく求婚された。だがその頃には既に心は定まっていたため、迷うことなく辞退した。

『私には、簾中《れんちゅう》様のような大役は到底務まらなかった。――果報者は私だ。家仕事は女中任せで、ずっと好き勝手にさせてもらってきたのだからな』

『ふふふ』

二十六代安良は今もって降臨していない。

これまで十人を下らぬ者たちが二十六代安良であると名乗り出たものの、皆、首筋にそれらしき痣《あざ》をつけただけの偽者だった。

安良がとどめの死を得たことを、夏野たちは疑っていなかった。

何故《なぜ》なら安良の死後、夏野たちは一層そこここに安良の気を感じるようになったからだ。

――人の神である『安良』は死すが、『私』は滅びずにただ還《かえ》る。天地に還って、等しく皆のものになる。失われるのはこの人の形だけだ――

普段は鳴りを潜めていても、ふとした時に、まるで神社にいるがごとく、満ち溢《あふ》れる安良の気を感じる。

渡りゆく風が頰《ほお》を撫《な》でた時。

ふいに降り出した時雨《しぐれ》に打たれた時。

一番星を見つけた時。

なんとはなしに、ただ駆け出したくなった時……

千七百年余りの時をかけて、望み通りの死を得た――天地に還った――安良が、再び人として生まれることはないと思われる。

だが……

皆、まだ信じている。

安良様はまたいつか再び、現人神《あらひとがみ》としてこの世に生まれいづるに違いないと——

この五十年、子殺しや捨て子が著《いちじる》しく減った。

道を踏み外す者も。

自死する者も。

赤子や子供はもちろん、皆が皆を大切にするようになった。

安良様は人を含めてこの世の全てを——ご自分を愛していらした……

国民は知らぬ。安良の記憶は実は途切れたことがなく、現人神の証《あかし》である痣は後から術でつけただけに過ぎぬことを。よって、我が子が、親兄弟が、友が、はたまた自分自身がいつか痣を得て、安良に——神に——なるやもしれぬという人々の思いと共に、信仰は今も生きている。

少なくとも、今はまだ……

否。

八辻と同じく、我々もこの世の——安良様の「一欠片《ひとかけら》」なれば、「神」への信仰が失われることはないだろう。

人でなくともよいのだ。生きとし生けるものは安良様の「一欠片」として、大なり小なりこの世の何かを担い、いつであろうが、どこにいようが、神と共にある。

ゆえに、この世では誰が、何が「神」となってもおかしくない——

西方には竜虎のごとき西原利勝の「信者」が少なからずいて、西原暗殺ののち、その悪行が表沙汰《おもてざた》となって尚、西原家が取り潰されるまでに二年が費《つい》やされた。下手人の生き残りだった加藤きのはその間ずっと牢屋敷《ろうやしき》に留め置かれ、やがて無罪となったものの、牢屋敷を出てほどなくして首を吊《つ》った。加藤の死は「信者」による仇討ちともいわれたが、真相は判らぬままである。

西原家が取り潰された同年、斎佳を筆頭に一都六州は次々自治を返上し、安良国は再び一つとなった。

一葉は夏野が祝言を挙げた翌年に、貴沙の閣老・館山雅臣《たてやままさおみ》の孫娘を娶《めと》った。祝言から半年ほどで簾中は懐妊し、次の年に現大老の一暁《かずあき》を産んだ。一葉は人見よりもやや長く、五十五歳まで大老を務めて隠居したのち、六十五歳で病で亡くなった。

一暁の任命式には夏野も参列した。

当時三十一歳だった一暁には恭一郎の面影《おもかげ》があり、安良不在の金の御簾《みす》の向こうには国皇代として一葉が座っていた。

大広間で皆がぬかずく中、一暁様は金の御簾へと歩んで行かれた――

上段へ向かう一暁を思い出しながら、夏野はつぶやいた。

『いつぞや富樫永華《とがしえいか》が「見た」光景は、あの日の一暁様だったやもしれぬな……』

『そうかもしれない……でも一暁は、武術は嫌々お義理で修《おさ》めただけで、読み書き算盤《そろばん》が大好きだって一葉が言ってた。大老の息子だから、お情けで侃士号は得たけれど……顔がほんのちょびっと恭に似ているだけで、あとは恭とはまったくの別人だよ』

蒼太の言葉には、変わらぬ恭一郎への愛情が窺える。夏野も恋情は失《な》くしても、敬愛の情は変わらずに抱き続けてきた。

我らは、もうとうに鷺沢殿の歳《とし》を越えてしまったが――

過去の若気の至りや、少々子供じみた振る舞いを思い出して苦笑を漏らすこともあれど、恭一郎の命――その強靱《きょうじん》な剣と意志が、夏野たちの中で輝きを失うことはなかった。

安良国の執政はいまだ神月家の手中にある。だが伊織と一葉、それからおそらく館山の意向で、役目の世襲は徐々に減ってきた。

安良崩御の前年から「御前仕合」は途絶えたままだが、清修塾と寮は相変わらずだ。ただし、理一位を持つ理術師は今はいない。

佐内秀継は国暦一一一一年に、理術師として最高齢の九十三歳で、老衰《ろうすい》により一笠神社で息を引き取った。

野々宮善治はその十年後、一一二一年に七十八歳で癪を起こしてこの世を去った。野々宮の妻の駿太郎は佐内が亡くなった前年、旅中に鴉猿から野々宮を庇《かば》って既に死していた。野々宮夫婦には子供がおらず、時折神里の屋敷で過ごした他は、駿太郎が亡くなるまで二人一緒に諸国を巡り続けた。

恭一郎と同い年だった伊織も三年前の一一三四年に、由岐彦と同じく八十三歳で、やはり就寝中に亡くなった。伊織はその十四年前に、五十八歳だった小夜を病で亡くし、喪が明けたのち、古希《こき》を前に隠居して晃瑠を離れ、理術を極めるために奈切山の山幽の森へ移っていた。伊織は小夜が亡くなる十年余り前から、影行に頼んで幾度か晃瑠と森を行き来していた。というのも、伊織は政務に励みながらも苑の笛の理を解き明かし、影行が後生大事に取っていた、その昔、恭一郎に斬《き》り落とされた足の骨を使って似たような笛を作ったのである。

伊織は金翅《こんじ》との付き合いを隠さなかった。

また、人々はこの頃には既に金翅を安良の眷属神《けんぞくしん》として崇めるようになっていて、金翅も蒼太との盟約を守り、人への助力を惜しまなかった。おかげで夏野も以前ほど気を遣わずに、苑や佐吉と出かけることができるようになった。

影行は伊織と親しくなってから、人に化けるこつや人里の結界を学び、三年前、森の翁《おきな》のユニチクに伊織の遺骨を託された折も、人に化けて石榴屋までしっかり届けた。

五十一年前、奈切山の噴火は白玖山や日見山より小さかったが、それでも森は捨てざるを得なかった。白玖山の森は噴火で跡形もなく消えたものの、奈切山が噴火した時点でリエスが「まだ死の覚悟がない者」に逃げるよう促した。結句、リエス自身の他、キジルとボルク——太郎と次郎——を含めた八人が、噴火の前に白玖山を離れた。

ほとぼりが冷めたのち、リエスは日見山から逃げて来たユニチクと一緒に、白玖山、奈切山、日見山の森の生き残りをまとめて、奈切山の森を立て直した。

新しくなった奈切山の森は、伊織や影行など「他種族」の出入りを許した。

術師の宮本薫《みやもとかおる》は、奏枝や苑の他にも、人や理術に興味を抱いた十数人の妖《あや》かしに、結界を越えられる「小道具」を与えていたらしい。内、幾人かは人里を渡り歩くうちに亡くなり、幾人かは噴火の前後に自死していた。だが生き残った幾人かは、結界が増補された人里に入れなくなっていたこともあり、リエスを始めとする知者との交流を喜んだ。

リエスはユニチクと共に翁として森を治めたが、十二年前に森に「虚空《こくう》」を設けて、自ら真っ先に眠りに就《つ》いた。ちょうど六十歳だった夏野は伊織に呼ばれて森を訪れ、虚空に入る前のリエスとしばし昔話に花を咲かせた。夏野はその折に、駿太郎から託された、八辻と桂の形見でもある蛍石《ほたるいし》を森に置いて来た。ほんの小さな欠片に過ぎぬが、その昔、蛍石を見つけたリエスが白玖山に森を拓《ひら》いたように、奈切山の森が真理や安らぎを求める誰かの道しるべになるよう願ってのことである。

リエスのみならず、伊織と会したのもこの時が最後となった。しかしながら、初めて会した時には二十歳だった日見山出身のキパリスは、三十路を過ぎた頃からムベレトのごとく国中を巡り始め、蒼太よりも足繁く、折々に葉双にも現れた。

伊織が手を回して、妖魔狩りは結句、先延ばしの上うやむやとなった。キパリスは初めのうちは伊織から授かった守り袋を使って、のちに結界の理やその編み方を学んで都にも出入りするようになった。また、伊織への諸々の謝意として、ムベレトの代わりとなって今も人知れず神月家を支えている。

夏野は隠居してから、苑たちと飛ぶのをやめた。体力を鑑みてのことであったが、死ぬ前に一つ望みができたからでもある。それは奈切山の森で学んだ「癒《い》やしの術」を皆に伝えることで、伊織の望みでもあり、直弟子《じかでし》として最後の面目躍如《めんもくやくじょ》になると思われた。

安良は約束通り、燕庵で思い出した癒やしの理を、噴火の前に佐内と伊織に明かしていた。ただし二人を始め、他の理術師や夏野にもその理を術に変えられずにいたのだが、夏野は森の虚空を訪ねた折にふと閃《ひらめ》いて、術にすることができたのだ。

伊織が山幽の森へ移った理由の一つに、山幽独自の丸薬・マデティアがあった。小夜を病で亡くしたこと、末期に痛みを和らげることさえできなかった自分を、伊織はずっと悔やんでいた。残念ながらマデティアは山幽にしか効かず、のちにマデティア作りを会得した伊織も人に効くものは作り出せなかった。それゆえに伊織は、夏野が癒やしの術を物にしたことを殊の外喜んだ。

森から帰ると、夏野はまず「きね家」を訪ねた。きね家は「雨引のおきね」の家を建て直して作られた診療所を兼ねた茶屋で、千花と権太《ごんた》が切り盛りしている。千花はあれから切磋琢磨《せっさたくま》して医者になり、もう大分前に同じ養育館出身の権太と夫婦となった。権太はいまだ病弱で、力仕事は適《かな》わぬが、本草学に身を入れて、薬作りを担うことで千花を手助けしている。

千花にはきねのごとく、僅かではあるが理術の才が見られた。夏野自身もそうだが、一つ二つに限ればその才が花開くこともあろうと考え、癒やしの術を教えてみると、千花は見事に物にした。癒やしの術の噂は密やかに広まり、国中から術師が葉双に教えを請いにやって来た。ただしこの術はあくまで痛みをしばし和らげるだけで、病や怪我を治すことはできず、また理やこつを教えても物にできぬ者がほとんどだった。

夏野はこの十二年間、朝から昼まで剣術の稽古に勤しみ、昼からは診療所で千花を手伝った。そうして夜は——昨年までは——身体が衰えてきた由岐彦と、互いを労りながらのんびり過ごした。

伊織は長男の肇の他、長女の志穂《しほ》、次男の保《たもつ》を授かった。だが、三人とも理術の道には進まずに、肇は目付、志穂は剣士、保は刀匠として身を立てた。また志穂は、のちに両替商・さかきに嫁入りした。両替商・さかきはかつて高利貸で、志穂の義父は恭一郎の同輩だった後藤《ごとう》——のちに榊《さかき》となった——亮介《りようすけ》である。

亮介は結界の増補に出た理術師の護衛役として活躍し、晃瑠へ戻って来た後もしばらく武家奉公をしていた。そんな亮介へ、実子を持たぬ榊清兵衛《せいべえ》が養子縁組を申し出て、亮介を跡継ぎとすると同時に、高利貸から両替商へと鞍替《くらが》えしたのだ。ちなみに亮介の息子にして志穂の夫の名は恭介《きようすけ》で、榊と亮介両名の、恭一郎への謝意から名付けられた。

『そう言えば、先だって耳にした話では、柿崎は恭介が継ぐみたいだ』

『それはよかった』

柿崎道場の主・柿崎錬太郎は七十七歳——馨が四十四歳の時に老衰で往生した。道場は馨が継いだものの、その馨も三十年後、七十四歳で亡くなった。近所の火事で、子供を庇って頭を打ったのだ。その日はけろりとしていたものの、翌朝、稽古中に倒れて、そのまま帰らぬ人となった。

馨の想い人だった新見千草は、柿崎没後五年を経て、道場に住まいを移した馨の代わりに樋口家の離れを借り受けた。馨が死すまでのおよそ二十五年間、二人は毎日のように顔を合わせ、つかず離れずで暮らしたが、結句、夫婦の盃を交わすことはなかった。千草は馨を追うように、同年、享年七十六歳で風邪《かぜ》をこじらせて亡くなった。

馨亡き後、柿崎道場は弟子の一人に引き継がれたが、その弟子も高齢となり、門人も少なくなってきたために、数年前から道場を仕舞う話が出ていた。幼き頃から柿崎道場にて修業を積んできた志穂はこれに強く反対しており、一時は自分が道場を継ぐと息巻いていた。しかしながら志穂は六段止まりゆえに、国の承認どころか門人たちさえ説き伏せられず、結句、やはり柿崎道場で八段となった恭介が、さかきを息子に継がせて、己は道場主に専念するらしい。

志穂も恭介も共にもう五十路だ。

『うちの道場でもそうだが、昔に比べ、剣を学ぶ者は少なくなった。これも世の習いとはいえ、寂しいものだ』

†

『うん……』と、蒼太は頷いた。

剣術と同じく、理術を学ぶ者も減っている。

理一位に値する者は、伊織以来もう七十年近くも出ていない。理二位《りにい》でさえ、四つの清修寮を合わせて三十人もいなくなった。剣士も侃士号を持つ者はまだそこそこいるが、七段からの高段者はめっきり少なくなった。

剣と術はその昔、妖魔に抗うべく――また、己に死をもたらすべく――安良が人に授けたものだ。その安良が望みを果たし、妖魔も著しく減ったからか、人々の剣術や理術への関心は薄れつつあった。

妖魔たちの自死は、安良崩御の後もひとしきり続いた。

それどころか蒼太が知る限り、安良がとどめの死を迎えたのち、新たに生まれた妖魔は一匹たりといない。

蒼太たちの推察よりずっと多くの山幽が、噴火の前に白玖山の森へ集っていた。山幽は噴火から一年ほど、殊に霊山での身投げが相次いで、森はいまや室生州に三つ、黒桧州に一つと、たった四つになった。噴火の前に子を孕《はら》む許しを得ていた者も、のちに許しを得た者も、望んでいるにかかわらず、一人として懐妊していない。

羽無《はなし》や五兎《ごと》などの小さな妖魔に加え、仄魅《しきみ》はほとんど見られなくなり、金翅と鴉猿も度重なる諍《いさか》いで大分少なくなった。

『安良様は妖魔を道連れにしなかったと思っていたけれど、結句こうして緩やかに妖魔は滅んで――ひずみは正されて――いくのかも……』

俺はこの世を滅ぼす者ではなくて、妖魔の滅びを見届ける者になるやもしれない。

それとも俺はいつか、やはりこの世を滅ぼす者になるのだろうか……？

迷いが伝わったのか、夏野が微笑《ほほえ》む。

『蒼太、お前がいつか心から、全てを賭してでもそうしたいと願う時がきたら致し方ない。今のお前には、そうするだけの力もある』

夏野が言う通り、今の己なら安良が遺《のこ》した地脈や火山脈を使い、地震を起こすこともできる。白玖山や奈切山、日見山はまだ難しいやもしれぬが、あの時噴火しなかった久峩山や小噴火で済んだ残間山なら、新たに噴火を促すこともできそうだ。

念力で野山や人里を吹き飛ばすことも、雷で焼き払うことも容易《たやす》いものだ。

『──五十一年前、お前やムベレトと宇高山《うだかやま》から下界を見渡した時、私は人里を醜いと思った。人が「この世にそぐわぬ」ものに感ぜられ、自然は──安良様は──いずれ人なき世を望むやも、人は滅ぶべきやもしれぬと思った。私は人として生まれ育ったゆえ、この先も人の世が続くよう願ってやまぬが、お前はいまやおそらく、この世の誰よりも安良様に近く、私がもっとも信頼を寄せている者でもある。さすれば、お前が心から望むことなら私に否やはない』

……でも、まだ平気だ。

その昔、宇高山で励まされたように、此度も蒼太は夏野の信頼に大きな安堵《あんど》を覚えた。

俺も人もこの国も、まだしばらくは大丈夫──

面映《おもは》ゆさは、苦笑を浮かべて誤魔化《ごまか》した。

『買い被《かぶ》りもほどほどにしてくれよ。確かに俺はあれからずっと強くなった。おそらくこの国の誰よりも……でも、安良様の足元にも遠く及ばない。この五十年で俺はいろんな理を学んだけれど、伊織が言ってた通りだ。俺たちが知っている理なんて、大海の一滴にも満たない……』

他者の病や怪我を治す理も。

人を妖魔にする理も、妖魔を人にする理も。

死者を生き返らせたり、時を戻したりする理も、俺はまだ知らない――

だが今の蒼太は、人や妖魔を取り込む理や、乗っ取る理を知っていた。試してはいないものの、それらを使いこなせる自信もあった。

けれども、夏野は「そんなこと」は望んでいない……

心中のつぶやきは、此度も夏野に伝わったようだ。

『うむ。私はこのまま人として逝く。鷺沢殿ほどではないが、私も身勝手に、自由に生きてきたゆえ、たとえお前にでも囚われの身となるのはごめんだ』

『判ってる。ただ、まだ慣れていないんだ。見送ることに、まだ慣れてない……』

『そう悲しまずとも、人の命はまた廻《めぐ》る。妖魔も――いや、おそらく生きとし生けるものの命はみんな……私はそう信じている』

蒼太も今はそう信じている。

もう四十年余りも前になったが、夏野と恭一郎の遺骨について話し合ったことがある。

野々宮が届けた恭一郎の遺骨は晃瑠の清見墓苑に納められたが、蒼太たちはいつか持ち出して、奏枝の形見の手鏡と共に、恭一郎が奏枝と赤子の亡骸《なきがら》を埋めたとねりこのもとに届けようと考えていた。

だが、ますます「感じ取る」ことに長《た》けてきたにもかかわらず、蒼太は恭一郎の墓からも、とねりこのもとからも何も感じなかった。

過去見はできた。青海村のとねりこのもとで桂と八辻を見たように。だが、それはあくまでその物や土地が経てきた事実——いわばこの世の全てを知る安良の記憶のようなもので、念や魂によるものではないらしいと推察するに至った。

己が恭一郎の亡骸を見て感じたように、遺骨も「魂無《たま》き槽《うけ》」でしかないと判じて、蒼太たちは結句、手鏡を墓に納めるだけにとどめた。

気を研《と》ぎ澄《す》ませていると、時に死者の念や魂——いわゆる「幽霊」——を感じることがある。しかし恭一郎の気はもうどこにも感ぜられぬことから、恭一郎の命は既に廻っているのだろうと、蒼太は希望を抱いていた。

恭だけじゃない。

伊織や馨、小夜、ムベレトに伊紗……人も妖魔も——稲盛や西原でさえ——みんな、この世かあの世のどこかを廻っているに違いない……

『でも、安良様と違って「気」は同じじゃないとしたら、生まれ変わったみんなが判るかどうか……』

過去見では「気」までは感じ取れぬゆえに、恭一郎や夏野が八辻や桂の、はたまた馨が宮本の生まれ変わりだったかどうかさえ、蒼太たちにはいまだ謎《なぞ》のままだった。

『今は判らずとも、お前ならそのうちそういった理も見つけられるのではないか？』

『うん、そのうちきっと。ただし、生まれ変わった者が記憶を取り戻せるかどうか――それも理次第だろうけれど――生まれ変わりを知ることが、その者にとって良いことかどうかは判らない』

『うむ。今の私は無論、お前に今一度巡り会いたいと願っているが、これぱっかりは「その者」になってみなければ判らぬな』

口角を上げた夏野へ、蒼太も同じように笑みを返す。

『それはさておき、生まれ変わりについては、一つ朗報がなくもない』

『というと？』

『この間、奈切山の森を訪ねた帰りに、沢部村《さわべむら》に寄ったんだ』

沢部村は奈切山の麓にある駿太郎の古里で、村の唯一の神社では、その昔、駿太郎を引き取った紺野《こんの》家の子孫が今も宮司を務めている。奈切山は安良崩御の折に二年続けて噴火に見舞われたにもかかわらず、沢部村には死者が出ず、神社も倒壊を免れていた。

『茶屋で菓子を買っていたら、二十五、六の男がやって来てさ。そいつが神社への道のりを訊ねたから、俺も参拝して行こうと思って案内したんだ』

内海寛彦《うつみひろひこ》と名乗ったその男は維那の出で、十五歳の時に雷に打たれ、前世と思《おぼ》しき記憶を取り戻した。それから安良や歴史、旅に興味を持つようになり、二十歳で放浪の旅に出て、己と同じく前世を覚えている者や、そういった者たちを記した書物や言い伝えを探し歩いているという。内海が沢部村までやって来たのは、先だって訪れた那岐州の玖那村に大昔、やはり雷に打たれて前世を思い出した少女がいて、自分がかつては奈切山の巫女《みこ》だったと言っていた——という古伝を聞いたからだった。

『内海が言うには、やつは前世では、どこか別の国にいたらしい』

『別の国？』

『その国には金翅の羽根のような黄金の髪や、俺の髪より明るい樺《かば》色や狐《きつね》色の髪、なんなら朱色の髪を持つ者がいて、瞳も空色だったり鶯《うぐいす》色だったりするんだってさ。でもって内海は、前世でも同じように前世の記憶を持つ者を調べていて、安良国にいたと思しき者について書かれた文献を読んだことがあったそうだ』

——何百年も前の口伝を記した古い文献で、一字一句は覚えちゃいないがね。《その者曰く、彼《か》の国の者は皆、黒髪に黒い瞳《ひとみ》だった。その者は国を海沿いに一巡りしたことがあり、五つの霊山を持つその島国は、飛びゆく燕のごとき形をしていると推察していた。また、彼の国には八百万《やおよろず》の神がいて、人々は至るところで神と触れ合うことができたそうである》……といったことが書かれていた——

『八百万の神……』

『だから内海は、この国には安良様の他にも、もっとたくさん神様がいるんじゃないかって言ってたけれど、俺は「その者」はかつての——安良様が現人神になる前のこの国にいたんじゃないかと思ってる』

みんなが、至るところで神と触れ合うことができる国――

今また、この国はそうなりつつある。

安良様は天地に還って、等しくみんなのものになった。

なのに、みんなまだ気付いていない。

安良様はこんなにもあちこちに「いる」のに。

なんなら人にも妖魔にも、生きとし生けるもの全て……いや、命のあるなしにかかわらず、森羅万象全ての中に――

『もしも内海の記憶が本当なら、この世には安良国の他にも国があって、恭や他のみんなは、今はそっちに生まれ変わっているのかもしれない』

『そうか。そんなこともありうるのだな』

『そうだよ。俺はいつか、海豚《いるか》や鯨《くじら》のように海を泳げるようになるかもしれない。金翅や燕《つばめ》のように空を飛べるようにもなるかもしれない。そしたら行ってみようと思う。海の向こうにある異国へ……』

もしくはまたいつか、あの時のように全てとつながることができれば、この地にいてもみんなの行方を――この世の全てを――知ることができる筈……

あの日、久峩山の噴火を止めた時。

蒼太は今一度、この国の全てとつながった。

晃瑠では田所《たどころ》から金をもらって蒼太を嵌《は》めた孤児の権太が、それまでの悪さを悔いながら、養育館の皆のために祈っていた。

斎佳では奈切山の噴火や晃瑠の地震、安良の祈禱を聞いた真琴が息子を抱きしめ、蒼太たちと久峩山を案じていた。

貴沙では安良の祈禱の知らせを受けて、久峩山の噴火を恐れた閣老の館山が、自ら市中に出て皆に注意を促していた。

維那では早仕舞いした蕎麦《そば》屋《や》・三津《みつ》屋《や》で、貴也と奈枝、安由の仙助が、久峩山や残間山、それから旅中の貴一に累が及ばぬよう手を合わせていた。

自死に誘われた妖魔の他、人にもあの機に死を望んでいた者が幾人もいた。

だが、生きたいと願っていた者の方が、ずっとずっと多かった。

一度目は八辻の剣を、二度目は安良を介して蒼太はこの国と「つながった」。

しかし三度目のあの時には、八辻の剣は遠く離れていて、安良はもう死していた。

けれども、夏野とはずっとつながっていた……

八辻の剣や安良の亡骸の傍らにいた夏野のおかげで、己は再びこの国の全てとつながることができたのだろうと蒼太は考えている。また、夏野は蒼太とアルマスが噴火を止めたと称賛してやまぬが、実は己と「つながっていた」夏野が「伝えた」皆の願いが——愛する者や国の無事を祈る心や、生きたいという意志が——己やアルマスの力という「術」に化したのではないか、とも。

それから、俺には三度とも一瞬だったけど、安良様は常に、永久《とわ》にこの国と――異国とも――つながっている……

あの日己に明かされた膨大な記憶も、安良にとっては「ほんの」千七百年余りのものに過ぎぬのだ。

『異国か……考えたこともなかったな。楽しみだな、蒼太』

『うん、楽しみだ』

俺はもっと知りたい。

この世のことも、自分のことも。

俺がこの世に生まれた意義、俺という理を……

――私が死したのち、時が戻らぬとは言い切れぬ。その時が訪れてみなければ……少なくとも今の私には、ひずみが正されたのち――噴火を収めたのちの世がどうなるか、しかとは判らぬのだ――

そう言った安良の言葉に、嘘はなかったと蒼太たちは信じている。

だがあれからも、蒼太たちは何度も問わずにはいられなかった。

どうして「ひずみ」は起きたのか？

やはり安良様が起こしたのか？

どうして安良様は人として生まれてきたのか？

どうして、あのような手段で戻らねばならなかったのか？

他に手立ては――「きょう」は本当に死ななければならなかったのか……？問いたいことは山ほどあれど、残念ながら今のところ、天地に還った安良と意を交わすすべは判らぬままだ。いまやいつでも、どこにいても安良の気を感じられるようになったというのに、なんとももどかしいことである。

でも……

『俺は近頃、安良様は「運命《さだめ》」をなくそうとしたんじゃないかと思うようになった。うまく言えないけれど、安良様こそ運命に抗おうと……人として、未来を知らない世を生きることで――「知らない」自分を知って、自分やこの世を探ることで――運命をなくすすべを見つけようとしたんじゃないかって……』

†

蒼太の言葉に夏野は大きく頷いた。

『うむ。私もこのところ、似たようなことを思い巡らせていた。「陰の理」は実は安良様ご自身ではなく、「運命の理」だったのではないか、とな』

『思い返せば、あれから予知をあまり見なくなった。殊にこの十数年はちっとも見てないし、その前からもろくに当たらなくなっていた』

『私もだ』と、夏野は再び頷いた。『ついでに、占い師はともかく、予言者の噂は近頃とんと聞かなくなった……』

天守で安良は言った。

——私も幾度となくそう思い巡らせた。これは『過ち』ではない、私が自ら望んでひずみを起こしたのではないか——と。となれば、私が人に生まれた意義も、とどめの死を迎えるために何ゆえこのようにまだるっこい手立てを選んだのかも、もとに戻れば自ずと思い出すに違いない。私が『人』として『この世』に生まれた——そう望んだ事由はなんだったのか？　人を愛するためか？　廃するためか？　生や死を身をもって知るためか？　なんなら『知らぬ』ということや、その恐怖を知るためだったということもありうる。はたまた未知なるものを『探り』、『知る』喜びを知るためか……なんにせよ、命懸けのお前たちのためにも、つまらぬ気晴らしや退屈しのぎでなかったことを祈るばかりだ——

この「意義」や「事由」について、夏野たちはこれまで何度も問いかけ、語り合ってきた。安良の意を知るすべは今はないゆえ、自分たちはただ推察するしかない。

だが、天守で安良はこうも言った。

己はかつて「この世の全ての過去と、現在と、未来までも」知るものだった、と。

そして安良は夏野たちとの過去見で「未来を垣間見た」ものの、「その者」が、あの日あの時まで判らなかったことを喜んでいたようだった。

——怒りに任せた蒼太が私にとどめを刺しに来るだろうと推察していたのだが……どうしてなかなか、思うようにゆかぬものだな——

そうつぶやいた時も愉《たの》しげだった。

『そういえば、その昔、樋口様がこう仰った』

——理術師として運命などという言葉を口にするのはちと癪だが、今在るものだけでなく、時にも理があるのなら、全ては起こるべくして起こるのやもな——

——それでは……あんまりです——

——そうだ。あんまりだ。そう考えると、全知全能というのも案外つまらぬものやもしれぬ。不自由はあろうが、現人神辺りがちょうどよいと思わぬでもない——

安良様がかつてご存じだった「未来」は、いかなるものであったのだろう？

今「在《あ》る」この世は、かつて予見されていた「未来」とは違うものなのか？

はたまた、結句、全てが安良様の望み通り——ご存じの通り——に収まったのか……？

だが、この五十年そうしてきたように、夏野は此度も内心頭を振って、答えを得られぬ問いを振り払う。

『……とはいえ、いくらなんでもこの国がただの気晴らしや退屈しのぎであったなら、運命よりもあんまりだ。お前の推《お》し当て通り、安良様は運命がなくなるよう——未来が定まらぬよう、先の世を変えようとなさった——そう信じる方がずっとよい』

そうして「運命」がなくなったからこそ、人も国も滅ぶことなく、お前やアルマスのように、「ひずみ」でありながらも生きていくものがいるのだと……

『ふふ』

蒼太が笑みをこぼすのへ、夏野も微笑もうとしたものの、胸に思わぬ痛みが走った。

『夏野』

夜具の中に差し入れた蒼太の手が、夏野の手に重ねられた。

すると、すぅっと痛みが和らいだ。

蒼太は癒やしの術もとうに会得している。

癒やしの理を術に変えるこつを、夏野は森の「虚空」からつかんだ。

それは死への願望――否、希望だった。

――安良様は死を望んでいらした。

希望を抱いていらした。

死は安良様にとって「癒やし」だった。虚空入りする山幽のごとく――はたまた山幽が、知る知らぬにかかわらず安良様に倣《なら》って……

ゆえにどうやら、死を恐れている者には癒やしの術は使えぬようだ。

……蒼太はいつか、命や時の理をも知るやもしれぬ。

だが、蒼太が命や時をもてあそぶことはないだろう。

蒼太は――己も――既に死を受け入れている。

たとえ時が全ての始まりまで戻ろうが、はたまた悠久の時が過ぎようが、いき着く先は死――否、無――ではなかろうか。

人や妖魔、他の生きとし生けるもののみならず、国やおそらく神でさえ、今「在る」ものは全て無から生まれ、いつかそのうち無に還る。

そうして皆……再び廻る。

無から再び、全てが生まれいづる。

そう、私は信じている……

『蒼太、ありがとう』

『ううん』

ふるっと子供のように首を振る蒼太へ、夏野は今度はしっかり微笑むことができた。

『最後に一つ頼まれてくれぬか？』

『もちろんだ。俺にできることなら、なんだって』

『苑と影行に、私が恨んでいたと伝えてくれ』

『えっ？』

『私は昨年から二人の祝言を楽しみにしていたというのに、やつらときたら、いつまでももたもたしおってからに……』

影行との夫婦の盃を、苑は「もう五十年もしたら考えてもいい」と噴火の前に言っていた。にもかかわらず、二人はいまだ「独り身《ひと》」のままなのだ。

『ははは、判った。ちゃんと伝えておくよ』

屈託ない笑顔は、どこか恭一郎のそれを思い出させる。

『八辻の剣は支度しておいた。懐剣はアルマスにやってしまっただろう』

『うん。俺が離れている時、あれがあると安心するみたいだ。あれがあればいつでも死ねるからって……そうしてアルマスは、まだ「生きよう」としている……』

つぶやくように言って、蒼太はくすりとした。

『アルマスはただ、恭との約束を守ってるだけだって言うけどね。ムベレトの代わりに』

――もしも槙村とゆくなら――そうでなくとも――蒼太を頼む。槙村にも頼んだが、時折でよいから蒼太を気にかけてやってくれ――

恭一郎はアルマスに、そう頼んでいたというのである。

力は失くしてしまったが、蒼太と同じ痛みと生を分かち合える者は他にいない。

鷺沢殿や私が生きた時はもちろん、ムベレトが生きた年月でさえ、二人にはいずれ一瞬になるだろう。

それでも私はここに「いた」――

『腹の傷痕《きずあと》はそのままか？』

『変わらないよ。湯屋に行く時は変化の術で誤魔化してる。術で消せないこともないけれど、これは大事な証だから』

『証？』

『ほんのちょびっとだったけど、俺が「人」だった証だよ』

『そうか。そうだったな……』

隠れ家での日々が思い出されて、その鮮やかさに夏野は内心驚いた。

『八辻の剣は八辻が――ひいては安良様が――この世に生み出した望みを叶える剣で、俺に人のようなひとときと、安良様に人のような死をもたらした。だとしたら、この剣で死んだら、俺も人として命が廻るかもしれない……でも、死ぬことは今は考えていないよ』

先回りして蒼太は言った。

『この世には、俺の知らないことがまだ山ほどあるから。探して、知って、学んで、また探して……すっかり飽きてしまうまで、きっと気が遠くなるほどの時がかかるだろう』

『それは重畳』

それからしばらく、夏野たちは想い出を語り合った。

語り合ううちに、蒼太と出会う前のことも——物心ついた時からの記憶も次々思い出された。

螢太朗を攫われたり、襲撃の痕を見たり、親しい者を——殊に我が子を——看取《みと》ったりと、つらい記憶はけして少なくなかった。悔いも心残りも多分にあったが、より多く、鮮やかに思い出されたのは笑顔の記憶だ。

知らぬ間に目蓋を閉じていたようだ。

蒼太の念は聞こえるが、己の念は途切れ途切れになっていく。

時が近付いている……

蒼太の気配が近くなった。

額に触れたのは蒼太の角——山幽の親愛の証だ。

『俺はここにいる。最期まで……』

『蒼太…… いや、シェレム』

ありがとう。

楽しかった……

『俺も楽しかった。ありがとう、夏野。安らかに——』

蒼太の「詞《ことば》」と共に、夏野は真っ暗闇に放り出された。

これが、死というものか？

いや、これは——

ああ、あなたはここにもいらしたのですね。

安良の気に包まれて、夏野は闇の中で微笑んだ。

今一度、こうしてあなたとつながることができるとは……

安良の向こうに、探し求めてきた数々の答えが「見える」。

だが、全ての答えを知る時は己にはもう残されておらず、また、生まれ変わった折には忘れてしまうと思われた。

あなたの名のごとく……

あの日、夏野と蒼太が唱えた安良の真名は、伊織や一葉、アルマスには聞こえなかったとのちに知った。

夏野たちも何故だかあの日以来、その名を思い出せずにいた。

おそらく、あれは「この世」の言葉ではなかったから——

人の言葉なれば「神」。

山幽の言葉なれば「セレニア」。

そして……

記憶の中で、眩《まばゆ》いばかりに輝き始めたその名を夏野は唱えた。

と、転瞬。

己の内から全てが解き放たれて、光が闇を消し去った。

†

目覚めた美冬は、いつも通り、朝餉《あさげ》の前に稽古をすべく身支度《みじたく》をした。

皆を起こさぬよう密やかに廊下を歩いて行くと、うっすらと、一条の細い光が祖母の夏野の寝間の襖戸から漏れている。

そろそろ明け六ツが鳴ろうかという時刻である。

昨晩、雨戸を閉め忘れたのだろうか……？

「お祖母様？」

夏野は一昨日から寝たきりだ。

返事を待たずに襖戸を開くと、庭に続く雨戸が開いていて、障子から昇りつつある朝陽《あさひ》が仄《ほの》かに部屋を照らしていた。

眠っている夏野は微動だにしないが、その顔には微かに笑みが浮かんでいる。

いい夢を見ているみたいね……

思わず己も笑みを漏らした途端、枕元に見知らぬ鍔《つば》があることに気付いた。

はっとして見やった刀掛けからは、八辻の剣が消えている。

枕元で膝を折り、鍔《つば》に手を触れた途端、美冬は夏野の死を悟った。

「誰か！　大変！」

鍔を置いて、美冬は部屋から走り出た。

寝間から父親の晃彦が顔を覗かせる。

「どうした？」

「お祖母様がお亡くなりに！　それから八辻の剣が盗まれました！　私は盗人《ぬすっと》を探しに参ります！」

それだけ告げると、美冬は屋敷を飛び出て道場へ向かった。

道場の隣りには、夏野が美冬のために造った矢場がある。

征矢《そや》を入れた箙《えびら》を背負い、的弓ではなく猟弓《さつゆみ》を手にして、美冬は盗人を探した。

八辻九生は稀代《きたい》の刀匠で、夏野が所持してきた刀はその八辻の最後の一振りゆえに、数千両をくだらぬ価値があるといわれている。

しかしながら、美冬はあの八辻の剣が苦手だった。

七歳の時に一度、いたずら心からあの刀を抜いたことがある。すると、抜き身を見つめた途端に何か巨大なものが押し寄せてきて、美冬は死ぬほどの恐怖と共に気を失った。

剣術道場主の家に生まれたにもかかわらず、美冬が剣よりも弓を選んだのは、この時の恐怖が根底にあるからだった。

ゆえに盗まれたことにどこか安堵を覚えぬでもないのだが、黒川家には家宝といえる一刀である。

どこだ？

どこにいる――？

盗人とはいえ、夜のうちに町を出て行くとは考え難い。大分少なくなったが、妖魔はまだ絶滅していない。また妖魔が減った分、熊やら狼《おおかみ》やら猪《いのしし》やらが増えていて、これらに襲われる危険もあるため、むやみに人里を離れる者はそういないのだ。

とはいえ、州府の葉双はそこそこ広い。自分一人では到底探し出せぬと、美冬はまずは番屋を訪ねようとした。

と、微かな物音が聞こえて、美冬は思わずそちらを見やった。

燕が一羽、暁の空へ飛び立って、みるみる彼方へ遠くなる。

「燕か……」

つぶやくと同時に何やら別の気配を感じて、美冬は今度は路地へ目をやった。

路地のずっと向こうを、刀を背負った子供が歩いて行く。

猟も得意な美冬は遠目が利く。

子供の髪は刀の黒い柄や鞘より明るい鳶《とび》色で、絣《かすり》の着物の裾をからげている。

まさか、子供に盗ませたのか……？

子供を追って、美冬は小走りになった。

背後から晃彦の呼び声が聞こえた気がしたが、構わず子供の後を追う。

子供はやがて大川《おおかわ》沿いに出て、太鼓橋へ足をかけた。

「そこの子供！　止まれ！　川向うには行ってはならぬ！」

向こう岸は結界の「外」だ。

盗人とはいえ、子供を案じて美冬は叫んだ。

子供はちらりとこちらを見やったが、躊躇わずに橋を渡り始める。

袂《たもと》まで駆けて、美冬は箙から矢を抜いてつがえた。

夜明けだからか、川にはいつもより一層霧が立ち込めている。

「止まらねば射るぞ！」

霧に隠れて子供はすぐに見えなくなり、足音も遠ざかってゆくばかりだ。

追って橋を渡り始めた矢先、霧の切れ間に子供の背中が見えて、美冬は脅しのつもりで当たらぬように矢を放った。

「美冬、やめろ！」

晃彦の叫び声と共に、何か見えないものが矢を弾いた。

追ってやって来た晃彦が美冬の肩に手をかける。

「やめろ。射るな。あれは蒼太だ」

「そうた？」

「そうだろう、蒼太？」

問いかけた晃彦の反対側の手には、夏野の枕元にあった鍔が握られている。

と、天が応えたかのごとく、霧が今ひと度切れて、振り向いた子供の顔を覗かせる。

にっこり笑んだ子供の両の瞳も、髪と同じく鳶色だ。

「母上を看取ってくれたのだな。ありがとう」

こくりと頷くと、子供は美冬たちへ背を向けて駆け出した。

「父上！　あの子は八辻の剣を盗《と》って行ったんですよ！」

「それは違う。あの刀は預かり物だ」

「預かり物？」

「あの八辻の剣はあの子の父親の形見で、母上はずっと預かっていただけなのだ。私は昔から言い聞かせられてきた。『いつか、おそらく私の死後に、年の頃は十歳ほどの、鳶色の髪と瞳の子供があの刀を取りに来る。その者の名は鷺沢蒼太』――」

一陣の風が吹いて、橋の上の霧を巻き上げた。

美冬の目に、軽やかに駆けてゆく蒼太の後ろ姿が映って――消えた。

束の間のことでよく見えなかったが、向こうの袂には誰かが――何かが蒼太を待っているようだった。

呆然《ぼうぜん》としている美冬の傍らで、晃彦が鍔の小柄穴に指をかけた。

穴の縁を外側へ押すと、仕込み刃が現れる。

目を見張った美冬へ、晃彦は微笑んだ。

「帰ろう、美冬。母上の通夜の支度をせねばならぬ」

「父上……」

「通夜でゆっくり、母上と蒼太の話をしてやろう。母上は今のお前と同じく、十七歳の時に蒼太に出会った。まだ安良様が――我々の神が晃瑠にいらした頃の昔話――いや、ほんの五十年余り前の話だ……」

あとがき

長い夏休みが終わったような心持ちです。

浮き浮きわくわくしながら始まって、毎日毎日、次から次へとやりたいことや新しいことが目白押しで、夢中になって過ごしました。途中でしばらく宿題に悩まされるも、宿題から解放された後はフルスロットルで遊び続け、最終日には楽しかったことばかり思い出されて名残《なごり》惜《お》しい——そんな夏休みでした。

全八巻となった本シリーズの第一巻「妖国の剣士」は、二〇一二年十月に刊行されました。第四回角川春樹《かどかわはるき》小説賞をいただいたこの一巻目は、前年の二〇一一年の夏に、当時住んでいたカナダで書きました。

私は二〇〇一年の夏にカナダに移住したので、ちょうど十年を経《へ》た節目の年でした。また、おそらく東日本大震災があったことで、今までにない郷愁《きょうしゅう》に駆られて、日常的に使っていた英語は封じて、日本語のみで物語を書こうと思い立ち、いくつかのアイデアの中からこの物語を選びました。（判《わか》りやすくするために、妖魔の名前は外国語由来にしましたが、英語は避けました）

ついでに、自身の日本語能力にチャレンジしようなどと意気込んでいましたが、いざ書いてみると、自分がいかに日本語や歴史を知らなかったかを思い知らされました。

たとえば一巻目は投稿時、「空風《からかぜ》」をイメージしてタイトルを「加羅《から》の風」、東都の名前も加羅としていました。しかしながら受賞後に、角川春樹社長や編集担当さんのご指摘により、加羅がかつて実在していた国の名前であることや、「空風」はただの強風ではなく、一巻目のラストで使った「春一番」とは別物かつ季節も違うことを知りました。恥ずかしながら「加羅」については、漢字変換で割と上位に出てきたので、流行《はや》りのキラキラネームくらいに思っておりまして、今思い返しても赤面の至りです。架空の国の物語に実在した国の名前を使うと混乱を招くだろうということで、東都の名前は「晃瑠《あける》」に、タイトルも「妖国の剣士」と改めることになりました。

他《ほか》にも私の無知ゆえに、担当さんを始め編集部の皆さまには多大なご迷惑をおかけしたのですが、それも今となっては良き想《おも》い出――ということにさせてくださいませ。

二〇一二年にデビューして、刊行した本は四十冊余りになりましたが、実はあとがきを書くのは初めてです。一度、本シリーズの旧版の「第一部完」とした第四巻刊行の折、当時の担当さんにあとがきを書くかどうか問われたことがありましたが、あとがきは物語を閉じた後に書きたいとしてお断りしました。

作家になる前は献詞やあとがきを書く日を楽しみにしていましたが、実際作家になってみると特にそういった機会はなく、「書かせて欲しい」と願い出るほど書きたい事柄も見つからずに十年が経《た》ちました。ですが、二〇二二年三月に本シリーズの新装版の刊行が決まり、最終巻でのあとがきをご提案いただいた時は、是非とも書かせて欲しいと一も二もなくお応えしました。

旧版の第四巻は二〇一五年三月に刊行されました。七年の年月を経て物語の続きを、それも新装版で書くことができる幸せは、そう得られるものではありません。チャンスをくださった方々にあとがきで感謝の言葉を伝えたい、そうできるよう最後までしっかり書こうと思いました。

この物語は、最初から始まりと終わりを決めていました。物語を閉じた今、謝辞を捧《ささ》げたい方々は更に増えました。

一人では、とても完走できませんでした。

思い描いていたラストまでたどり着けたのは、読者さま、出版社及び販売に携《たずさ》わる皆さま、家族、友人、恩人などなど、たくさんの方々のおかげです。いつも、温かいサポートをありがとうございます。

中でもこの物語に関しては、特に次の方々へ厚くお礼を申し上げたく存じます。

まずは、角川春樹社長へ。「妖国の剣士」に可能性を見出《みいだ》し、小説賞を授与してくださったばかりか、シリーズ化、新装版刊行にゴーサインを出してくださったこと、改めて心より感謝申し上げます。

次に、第二部及び新装版刊行を編集部に持ちかけてくださった前担当のOさんと、最終巻まで並走してくださった現担当のMさんへ。お二人のおかげで、無事にゴールまで走り続けることができました。

次に、イラストレーターの六七質《むなしち》さんと、デザイナーのかがやひろしさんへ。物語の世界観にぴったりの、素晴らしいカバーをありがとうございました。ジャケ買いしてくださった方も数多《あまた》いらしたと思います。

次に、Oさんの「おかみさん」、カナダ時代からの友人のIさん、詩人にして人形作家のM・Iさんへ。「面白かった」「続きはいつ出るの？」「楽しみにしています」——旧版より本シリーズの「ファン」で居続けてくださった御三方の温かい言葉の数々に、私は何度も励《はげ》まされてきました。

そして最後に、シンガー・ソングライターの中島《なかじま》みゆきさんへ。この物語のアイデアは、中島さんの「地上の星」を初めて聴いた夜に閃《ひらめ》きました。それこそ、煌《きら》めく星のようなインスピレーションをありがとうございました。

こうしてあとがきを綴《つづ》っていると、また少し「終わってしまった」寂《さび》しさが込み上げてきます。

けれども、物語を最後までお届けできた喜びの方がずっとずっと大きいです。

エンドマークを打ったから、あとがきを書いたから「終わり」ではなく、ここから新たな一歩を踏《ふ》み出せるよう、これからも書き続けていきたいと思います。

最後までお付き合いくださり、本当にありがとうございました。

どうかまた、別の物語でご一緒できますように。

知野みさき

Haruki Bunko
ハルキ文庫

ち 2-21

飛燕《ひえん》の行方《ゆくえ》 妖国《ようこく》の剣士《けんし》❽

著者 知野《ちの》みさき

2025年4月18日第一刷発行

発行者 角川春樹

発行所 株式会社角川春樹事務所
〒102-0074 東京都千代田区九段南2-1-30 イタリア文化会館

電話 03(3263)5247(編集)
03(3263)5881(営業)

印刷・製本 中央精版印刷株式会社

フォーマット・デザイン 芦澤泰偉
表紙イラストレーション 門坂 流

ISBN978-4-7584-4712-6 C0193 ©2025 Chino Misaki Printed in Japan
http://www.kadokawaharuki.co.jp/[営業]
fanmail@kadokawaharuki.co.jp[編集]　ご意見・ご感想をお寄せください。